家裡蹲吸血姬的鬱悶
3
Hikikomari the Vampire Countess no Monmon
小林湖底
illust：りいちゅ

【0】序章

鮮血在飛散，怒吼聲飛竄，還有魔法飛來飛去。

然後約翰的頭也飛了。

在一望無際的草原上，看了令人心驚膽顫的血戰正在各處上演。東軍是吸血鬼組成的少數精銳，姆爾納特帝國軍。

西軍是刀劍民族組成的戰鬥集團，蓋拉・阿爾卡共和國軍。

「閣下！那個『月桃姬』的部隊打過來了！我們迎戰吧！」

卡歐斯戴勒在此刻大喊。喊叫期間仍然繼續用奇妙的空間切斷魔法將逼近的敵人切成碎片。其他部隊成員也都殺紅眼了，一看到敵人就衝過去，把那些翦劉種陸陸續續粉碎掉。而那些翦劉種遭人粉碎後，紅色的血液像噴泉般亂噴，將草原都弄溼了。

「去死吧——！」

「這些蓋拉．阿爾卡的鐵皮雜碎————！」
「可以被閣下誇獎的人是我——！」
「喂臭小子，那是我的獵物耶！」
「搞屁啊，是我先發現的！」
「搶什麼搶，去死吧——！」
「呀啊啊啊啊啊啊啊啊！」
…………………
…………
「您應該感到高興才對，可瑪莉大小姐。敵人都嚇得屁滾尿流。」
「這有什麼好開心的!?」
我發出來自靈魂深處的怒吼。
這裡是核領域。也就是說，我們現在在打仗。望著那些到處作亂，跟野獸沒兩樣的部下，我每次都提心吊膽、一顆心七上八下，但這次情況不一樣。
第七部隊有一半的人員都無法再作戰下去。
貝里烏斯受了傷，動彈不得。約翰也在不知不覺間死掉。幹部只剩下在我身旁瘋狂殺戮的卡歐斯戴勒，以及旁邊那個在跳謎樣舞步的梅拉康契，再加上人也在我身邊卻悠哉吃甜饅頭的薇兒。

「話說這次的戰鬥還真是激烈呢，敵人衝到離我們這麼近的地方。」

「講得好像跟妳無關一樣！怎麼還在吃點心！」

「天津大人送來的伴手禮還有剩一些，所以才……可瑪莉大小姐要不要也來吃？」

「現在哪有空吃那個！不過我要吃！」

我一把抓起對方拿過來的甜饅頭，直接塞進嘴裡，裡面有放豆沙餡。好甜喔。不僅這個饅頭甜，我的想法也很天真，甚至是其他的一切全都——

就在這時，前面那邊突然有一把刀射過來，直接插在我腳邊。

我趕緊躲到薇兒背後，在那邊觀望敵軍的情況。那些翦劉種正朝著第七部隊的大本營拚命挺進。一弄不好，我們這邊的陣線可能會遭人突破。好可怕。

「可惡……情況怎麼會變成這樣！」

「都怪敵人太強了，那個月桃姬可是當今叱吒風雲的阿爾卡大將軍。自從上次發生了那件事，世人對她的評價已經和可瑪莉大小姐不相上下了。」

「但實際上，雙方實力差距就像恐龍與水蚤吧。」

「可瑪莉大小姐應該是恐龍。」

「那怎麼可能～！」

我在薇兒背上拍了幾下。不對，現在沒空開這種無關痛癢的玩笑。「死神」已經快找上門啦……！

「閣下。情況好像有點不妙。」

卡歐斯戴勒這次說話的表情很像逃獄失敗導致刑期延長的受刑人。

「我軍傷亡慘重。但月桃姬的陣營並沒有出現多大損傷。他們那邊的人都組隊上陣，用這種投機取巧的方式來二打一，實在太卑鄙了……！」

是我們這邊的人太單純、太笨了吧！——我是很想這麼說，卻說不出口。

不能辜負部下的期待。

我成了前途看好的新進七紅天，就算遇到這種情況也要裝做無動於衷才對。雖然我根本不想那樣！

「放心吧，我有對策。」

話說到這邊，我臉上浮現胸有成竹的笑容。話說我什麼對策都沒想到。

「只不過，讓我親口說出來就沒意思了。我說薇兒，妳那麼聰明，想出來的點子應該能媲美我的對策不是嗎？」

「我想出來的點子無法媲美可瑪莉大小姐的對策。」

「想辦法跟上啦！」

「閣下！月桃姬——納莉亞·克寧格姆現身了！」

就在這時，一陣帶著鐵味的旋風在草原上呼嘯而過。

我嚇了一跳，轉眼看敵軍那邊。
有個人背後堆滿了吸血鬼的屍首，正意氣風發地挺立於該處。
對方有桃色的頭髮。身上穿著女性專用的軍服。
兩手拿著銳利的雙刀，全都染成鮮紅色——她就是刀劍王國的公主，「月桃姬」納莉亞・克寧格姆。
這個殺人魔年紀和我不相上下，臉上有著天真無邪的笑容，那態度像是在迎接老朋友，可是嘴裡卻說著高壓的話。

「——我總算到了。可瑪莉，來當我的僕人吧。」

大家可以稍微想想看。在六個種族之中，最凶殘的是哪一種？
吸血鬼當然夠凶殘。我家部隊就是血淋淋的例子。
隔壁的獸人也很凶暴，還有北方的蒼玉種，他們也算是滿危險的。
只不過——若是碰到會公然放話「不惜殺人也要把想要的東西弄到手」，而且實際上會付諸行動的那種人，他們遇到以下這種種族八成也會嚇到落跑吧。
對，我說的就是翦劉種。
他們是受刀劍眷顧的鋼鐵戰鬥民族。

據說為了交到男女朋友，他們還會不惜將對方教訓一頓，好讓對方服從自己。

眼下我正準備被那個人教訓一頓，讓她抓去當她的人。

事情怎麼會變成這樣。

如今想想，自從收到那傢伙發的邀請函開始，一切就亂套了。

唉唉。當初不該去那個度假勝地的——

1 翦劉茶會

Hikikomari the Vampire Countess no Monmon

邀請函　給黛拉可瑪莉・崗德森布萊德小姐
姆爾納特帝國軍的諸位

如今是鐵屑盛散的時節，祝各位身體安康，平安喜樂。那麼依照翦劉種的習俗，容我開門見山說重點，我國蓋拉・阿爾卡與貴國之間不幸因一場誤會迎來未曾有過的艱難局面。為了緩和兩國的緊張關係，將要舉辦小型茶會，這也是本次提筆的目的。我將在核領域費拉拉爾州的度假勝地「夢想樂園」等待各位到來。請你們排除萬難前來。希望吸血鬼和翦劉種能成為堅定的同盟，成就希冀六國和平的夙願。

蓋拉・阿爾卡共和國八英將
納莉亞・克寧格姆

夏天是適合當家裡蹲的季節。

我原本就不愛外出，這應該不用我多說了，再加上夏天還會熱到很誇張的地步，我自然會達到「不動如山」的境界。

所以說，我今天也要在家裡好好蹲個痛快。

再說我原本就有當家裡蹲的權利。

大家可以回想一下。前陣子才剛辦完那個，就是混亂至極的大鬧劇——七紅天爭霸戰。

但說真的，爭霸戰尾聲是什麼情形，我一點印象都沒有了。總之我最後撿回一命，恐怖組織「逆月」的陰謀也遭人粉碎掉，還有我的學妹佐久奈，她終於為過去的事情做個了斷，踏出嶄新的一步。

可喜可賀。

更值得慶賀的是，這場爭霸戰讓我得到兩個禮拜的休假。雖然我覺得莫名其妙，但我率領的第七部隊在爭霸戰中成了優勝者。大概是部下他們亂搞的關係吧。這些只知道戰鬥的笨蛋原來還是有用處的，不能小看他們。

不管怎麼說，我們都贏了，也得到獎勵。讓我獲得兩個禮拜的休假。

沒錯，兩個禮拜的休假。

總共兩個禮拜——

「沒聽說休假要來海邊啊……」

看看那藍天，白雲，還有海潮的味道，加上迎面照下的燦爛陽光，還有閃閃發亮的海水——

在那一大片遼闊的沙灘上，第七部隊成員正開開心心玩起沙灘排球。但他們好像有點心不在焉，三不五時會偷看我這邊，怎麼會這樣？現在又不是在工作，你們可以盡情玩樂啊。我不會生氣喔？

「可瑪莉大小姐，要不要吃冰？」

有人在跟我說話，於是我就把頭轉過去。

有個氣質冷酷的青髮女子就站在那。跟平日的變態女僕不一樣——今天她穿了樣式大膽的比基尼。竟然敢在別人面前穿成那樣，我都開始敬佩她了。不知道該看哪的我將臉轉向一旁，只跟她拿了冰棒。

啊，好好吃。夏天就是要吃冰冰涼涼的東西。

沒想到那個穿著泳裝的女僕——薇兒海絲在這時很無言地嘆了一口氣——

「在陽傘下面休息是可以，但都已經來海邊了，不玩一下很可惜喔。我們一起去游泳吧？」

「不要。」

「這是為何？」

「我怕會有水母。」

「沒有。就算有也會被我抓起來，拿去弄成晚餐的配菜。」

「……想必妳也知道吧。這可不是我在自誇，我是連真正的旱鴨子看了都會嚇一跳的旱鴨子。以前小時候被妹妹推進浴池差點溺死。如果被那樣的大海浪打到，我看我瞬間就會被沖死吧。」

「不會有問題的。我會循序漸進帶著您學習游泳技巧，您先把那件礙事的薄外套脫了，換上泳裝吧。」

「住手——！別碰我！脫掉會被晒傷耶！」

「那我替您塗抹防晒乳，請您把衣服都脫光吧。」

「不用了啦，我自己弄！再說了，又沒人規定來海邊一定要換泳裝下水玩！我要在陰涼處一直看書就好——喂！別過來，別拉我的衣服！等等、住手啦！妳這個變態女僕————————啊！」

啪滋。

原本拿在我手裡的冰棒直接撞在薇兒的胸口上。將那白皙的肌膚弄得黏糊糊的。

「……可瑪莉大小姐。」

「對、對不起。」

「不可以浪費食物。請您舔一舔。」

「誰要舔啊！」

我再也忍不下去了，準備如脫兔般奔離現場。不過——

「呀！」

「唔哇!?」

當下我狠狠撞上一樣柔軟的東西，害我跌坐在地面上。納悶發生什麼事的我隨即向上看。結果發現眼前站著一位銀白色的少女，她就是佐久奈・梅墨瓦。

果不其然她也穿著泳裝。

而且還是有很多荷葉邊飾樣的款式，看起來很精心挑選的那種。

「妳、妳還好嗎？站得起來嗎？」

「還好……抱歉。」

對方拉著我，我這才站起來。接著我開始將她從頭到腳觀察一遍。

好白喔，全身上下都好白。

那模樣實在太漂亮了，害我連夏天很熱的事情都忘了，在那發呆好一下子。

當下我突然想起前些日子的騷動。

因為引發政府高官連續殺人事件，她受到責罰。不過念在她的案子其情可憫的份上，並沒有給予太重的罰責。而是被處罰「要在姆爾納特宮殿那個長得要死的走廊上拿抹布擦走廊一個星期」，加上「必須跟其他國家戰個不停」。拿抹布擦走廊就算了，後面那個刑罰根本是在開玩笑。

皇帝要讓佐久奈率領的第六部隊跟別國大軍瘋狂作戰。

太奇怪了。

佐久奈還說這一星期來已經作戰五次，獲勝三次，那表示她死掉兩次，那個皇帝實在太殘忍了，於是我就想去對她的所作所為抗議一下，本來是想挺身而出，佐久奈本人卻說「沒關係」，出面阻止我，這才讓我心中那股激憤平息。這女孩實在太乖巧。

先不談這個。

這時我看到佐久奈害羞地看向一旁，臉頰還紅紅的。

「可瑪莉小姐，那個……要不要一起玩？」

「咦？」

「難得來這邊，如果不做些在海邊才能做的事，我覺得好像有點可惜。」

「…………」

從客觀的角度看，佐久奈說的話是有道理。

我們大老遠跑到核領域的度假勝地，來這邊做的事情卻只有看書，那樣好像沒什麼意思。

「可瑪莉小姐不太會游泳吧。如果不嫌棄的話，要不要跟我學游泳呢？」
「嗯……我是很希望有機會把游泳學好啦……」
「那就去海裡一下子吧。不用太勉強沒關係的。」
「可是……」
「不會有問題的，我會一直在旁邊看著。」
佐久奈在說這話的時候，臉還是那麼紅。
這樣有點卑鄙喔。用那種態度對別人，拒絕的人好像壞蛋一樣。
「……真、真拿妳沒辦法。凡事都該累積經驗，可以的話，要不要跟我一起玩？」
「好的，非常樂意！——那我來幫妳脫衣服。」
接著佐久奈就把手放到我的上衣拉鍊上，但這下換我猶豫了。
「等、等一下……佐久奈妳都不會覺得害羞嗎？」
「是在說泳裝嗎？這、這個……只有我一個人穿會很害羞，所以可瑪莉小姐能不能也一起換上泳裝？」
說老實話，我根本不想。但佐久奈都這樣拜託了，我怎麼能拒絕。
好吧反正都來海邊了，來海邊就是要穿泳裝，再說習慣碰水也滿重要的——好了啦沒辦法，脫就脫！

下定決心後，我慢慢將拉鍊拉下來。

輕便外套掉在沙灘上。裸露出來的肌膚受到海風吹拂，讓人莫名覺得心曠神怡。

就在那個時候，我好像聽見某處傳來歡呼。好奇發生什麼事的我朝著聲音出處看。眼見那些部下都沒看我這邊，而是開心地玩沙灘排球……？好吧算了。

「妳、妳看，我脫掉了。這樣我們就有伴了。」

「是的，泳裝非常適合妳。」

我的臉頓時變得好燙。被人家誇獎卻一點都不開心，穿這種東西跟只穿內衣褲外出有什麼兩樣。那不就跟變態女僕變成同類了？太扯了吧——才剛想到一半。

「呀嗚!?」

我嘴裡突然發出奇怪的聲音。因為佐久奈沒頭沒腦用手指搓我的肚子。還在那邊偷笑，像個惡作劇成功的小鬼頭。

「……呵呵，可瑪莉小姐果然跟我一樣呢。」

這害我有點想跟她對抗。竟然敢用偷襲的方式碰別人，膽子挺大的嘛。

「妳、妳這傢伙——！是不是知道我很怕人家搔癢——！」

「咦，原來是那樣？——呀！」

「我要報仇！去給我笑到打滾樂翻天～！」

「討厭，可瑪莉小姐、別搔我癢～！啊哈哈哈哈哈哈。」

佐久奈扭動身體跑走。別想逃！——我過去追她。

換作是平常的我，絕對不會做這種事情。是我現在變得怪怪的。會幹這種事都是為了遮掩穿上泳裝產生的羞恥感吧，才會那麼自暴自棄——我冷靜地做起自我分析，這時突然察覺背後有一道冷酷的目光。是薇兒在用死魚眼看這邊。

「……可瑪莉大小姐，您怎麼一下子就被佐久奈大人收買了？」

這個時候我才恢復神智，剛才是在幹麼啊我。

「我、我又沒有被收買，只是在配合佐久奈而已。」

「那您也可以來跟我作伴啊？我覺得這是很大的差別待遇。啊，請您笑一笑。」——咔嚓。

「住手啦，不准拍！那個相機是從哪拿出來的！這種丟人的事情想都不想就做了，難怪我要對妳保持警戒！」

「可瑪莉小姐～！海裡好舒服喔～！」

這時遠方的佐久奈對我揮手，臉上笑容滿面。這美少女實在太美了，讓人目眩神迷。

「……學妹在叫我了，那我就去一下吧。」

「也好。可瑪莉大小姐能夠提起興致遊玩，這也是值得開心的一件事。」

「才沒有，我哪有多大興致啊。原本我只想待在陰涼處看書，可是佐久奈都邀我了，這才逼不得已——」

「您就別找藉口了，趕快進到海裡吧，也陪我玩玩。」

「欸、欸欸，別拉我！先等一下，我要去拿游泳圈！」

「游泳圈這邊有，不用擔心！」

「妳未免也太會準備了吧!?」

接著薇兒就把灌滿空氣的游泳圈交給我。有了這樣的東西，我應該就不用擔心溺死。跟著薇兒一起稍微做點伸展操後，她直接牽著我的手，拉我進入海裡。

好冰涼，好舒服，那是一種未知的感覺。原來大海會給人這種感受——

「可瑪莉大小姐，請您看這邊。」

「咦？——呀啊啊啊啊啊!?」

突然有一團海水射到我這邊，害我當場向後跌坐。

全身都溼透了。當下我反應不過來，不知道發生什麼事了。但我發現薇兒正笑咪咪地看這邊，這才恍然大悟。在我恍然大悟的瞬間，怒火也跟著熊熊燃燒。

這傢伙——竟然敢做這種事！

「看招——！」

我要來反擊一下，便拿海水去潑對方。

奇怪的是薇兒連閃都不閃，甚至連哀號都沒有，而是讓海水潑溼她全身。

咦？為什麼？——才剛感到疑惑，薇兒就在那時「呵呵呵」地奸笑。

「這下我就有權利反擊了。」

「什麼……！先出手的人明明是妳！」

「跟這無關。戰爭要開打了！戰敗的人要徹底服從贏家！」

「勝敗基準一整個莫名其妙啊——哇啊啊啊啊！喂妳用水槍太卑鄙了！佐久奈，過來掩護我！我們一起打倒那傢伙！」

「好、好的！冒犯了，薇兒海絲小姐！」

「二打一!?也好——讓我用魔法把妳們兩個的泳裝通通摘掉！」

就這樣，戰火因此點燃。

這已經用不著我提醒了，我可是世間少有的賢者。雖然如今成了七紅天大將軍，在做這種危險的工作，但我以後想要寫出有趣的小說，預計讓自己出道成為作家。

為了成為作家，我需要累積各式各樣的經驗。連去海裡玩的經驗都沒有，那樣哪能當作家。這算是在對未來做投資，絕對不是玩上癮的關係。

再說我也得陪陪佐久奈和薇兒，嗯。

所以我並沒有樂在其中喔。

沒有樂在其中、應該是……

……咦？

好像有點開心……

☆

核領域。這裡是六個魔核影響範圍重疊的特殊地帶。在這個地方，所有種族都能享受魔核帶來的恩惠，各國如果要展開娛樂活動（笑），往往會利用此地。不過這次來這邊不是為了跟人作戰。而是要來度假勝地放鬆一下、開心暢遊，接下來可沒有要「跟人生死鬥」，兩者氛圍差遠了。

不瞞各位說，其實有人招待我來參加茶會。

而且還是來自別國的將軍，我連見都沒見過。

送出邀請函的人正是蓋拉・阿爾卡共和國「八英將」之一，納莉亞・克寧格姆。據說在六國的將軍裡，她算是特別強大的，這位少女是翦劉種，而且還有響叮噹的稱號——好像叫做「月桃姬」。也不知道是為了什麼，這個名字叫做納莉亞的人明明就不認識我們，卻招待我跟第七部隊來度假勝地（話說佐久奈是自動自發跟過來的）。而且那個納莉亞還把這裡包下。

一開始還以為是某種陷阱。薇兒也說是陷阱。然而皇帝陛下另有主張。

「我們跟蓋拉・阿爾卡為了前些日子的案件打壞關係。這個邀請函乍看之下是為了讓兩國重修舊好，但那幫人不簡單，背地裡在想什麼不得而知。恐怕那個納莉亞・克寧格姆是要來鑑定一番，看看接下來要殺的對手有多少實力。那好吧，可瑪莉，妳就答應對方的邀約，反過來推估敵人的實力吧。」

簡單講就是要我全力衝向那個陷阱就對了。

太扯了！我想待在房間裡吃冰看書！——就算我這樣陳情也沒用，這我清楚得很。我是七紅天大將軍。一旦違抗皇帝的命令，人可能會有被炸死的危險。該來認真考慮轉行了。要是我出道當上小說家，那個皇帝搞不好會說「看來妳很難兼顧工作，將軍可以不用當了」。

總而言之言而總之，因為前面有這段故事，如今我們才會來到核領域的海濱。

順便說一下，我們還沒見到納莉亞・克寧格姆。對方那邊的女僕是說「在我們準備好之前，請妳們先去海邊歇息」。根據傳聞指出，那個月桃姬好像很愛睡懶覺。讓人有種親切感，但現在先不說這個了——

「——啊哈哈哈哈哈哈哈！薇兒，妳在看哪！人都跑到那邊啦～！」

我人正在那瞎鬧，都這把年紀了還鬧到忘我。

但這是小說取材的一環，並不是真心在嬉鬧。問我開不開心是很開心啦，但我內心深處可是冷靜得很，就像結冰一樣——

「可瑪莉小姐！傳球！」

「嗯！哇哇、唔！」

外面印著西瓜花紋的海灘球射到我這邊，我勉勉強強將它打出去。

落到海面上就輸了。以上是遊戲規則。

被彈出去的球不偏不倚飛向薇兒。那傢伙將平日常見的敏捷性全發揮出來，朝著海灘球衝過去，可是快碰到的時候卻滑一跤，整張臉直接「啪唰！」一聲撲向海面，人跟著沉入海中。

那讓我發出聲音哈哈大笑，原來薇兒也有這麼脫線的一面。

「好啦薇兒輸了～！要玩懲罰遊戲！」

「真不甘心……」

此時薇兒從海面上冒出頭，那表情一看就是難以接受的樣子。這樣的表情很少見，讓我看了有點高興。

很好很好，就照這個步調，一路戰勝那個變態女僕吧。

接下來是不是要切西瓜，我還想舉辦沙雕城堡大賽。雖然沒什麼運動神經，但我也好想玩玩看海灘排球……不不，又不是只有比賽才好玩。抓著游泳圈在海上慢慢漂也很有趣吧——感覺好像超有趣的，我都開始興奮起來了！

「可瑪莉小姐，懲罰遊戲要玩什麼呢？」

「咦？嗯——」

我什麼都想不出來。話說我們的懲罰遊戲原本是要讓輸的人對贏家言聽計從。冷靜下來想想會覺得這樣的條件未免風險太高，但我已經贏了，所以沒問題啦。

「對了，叫她去買果汁好了。我想要蜜桃口味。」

「啊，那我想要烏龍茶……」

「遵命，我去買吧。」

這話一說完，薇兒立刻站起來。

可是泳裝的上半部不見了。

我跟佐久奈當下發出悲鳴，衝到薇兒那邊。

「暫停——————！掉了啦！那個掉了！」

「請、請妳趕快穿上！那邊還有第七部隊的人在……」

「但這是懲罰遊戲，我不能不去買果汁。」

「那個之後再買就好！佐久奈，妳去找泳裝！」

「是！」佐久奈說完慌慌張張地東張西望起來，朝四周看來看去。我則是來到薇兒眼前，擋住她的去路。

「給我停下！那樣很丟臉耶——別走了啦！妳在幹麼！」

我抱住薇兒，想要封殺她的行動。

「請您別阻止我！我身負買果汁的重大使命！」

「那種使命別管了！我要更改命令，妳趕快躲起來！」

「遊戲規矩不包含變更命令。若是您無論如何都想變更，那請您聽從我的命令。」

「聽妳在亂講！好啦，妳說說看！」

「剛才輸掉的事情不算數，我們再來一次。」

妳是有多輸不起啊。

「找到了！」——這時佐久奈開口大叫，那模樣活像找到埋藏的寶藏。「薇兒海絲小姐，妳趕快把這個……！」

「要讓我穿得有附加條件。」

「知道了啦！我會跟妳再比一次！」

「不，那個是要我躲起來的交換條件，不是讓我穿上泳裝的交換條件。」

「啊啊啊啊啊啊啊啊啊煩死了！妳到底想怎樣!?」

「我想要的很簡單——可瑪莉大小姐，您是不是也該練習游泳了？」

啊？——我聽完好無言。薇兒還是一樣呈現上空狀態，嘴裡淡淡地說著。

© riichu

「以前您在河裡溺水的時候，海德沃斯・赫本大人曾經救過您吧？下次您又溺水，不一定會有人救您，所以我覺得您應該要先把游泳技術學好，那樣沒壞處。」

「…………」

話說我不會游泳的事情已經變成眾所皆知的事實了，而且不是海德沃斯爆料的，是之前從那個河川路過的行人撞見。原本還在擔心會不會被失望的部下以下犯上，結果那種事情完全沒發生，很多人都覺得「有缺點比較好親近」「那樣更可愛」。不會游泳很可愛，這種感覺我無法理解。不管怎麼說，第七部隊的人都好好喔。不對，現在沒空想那個。

「要我游泳……我連把臉放到水裡都沒辦法耶？」

「不要緊的，可瑪莉小姐。我會教妳，會一直握著妳的手。」

佐久奈說完緊緊握住我的手。被她用那種亮晶晶的眼神看待，我很難拒絕。好吧，會游泳好像真的比較好。可以玩的東西也會變多——不，不對。我說錯了。我不是想玩，是為了自我磨練，總有一天要跟一整群海豚一起游泳。

「……我知道了。佐久奈，那可以詳細指導我一下嗎？」

「好的，請務必讓我來！」

「請等一下！」這時薇兒插嘴了。在妳插嘴之前先把泳裝穿好。「用不著勞煩佐久奈大人。我會負責教導可瑪莉大小姐。」

「可、可是我對教人游泳很有自信。」

「我比較合適。『可瑪莉大小姐的游泳圈』這個名號可不是浪得虛名。」

妳哪來那種名號。

「那我就是『可瑪莉小姐的呼吸管』！」

抱歉佐久奈，我聽不懂。

「不管是游泳圈還是浮潛用的呼吸管，都要可瑪莉大小姐覺得必要才是必要的。來吧可瑪莉大小姐，我跟佐久奈大人，您比較想跟哪個人學？」

「佐久奈。」

「真的嗎!?」

這下佐久奈開心到都快飛起來了。相對的薇兒好像被狐狸抓傷臉頰一樣，用那種表情呆站著。喂，妳好歹把前面遮一下。

「這、這是為什麼……？只要跟我學，光一天就能獲得凌駕飛魚的力量……」

「問題不是那個。我覺得佐久奈比較好。請多指教囉，佐久奈。」

「好的，請妳多多指教。」

「請您再考慮一下，可瑪莉大小姐！」

薇兒用力抓住我的手。別這樣啦，別那麼用力，不要用胸部擠我！

「佐久奈大人是危險人物。會藉著教游泳的機會在可瑪莉大小姐身上到處亂摸，不僅如此，甚至會找機會搶走您的泳裝，一定會發生那種事！現在我的就被搶走了！」

「我、我才沒有搶！還給妳！還有負責教導可瑪莉小姐的人是我！」

我的手被人用力拉扯。喂佐久奈，妳不用跟薇兒較勁啦!?

「薇兒海絲小姐才是個怪人，我看妳一定在想些奇怪的事吧？」

「沒憑沒據懷疑人，這是怎麼了。對吧，可瑪莉大小姐。」

「沒憑沒據懷疑佐久奈的人是妳才對！好了啦快點放手！」

「我有憑有據，佐久奈大人是違法製作可瑪莉大小姐周邊產品的危險人物。」

「唔！——我、我又沒有惡意。最近也比較少在製作周邊了。」

「可是妳現在還有在偷拍吧？」

「……………………………………………………………………沒有啊？」

「咦？佐久奈？前面怎麼空這麼久。」

「我非常清楚。佐久奈大人會把偷拍來的照片放到枕頭底下，做這般努力都是為了做夢夢見自己跟可瑪莉大小姐這樣那樣。」

「妳怎麼連這個都曉得……!?不對，那是因為我喜歡可瑪莉小姐！我覺得薇兒海絲小姐沒權利挑毛病！」

「我當然沒權利挑妳毛病，因為我也那麼做。我喜歡可瑪莉大小姐。」

「原來妳有在做喔!?」

「不只是那些。我還把自己的照片放到可瑪莉大小姐的枕頭底裡，正在展開讓您夢見我的作戰計畫。像這種的，我看佐久奈大人是模仿不來吧？」

「原來最近妳會出現在夢境裡，都是被那個害的！」

「唔……那、那又怎樣？只要我使用魔法改造可瑪莉小姐的腦袋，就能夠讓她確實夢見我。」

「…………」

最近佐久奈好像也開始失控了。我把她們兩人的手都甩開，嘴裡大叫。

「好了啦！受不了！從剛才開始就吵吵吵在吵什麼！我已經決定要給佐久奈教了！薇兒妳在旁邊看就好——」

「妳、妳來啦，黛拉可瑪莉！最近過得怎樣!?」

這時突然有人叫我的名字，害我嚇一跳。

有個身穿海灘褲的金髮男子正從沙丘那俯瞰我們。我立刻光速看向薇兒。薇兒已經用光速穿上泳裝了。好、好險……這個先別管了，那個金髮男就是約翰・海爾達。他踩著緊張的步伐朝我們走近——

「對了，今天天氣不錯。」

「是沒錯……可是你的舉動好像有點可疑？」

「才、才沒有。對了黛拉可瑪莉。」

「怎麼了？」

「那個泳裝很適合妳！」

「咦？謝謝……」

他怎麼突然說這個。害我有點害羞——沒想到那時……

「砰！」的一聲，某種東西破掉發出好大的聲響，好像是薇兒徒手把西瓜海灘球捏破的關係——為什麼啊!?東西要珍惜使用啊！

「對了。既然都來海邊了，就來練習游泳吧。如果妳不嫌棄，我可以教妳嗚呃!?」

約翰正準備過來牽我的手，在那瞬間他整個人飛了出去，只留下殘影。

就好像打水漂那樣，總共在海面上彈了三次，之後「啪唰！」一聲沉入海浪間，整個人不見蹤影。納悶這次又出什麼事的我轉頭張望，結果馬上看見一群吸血鬼化作食人魚衝向沉入水底的約翰。

「你這臭小鬼憑什麼跟閣下說話！」「開什麼玩笑……搞屁呀啊啊啊啊啊啊啊！」「要給偷跑的混帳正義制裁！」「去死啦給我死三遍！」「居然說『那泳裝很適合妳』……？都廢話啦你這智障——！」

而且那幫人還進入超高速搗年糕模式，拿斧頭或錘子往海面狂敲。那樣約翰會死掉吧——不不不不！你們幹麼那樣!?

「你們幾個！做這種事情未免也太突然了吧!?」

「閣下！您有沒有受傷!?」

眼下卡歐斯戴勒正帶著焦急的表情對我說話，可是我們之間隔著十公尺距離。

「沒有，我還活蹦亂跳。這樣不會隔太遠嗎？」

「我不能進入閣下的半徑十公尺內，那是規矩。」

「為、為什麼？這樣就不能大家一起玩啦……」

「!?!?!?——不、不對。這提議讓人感恩戴德……但我們要先把我行我素做出變態行為的沒教養禽獸處死才行！」

卡歐斯戴勒嘴裡喊些莫名其妙的話，幾乎是在同一時間——

海面上「咚轟————！」地出現一根火柱。變成火球的吸血鬼嘴裡嚷嚷著「好燙好燙」，全都沉入海中。站在火柱中心的人就是——

「————你們這些王八蛋！活得不耐煩了，啊!?」

那個人就是約翰．海爾達，氣成這樣也正常。

「那句話該我說才對。竟然敢大剌剌跑去找穿泳裝的閣下說話，真夠厚臉皮的。甚至還想觸碰那柔軟嬌小的玉手，這絕不容許！」

「我是要教黛拉可瑪莉游泳！你卻把人當成變態看待……弄出那些奇怪的規

矩，要人從遠方看更噁心吧！」

「喂，你們幾個……」

「就是因為噁心才要保持距離！像我們這種賤民若是未經許可介入少女間的對談，那就像跑進畫面裡的蒼蠅或蟑螂！對吧貝里烏斯。」

「這種話是你該說的？」

「總之約翰，你要有自覺，知道自己是一種髒東西！」

「你說什麼!?第七部隊的工作是支援黛拉可瑪莉吧！去幫助黛拉可瑪莉學會游泳！哪裡不對了！」

「喂，你們聽我說——」

「哼，用下半身思考的人在說些什麼啊？你的慾望人盡皆知啦？再說要教閣下游泳，還有其他更適合的人選。哪有你這個火焰小子的份！」

「哈！難道要給你這種變態教嗎？我絕對不會讓你得逞！」

「既然敢把話說得那麼滿，這就來互相廝殺分個勝負吧。那才是姆爾納特的作風……如何啊？在這的所有人一起來舉辦淘汰賽，贏的人可以教閣下游泳。當然要先取得閣下許可。」

「哦哦。」「好點子。」「這樣大家都不會有意見。」「要殺就來呀！」「啊啊啊啊啊啊啊熱血沸騰啊啊啊啊！」「真受不了，我的右手都快暴走了。」

那些部下開始變得很亢奮，這已經是老樣子了。

有人拔出武器，還有魔力在奔騰。四周充滿殺氣。

看到這景象的我——

「……夠……夠了——————！」

這時我鼓起勇氣大喊。

部下全都一臉錯愕地看這邊。我在那瞬間感到一絲恐懼，但現在沒空害怕。如果讓他們在這種地方打起來，會有人被流彈打死。那就是我。

我想說的話有一大堆，於是先做了個深呼吸才一口氣把那些話說出來。

「——你們都已經來海邊了，為什麼不好好相處！每次要決定事情都用廝殺來解決，那等到真的遇到麻煩了，我們不就沒辦法對應了嗎！上次七紅天爭霸戰就是那樣啊！該不會忘了這裡是核領域吧!?也不知道敵人什麼時候會打過來，還要讓部隊裡的人員數減少，笨蛋才會做那種事！」

「「「……………………」」」

現場頓時安靜下來。

我這才發現自己好像犯了空前絕後的錯誤。

咦？先等等。我剛才好像罵他們了……？薇兒，這下怎麼辦？

「您說得對極了。看來可瑪莉大小姐身為將軍也有所成長，這下我放心了。可是對第七部隊講道理可能會激怒大家，反而讓他們以下犯上。」

啊啊啊啊啊啊啊啊啊啊啊啊！！我搞砸了啦搞砸了————————！

總之只能先發些小點心討好他們了！——沒想到那些部下居然說「「「很抱歉！」」」還不約而同對我低頭謝罪。

害我一時間反應不過來，整個人僵在那邊。接著卡歐斯戴勒就一臉歉疚地開口。

「是我們想得不夠周到。所有事情都想靠武力來解決太野蠻了，我們會好好反省的。」

「那、那就好。你們可以理解，我很高興。」

「喂黛拉可瑪莉！那到底誰要來教妳游泳！」

「咦？不用，佐久奈會來教我。」

「閣下，不如這樣吧。我們另外舉辦不需要動用武力的競賽，獲勝的人就可以當教練教閣下游泳。」

這幫人還是老樣子，根本沒在聽我說話。我覺得好煩喔。

「……知道了啦。那就最會游泳的人來教我吧。」

「咦？真的嗎？」「這下糟了……我不會游泳。」「我也是……」「跟右邊的一樣。」「這下我沒機會贏了。」「那就不能教閣下游泳。」

這幾個人是白痴嗎？知道自己在說什麼嗎？

「不然玩沙灘奪旗好了？反正剛好人就在沙灘這邊。」

這時貝里烏斯雙手盤在胸前，出面說了些話。這個狗頭男似乎打從一開始就沒有下水進入海裡的打算，身上穿著印了我笑臉照片的閣下T恤第二彈。看來晚點也要去找他抱怨一下。

「這主意不錯。可是我們沒有旗子，有沒有合適的替代物品——」卡歐斯戴勒話說到這邊，開始朝著四周東張西望。「——喔，那個如何？」

只見他用食指指著海對面另一側。

在山丘的彼端有一座巨大建築，看起來很像高塔。在夏日的太陽照射下變得又黑又亮，看起來很像來自其他次元的東西——話說那個是蓋拉．阿爾卡為我們準備的旅館吧。看起來很有近未來感，我很期待去那邊住。

「最快抵達那的人就是贏家，大家都沒意見吧？」

「「「好耶——————！」」」

結果那些部下全都一溜煙跑走了。

不，這根本不是沙灘搶旗了吧——現在連用這句話吐槽都免了。我們幾個就把他們的事情忘掉，在這邊和和樂樂遊玩好了。

接著我轉頭看薇兒她們，臉上浮現笑容。

「……好啦！先不管練習游泳的事，首先就按照薇兒所說，我們再來比一次吧。但不管再來多少次，贏的人都會是我！」

「好，這次我可不會輸————不對，請您先等等。」

薇兒說完就將右手放到耳朵上，似乎正透過通訊用的礦石跟某人聯繫。等了一陣子後，薇兒將通訊切斷，點點頭說「我明白了」。

「可瑪莉大小姐，遊玩的時間已經結束了。」

「咦——!?為什麼～！再多玩一下嘛～！」

「請您別耍性子。出去偵查敵情的梅拉康契大尉剛剛聯繫我了。他說納莉亞・克寧格姆好像起床了。那邊差不多也要派人過來迎接了吧。」

咦?納莉亞?在說什麼——我瞬間愣了一下，但很快就想起一切。

對喔，我來這邊不是要來玩的，而是要來探查敵情……！

「怎、怎麼辦，薇兒！我還沒做好心理準備啊！」

「敬請放心。我還有【潘朵拉之毒】。」

「喔喔…………！」

對喔，薇兒擁有能夠看見未來的特殊能力。上次的七紅天會議也是靠那個潘朵拉什麼的撐過去，這次應該也值得期待吧……？

「……那薇兒，我接下來會怎樣？」

「不好意思，剛才忙著玩忘記發動，我現在就看。」

「唔……沒辦法，因為海邊太好玩了，那現在可以先看一下嗎？」

「是，可是要挑一個茶會參加人來喝我的血。原本希望讓對方也就是蓋拉‧阿爾卡那邊的人來喝，但就現況來看是不可能的。當然也沒辦法請可瑪莉大小姐吸血。」

「那要怎麼辦啊。」

「很簡單，剛好梅墨瓦大人也在場。」

薇兒說完轉頭看佐久奈，接著佐久奈嘴裡發出一聲「咦？」頭還跟著一歪。

「梅墨瓦大人，請您吸我的血。」

「咦……咦？什麼——!?薇兒海絲小姐……!?」

「有什麼好害羞的？這只是工作罷了，是為了可瑪莉大小姐喔。」

「話、話是那麼說沒錯……可是要吸血……薇兒海絲小姐不介意嗎……？」

「沒問題，來吧，麻煩妳了。」

「嗚嗚……可是——」

這時薇兒朝著佐久奈靠近一步。佐久奈的目光左飄右飄，模樣顯得很慌亂，但她似乎察覺變態女僕那表情不是在說笑。之後小聲說了一句「失禮了」，跟對方知會完後，她就從薇兒背後抱住她，咬住薇兒的脖子。

咔噗。

當下薇兒發出短促的叫聲。每當佐久奈用舌頭舔拭從傷口流出來的血液，薇兒就會扭動身軀、氣息紊亂。另一方面，佐久奈為了不讓獵物逃跑，緊緊抱住薇兒的身體，臉上帶著紅潮，專心享用那些血液。

吸血鬼是會出於本能渴求血液的生物——一旦開始吸血就會進入奇怪的狀態——不會吸血的我絕對無法品嘗那種滋味，而這樣的世界正呈現在眼前——咦，這兩個人大白天的，在旁若無人幹些什麼啊!?

「妳、妳們兩個！那種事情是男女朋友才可以做的吧!?」

我隔著雙手指縫眺望那兩人的所作所為，好不容易才擠出一些聲音。

可是她們根本沒把我說的話聽進去。

我就只能在旁邊呆呆地眺望事發經過。簡短的十五秒鐘過去，還以為這段時間長到永遠都不會結束，這時佐久奈的唇瓣突然從薇兒脖子上離開。

只見薇兒用怨懟的眼神看著人在她背後的佐久奈。

「妳、妳吸太多了……」

「對不起！一不小心就……」

「算了，話說……妳技術還不錯。」

「好、好的，我也……覺得很好喝。」

……這是在幹麼，我都看到什麼了。

害我心裡好悶，怎麼會有這種心情，這種令人絕望的排外感是怎樣。就好像之前跟我玩在一起的朋友不知不覺間已經進入大人的殿堂，我被迫發現該事實。話說事實就是這樣吧？

「可瑪莉大小姐，您怎麼了？——啊，這對可瑪莉大小姐來說太過刺激了吧。」

「什、什麼啦!?我跟妳同年耶！而且我是二月生的，妳還要叫我姊姊呢！」

薇兒什麼話都沒回，光顧著竊笑。

我覺得好鬱悶，被人當小孩子看待。但我突然發現一件事。

那就是薇兒的雙眼正發出血紅色光芒，應該是在行使烈核解放吧。

「我看見了。納莉亞·克寧格姆——佐久奈·梅墨瓦——第七部隊——沒問題。可瑪莉大小姐不會死。這次應該沒必要事先動些手腳。」

「就、就是說啊，畢竟大家都在這。」

我壓下心中的慌亂，嘴裡如此回應。對喔，現在最重要的是去想想要怎麼求生。我要平安無事度過茶會，再跟大家一起玩……！

「啊，負責迎賓的人好像來了。」

佐久奈當下突然蹦出這麼一句，碰巧就在這時。

好像有人輕飄飄降落到地面上。

我不經意朝那邊看。

看見一個女孩子身穿哥德式女僕裝，站在白色沙灘上，樣子看起來還有點稚氣，臉上盡是眩目又開朗笑容，對方是翦劉種。自從來到度假勝地後，她是來迎接我們的第一人。

「打擾妳們玩樂，不好意思！」

這女孩用熟練的動作優雅一鞠躬，那笑容會讓看的人產生親近感，接著她面不改色地說了這番話。

「來吧，納莉亞大人終於醒來了。請跟我來！」

☆

「……對了薇兒，納莉亞・克寧格姆是什麼樣的人？」

「非常喜歡殺人的那種。」

「哎呀我有東西忘在沙灘了。我去去就回，等我一下。」

當下我的手被人用力抓住。

「放——開——我——！我不想再認識別的殺人魔！」

「看在世人眼裡，可瑪莉大小姐也是殺人魔。殺人魔會互相吸引……這是從很久以前就開始流傳的定論。」

「那種定論還是第一次聽說！我不行啦！不管我多麼會假裝自己愛殺人，骨子裡散發出來的善良氣息還是隱藏不了！」

「但我有散發邪惡氣息，沒問題。」

「妳只是亂講話說些有的沒的來擾亂視聽吧！今天拜託妳安分一點。」

「是，但您不用擔心。整個過程都已經透過【潘朵拉之毒】看見了。」

「唔……」

「沒、沒事的，可瑪莉小姐。都招待我們來這麼棒的地方了，那位納莉亞・克寧格姆小姐一定是好人……！」

「或許她實際上是好人！……但我卻有種預感，覺得那個叫做納莉亞的人也很危險。自從我當上將軍以後，遇到的人沒一個像樣的……」

「但我是正常人啊？」

「咦？」

「……咦？不、不是嗎？」

「也不是，嗯、是沒錯。或許納莉亞跟佐久奈一樣，都是好孩子也說不定。」

氣氛變得好微妙。

後來我們去沖沖澡換上平常會穿的軍裝，被帶到位於某個巨大宅邸的房間裡，那大宅建在海邊。剛才那位女僕對我們說「再一下子就準備好了，請妳們稍待片刻。」這廣闊的房間中央放了一張巨大圓桌，讓我想起之前的七紅天會議。我可不想再次賭上性命跟人開那種會。

不過照著薇兒的話做就不會死，好像是這樣……現在我就乖一點吧。

「……對了薇兒。抱歉問這種基本問題，但翦劉種是什麼樣的種族？」

「簡單說就是『刀劍使者』。據說他們連身體的一部分都是金屬，會常常被人嘲弄成『鐵鏽』應該是這個緣故吧。」

說到這個，我是有聽說過。據說蓋拉・阿爾卡的人民都會貼身帶著刀具四處走動。這樣不會違反槍刀管制法嗎？應該不會吧——我現在已經覺得自己的人身安全受到威脅了，這時佐久奈嘴裡嘟囔了一些話，像是突然想起什麼。

「對了，今天的茶會是不是沒有對外公開？」

「嗯？好像是。若是對外告知，可能會有一兩個愛報假新聞的記者跑來。」

「那這樣說來，這完全屬於私人邀約呢。納莉亞送過來的信件上也沒有蓋上蓋拉・阿爾卡的國徽。如果是國家之間的正式文書，應該要有總統的封蠟才對。」

那又怎樣？

佐久奈在意的事情還真奇怪——當我正漫不經心地想著這些。

現場突然出現一聲「咚磅！」房間的門被人用力打開。

我嚇了一大跳，心臟都快跳出來了。

有個女孩子就站在入口那邊。

她給人的第一印象是「桃紅色」。綁成雙馬尾的桃色頭髮受到窗口吹入的海風吹拂，正隨之搖擺。身上穿的衣服是蓋拉・阿爾卡的軍裝，但特別突兀的是配色很女孩子氣，應該是特別訂做的吧。

「——歡迎妳來參加翦劉種茶會，黛拉可瑪莉・崗德森布萊德小姐。」

對方用那雙充滿自信的雙眼盯著我看。

年齡上大概十五歲，不然就是十六歲。可是她身上散發出的氣息和我截然不同。說好聽點是身經百戰的勇士，講難聽點就是戰鬥狂，更難聽一點則是狂戰士。因為她腰上還裝備兩把劍，一般人根本不會帶那種東西來參加茶會。

納莉亞・克寧格姆——身具「月桃姬」封號的翦劉種女子坐到我們對面去，動作很俐落，而剛才那個女僕整臉笑咪咪地站在她斜後方。薇兒看了趕緊站起來，跑到我斜後方站著。話說妳用不著跟她做比較吧。

「初次見面，我是納莉亞。十五歲。蓋拉・阿爾卡共和國的八英將之一。黛拉可瑪莉小姐願意千里迢迢來這一趟，讓我致上最高的謝意。」

「嗯，我是黛拉可瑪莉。謝謝妳邀請我。」

「呵呵……不用那麼拘謹。今天我們不講禮數，來針對我國和姆爾納特帝國的未來暢談一番吧。」

我在心裡想著「她這種說話方式有點裝模作樣呢」。

這也難怪，她不是我這種冒牌貨將軍，而是真的有在率領軍隊四處打打殺殺，還是殺了一大堆敵人的殺人魔，如假包換。我看我只參考她的儀態就好。

這時納莉亞用試探性的目光依序端詳我們的臉。

「那接下來，我覺得也差不多該來召開茶會了——話說那個看起來很白皙的女孩子是誰？」

「不、不好意思。我是七紅天的佐久奈・梅墨瓦……請問……我算是不請自來的，這樣是不是不太好？」

「這個嘛……是還好。妳就很像是黛拉可瑪莉小姐的一部分吧？」

「是、是的。就像那個樣子。」

不是那樣吧。

「那就沒什麼問題了。跟其他的七紅天不一樣，妳對黛拉可瑪莉小姐會徹底服從——這樣的本質表露無遺。再說舉辦派對，參加的人越多越開心——來吧凱特蘿，為這幾個人準備我們珍藏的紅茶！」

「遵命，納莉亞大人！」

被人稱作凱特蘿的女僕慌慌張張跑走——而且還「砰！」的一聲跌了好大一跤。

現場頓時被沉默籠罩，但她並沒有因此感到挫折，而是慢吞吞地爬起來，面帶笑容轉頭看我們，邊「欸嘿嘿」笑邊搔臉頰。之後又像什麼事都沒發生過，接著從房間離開。

……這、這女孩還真活潑，跟我們家的女僕正好相反。

「抱歉引發騷動，她一直以來都很粗心大意。今天我明明要她六點把我叫起來，結果她自己一路睡到八點，害我最後十點才起床……這些都是題外話。」

納莉亞說完對我露出自傲的笑容。

「容我再度跟妳們致意，歡迎來參加翦劉茶會。其實我是希望妳們可以過來蓋拉·阿爾卡這邊，但眼下的國際情勢是那樣，實在不容易成行。」

「不會，妳招待我們來這邊，我們已經很高興了。第七部隊的成員也都非常開心……話說問這種問題好像有點失禮，但妳為什麼會寄信給我？我們之前都不認識吧？」

「之前有遇過啊。」

「咦？」

我開始回想。是有跟蓋拉・阿爾卡共和國打過一次，但那個時候的對手並非眼前這名桃色少女，而是長相看起來很恐怖的大叔。那我們到底是在哪邊相遇的——左思右想到一半，納莉亞臉上露出寂寞的神情，嘴裡說著「果然沒錯」。

「我早就知道了，妳根本不會記得我——很久之前姆爾納特帝國曾經辦過交流會，那個時候我們見過。當時我們聊過布丁的事情。」

「是喔。聽妳那麼一說，好像是有這件事……」

其實我完全不記得。在我當家裡蹲之前的那些記憶都變得像霞霧般模糊，我想都想不起來。

這時我換個話題，以免氣氛繼續尷尬下去。

「先、先不講那個了。妳為什麼會邀請我來？當然我是很開心啦。」

「叫妳過來是為了暗殺妳——如果我那麼說，妳會怎麼做？」

我的腦袋頓時停擺。多虧女僕戳我的側腹，我的腦子才重新啟動。

「還，還有什麼好做的，一定是反擊呀！看我瞬間把妳弄成海藻，配醋攪拌當成晚飯的配菜吃下肚！」

「呵呵，這話還真有意思——我開玩笑的啦，不用那麼緊張。我之所以會找妳過來，單純只是想跟可瑪莉妳說說話。」

我很懷疑。蓋拉・阿爾卡共和國是跟姆爾納特帝國不相上下的戰鬥狂之國。來暗殺別人就跟呼吸一樣簡單。想到這，就覺得剛才在海邊嘻嘻哈哈的自己簡直跟笨蛋沒兩樣。

「啊，我可以直接叫妳可瑪莉嗎？妳也可以直接叫我納莉亞。」

「嗯，無所謂。」

「謝謝。這樣我們就變得比較親近了。」納莉亞話說到這微微地笑了一下——

「不過，我還想跟妳進一步加深友誼。妳覺得該怎麼做比較好？」

「這個嘛，我想可以透過互毆來解決。」

「薇兒妳別這樣，別亂講話啦！——不是啦，如果想要跟我當朋友，我覺得我們只要透過聊天就可以了！我們一起來談談世界和平吧。」

「也對。不是透過武力交鋒而是言語交談，這樣就足以了解對方了——那麼，名聲享譽六國、很有潛力的新進七紅天大將軍，黛拉可瑪莉・崗德森布萊德，不曉得藏在那響亮威名底下的真面目長什麼樣子？」

咦？隱藏的真面目……？

我感覺自己流下冷汗，莫非這傢伙——

「這場茶會名義上是在修復阿爾卡跟姆爾納特的關係，但我個人另有目的。我來是為了確認黛拉可瑪莉・崗德森布萊德的力量和本質。」

「是嗎是嗎？我看天底下找不出比我更好懂的吸血鬼了。大家都叫我『殺戮的霸主』，不然就是『最強的吸血鬼』，對我議論紛紛，不瞞妳說那些全都是真的。就算沒跟我聊太多，妳也可以直接將周遭其他人對我的評價照單全收。嗯。」

「周遭其他人給的評語不準，一個人的本質要透過往返幾次對話才能看出。但妳確實是很好懂，只是稍微聊一下，馬上就讀懂妳了。」

「哇、哈、哈！對吧對吧。我早就覺得這個世界太過和平，其實戰爭可以多來幾次沒關係。」

「真是太棒了，可瑪莉。」

「咦？」

「妳言談之間很有威嚴，具備殺戮霸主的威嚴。」

不——

不會吧————!?她一下子就被誆騙了!?

「是、是這樣啊？我一直在隱瞞，原來都穿幫了？」

「早就穿幫了。沒看過哪個人像妳這樣，散發如此美妙的殺意！」

「別這樣，我會害羞的。」

「妳用不著害羞啊。因為不管怎麼看，妳長得都像會殺人的樣子。」

好刺，那句話直接刺中我的心。

一億年難得一見的美少女怎麼可能殺人！——我很想這樣說，但剛才都戴著殺人魔的假面具跟納莉亞接觸了，總不能事到如今才說「對不起。其實我是和平主義者」，我只能繼續假裝自己超愛殺人。

「……可瑪莉大小姐，對方誤會也不會造成任何問題。反正可瑪莉大小姐原本就打算誇大其詞，用這種方式騙過其他人。」

「好吧話是那麼說沒錯……但我還是第一次被人說長得像殺人魔……是說妳別那樣說我啦……感覺我很像騙子……」

我受到打擊了。各方面來說都是。

「我很中意妳——晚點再帶妳去阿爾卡的基地，就在這附近。」

「是、是嗎？原來核領域這邊還有基地，姆爾納特帝國都沒有那種東西。」

「是我擅自建造的，那裡沒有其他人住。」

「那不是違法行為嗎……」

「也許算是違法行為。但都已經實際上建造完成了，再也沒人能出手干預。用武力做實質上的支配——這正是蓋拉·阿爾卡的作風。你們的國家也是那樣吧。就像核領域裡的城塞都市費爾，那不是軍事基地，但也是姆爾納特透過武力管轄的領土吧？」

完全不曉得。那裡是什麼地方？

「總之如今是戰國時代。我國魔核效果無法擴及的地點就算了，可是像核領域這樣的地方，不管使出什麼樣的手段都要弄到手——妳也這麼覺得吧？」

想也知道我不可能跟她起共鳴。納莉亞一直盯著我的臉看，在那瞬間說了聲「哎呀？」看似玩味地瞇起眼睛。莫非我虛張聲勢的事被她看穿了？——結果這好像是我在杞人憂天。

「對了可瑪莉，妳到現在殺多少人了？」

「差不多五千人吧。」

「好巧喔！我也是。」

來人啊快去報警，這傢伙是殺了五千人的重大罪犯。

「殺這麼多人就合格了。我把妳叫過來是為了看清本質——但實際上不只這樣。假如妳的本質符合我的期待，我就準備邀請妳。」

「要做什麼？」

「加入我的征服世界計畫。」

納莉亞在說的時候一臉得意。糟糕，她的腦袋不正常。

這下我才發現事態正朝最壞的方向發展。而且這個「最壞」還跟之前遇過的「最壞」不一樣。是更壞的「最壞」。

「只要我跟妳聯手，我們不就天下無敵啦？白極聯邦跟天照樂土都不是對手，姆爾納特和蓋拉・阿爾卡這兩個東西大國將會稱霸全世界。」

「不對，要稱霸全世界是不是有點吃力呀。」

「妳怎麼這麼謙虛啊？剛才不是還充滿自信嗎？」

「當、當然了，要是我認真起來，要讓天上天下都化為焦土也易如反掌，小事一樁啦。但我野心沒那麼大，不至於要征服世界。」

「隱藏也沒用，這上面都把妳的真實想法赤裸裸寫出來了。」

這時納莉亞憑空變出一份報紙。

一串似曾相識的文字竄入我眼中。

『要把全世界做成蛋包飯』

我打從心底憎恨那個專門報些假新聞的記者。看樣子納莉亞剪了一堆關於我的報導。除了蛋包飯，甚至連一些莫名其妙的報導都有，例如『要把敵人拿來夾漢堡』、『今天的晚餐是大猩猩』。這些事我完全不知情，根本都是捏造出來的吧！

「不管妳裝得多麼善良，骨子裡散發出的邪惡氣息還是藏都藏不住。妳會跟我合作吧？」

「等、等等，妳突然跟我提出征服世界的計畫，太沒頭沒腦了。計畫內容是怎樣的？」

「首先要滅掉最近得意忘形的天照樂土，再來是很囂張的白極聯邦，然後輪到一直保持中立的夭仙鄉，順便把拉貝利克王國滅掉——是不是很完美？」

我個人覺得漏洞百出。

「問個根本問題，為什麼一定要征服世界……」

「為了讓我威名遠播威震全世界！還需要其他理由？」

「這、這倒也是，威名很重要呢。但好像不需要我提供協助吧？」

「需要啊。雖然蓋拉・阿爾卡是強大的國家，但是跟其他國家作戰的時候，姆爾納特趁機進攻就麻煩了。而且跟可瑪莉妳一起的話，我認為沒有我們辦不到的事情。若是跟妳攜手，我們有辦法拿下整個世界……我有這種感覺。」

對方露出那種表情就像愛做夢的少女。只是她的夢太血腥了，我完全無法融入。

可是隨隨便便拒絕一定會變成──「妳不願意答應我的請求啊……那就殺了妳。」暫時先不要給答覆好了，也只能這樣。先把這個消息帶回姆爾納特，跟皇帝等人好好商量一番，之後再寄信給她好了。這叫做麻煩事延後處理大作戰。只好用這招了。

「的確，征服世界是滿有趣的。但我要先想一下，晚點再回覆妳──」

「我、我覺得征服世界是不對的！」

當下現場突然出現一聲高亢的呼喊，我的眼睛跟著睜大。

那個銀白色的吸血鬼──佐久奈整個人都站起來了，雙眼還瞪著納莉亞瞧。

「和平才是最好的，無謂的爭鬥只會讓人一直相互憎恨！」

「哎呀，佐久奈．梅墨瓦，妳對我跟可瑪莉的野心有意見？」

「可瑪莉小姐在解決事情的時候，都會盡可能跟對方用談的。她沒辦法對納莉亞小姐的野心提供協助！對吧，可瑪莉小姐。」

咦？佐久奈，先等等。妳說得很對，但我也有自己的作戰計畫要顧——我說薇兒，妳快阻止左久奈，否則交涉失敗會被殺掉。

「就是說啊，克寧格姆大人。可瑪莉大小姐會靠她自己的力量征服世界。沒必要跟妳這種不怎麼強又沒什麼名氣的將軍A聯手！對吧，可瑪莉大小姐。」

妳不要換個方式妨礙我啦————！這樣根本是想找對方吵架吧!?用這種方式挑釁那類型的人，就好比對我說「妳好矮喔（笑）」，跟這樣煽動我有同樣的效果喔！讓她氣到爆炸的憤怒導火線會被點燃啊！

妳看吧，納莉亞的表情越來越——

「——哼，那就是說我的力量是多餘的？好意外，我真是太意外了。」

她真的生氣了啦！看起來超不爽的，臉頰都鼓起來了！

「等、等等，我並沒有那個意思。這都是誤會。」

「……好吧，也許我操之過急了。我們先來喝杯茶，慢慢深入了解彼此吧？來，凱特蘿。」

「好的，讓各位久等了——！要來上美味的紅茶囉！」

除了用很活潑的方式回應，那位女僕也回來了。她朝杯子裡放了濾網，同時將紅茶注入。好棒的香氣——然而我發現令人絕望的事實。身為吸血鬼的我對這種氣味很敏感，眼見納莉亞正用雙手撐著臉頰，嘴裡還說「如何啊？」。

「這是加了血液的香料茶。我想身為吸血鬼的妳應該會喜歡。」

「……這是誰的血？」

「是我的！」

納莉亞在回答的時候，臉上堆滿笑容。拿茶給人家喝，居然放了自己的血液，這樣的神經迴路令人無法理解。是說姆爾納特帝國這邊好像也有那樣的風俗習慣。

「喝完那個再跟我談吧，這樣我們應該就能明白彼此的想法了。」

「說、說得也是！等一下感覺對了再喝。」

「……怎麼了？妳不喝嗎？」

「沒有啦，就是、要先做點心理準備……」

「不需要準備啦。還是說妳沒辦法喝我的血？」

「那怎麼可能！這是因為、那個……」

我詞窮了。沒錯說對了，我沒辦法喝血。如果硬逼自己喝，或許也不是不能喝，但我可能會吐回去。可不能當著納莉亞的面做那種事，但是拒絕又很失禮，不過老實說出「我沒辦法喝血」，對方就會懷疑我可能在虛張聲勢，假裝自己是最強的吸血鬼，搞不好還會被殺掉。

於是我決定跟薇兒求助。當我跟她使眼色（眨眼睛），她馬上說「包在我身上，可瑪莉大小姐。」從我手中搶走那個杯子——

「克寧格姆大人，可瑪莉大小姐覺得您的血加進紅茶很噁心，害她喝不下去。」

「也太直接了!?」

「很、很噁心……!?可瑪莉，這是真的嗎!?」

「不是真的啦！」

「是真的。」

「都說不是真的啦！」

「看來是真的……罷了，凱特蘿，去準備替代用的茶品。」

「是……如果要我喝納莉亞大人的血，我會喝得很開心。」

凱特蘿還用怨恨的眼神瞪視我，同時離開房間。

為什麼我得被初次相見的對象怨恨啊。這全都是薇兒害的吧——就連我都帶著怨恨的心情看旁邊的薇兒。她已經拿著從我手中搶走的杯子喝了起來。

「血液和紅茶並沒有巧妙混合。四十分。」

「喂妳別做多餘的評判，被納莉亞聽見怎麼辦。」

「我都聽到了！……其實我知道，在吸血鬼社會中似乎有種風俗習慣，要對方得到自己的認可，才願意喝對方的血。這代表那個意思吧？像我這樣的將軍A，沒資格跟黛拉可瑪莉・崗德森布萊德聯手？」

「等、等等，我確實不打算跟納莉亞妳聯手。但這不是在懷疑妳的實力，而是我原本就不打算征服世界的關係！」

「騙人！報紙都把妳說過的話寫出來了！『——我敢預言，這個世界伞都會變成番茄醬。』」

「世界怎麼可能變成番茄醬，照常理想也知道！那看就知道是假的！」

「但妳剛才不是也說『征服世界挺有趣』!?」

「那也是在說謊，抱歉！」

「妳這人根本滿口謊言——！咕唔唔……要我說，妳還是再考慮考慮吧。像妳這樣的大人物被埋沒太可惜了。看過之前的七紅天爭霸戰，我很確定——妳有那個資格引領殺戮風潮！」

「那種風潮聽都沒聽過！——聽好了，我趁這次機會跟妳坦白，就算我的能力足以征服世界，我也不想隨便亂用！因為我是和平主義者！基本上力量這種東西不是用來讓其他人服從，而是要用來維護世界和平才對！但我身邊有太多人都不明白這個道理！」

「唔……」

我看到納莉亞瞬間出現退縮反應，但好像——她嘴邊還帶著淺淺的笑意。

好像是我看錯了，她如今正不滿地交叉雙手放在胸前。

「沒想到能聽見妳說出這種話！要我退個一百步來說，或許那些新聞真的是假的，但妳確實四處挑起戰爭！這妳又要做何解釋!?」

「那都是女僕跟大猩猩搞的鬼，不是我想做才那麼做的！因為我最討厭戰爭。」

「又在說那種謊話！不喜歡打仗的人哪有辦法一直當將軍!?」

「要是妳真的那麼懷疑，大可去調查我的戰績，我可是連一個人都沒殺！」

「那是說殺掉五千人的事情也是假的!?」

「這當然是假的——」

「——閣下！抱歉突然打擾，有件事需要立刻向您稟報……」

「啊——我是殺了。但不是五千人，好像有來到五億人吧。」

「到底是多少！」

「是五億人！」

「最好是啦——！」

納莉亞話說到這用力敲擊桌子，發出「砰！」的一聲。

可是我的注意力都被突然闖進房間的貝里烏斯吸引過去。他看起來累得半死，好像剛剛才跑完長途馬拉松大賽一樣，到底發生什麼事了。你不是也去玩沙灘奪旗了嗎？——正感到疑惑，貝里烏斯就將音量壓低，低到只有我們幾個能聽見的程度，並對我這麼說。

「關於我們拿來當成目標的旅館……」貝里烏斯邊說邊指向窗外的黑色建築。「前方似乎就是蓋拉・阿爾卡軍方的駐紮地。」

「什麼？」

「他們以為第七部隊衝過去是在進軍，於是就爆發戰爭。」

「啊？」

「可是軍隊全都被我們滅了……不知道為什麼，敵人很弱……」

「…………」

那……那些臭小子——————！

我……我剛才可是很努力，想要讓事情和平解決啊啊啊啊啊啊！

「我說可瑪莉！那個獸人是誰？妳的僕人？」

「不、不是。是我的部下，名字叫做貝里烏斯。」

「是嗎……看來是條優秀的狗。還有那邊那個女僕也一樣，看樣子妳身邊還聚集不少優秀的人才。令人羨慕呢！為什麼不適當運用那個最強的第七部隊!?」

「我很想適當運用！接下來原本預計跟大家一起玩沙灘排球……」

「這哪叫適當！真是的！這下我都明白了！妳明明擁有力量卻不知道怎麼用！那好吧，這種時候就按照阿爾卡的規矩來決定吧——那是古老的慣例，『碰到想要的人就算把對方打成重傷也要得到』！要是我贏了，妳就要來當我的僕人！當僕人！」

「等等，靠武力爭奪太野蠻了！我們還是來比文字接龍吧。」

「文字接龍有什麼好比的！黛拉可瑪莉．崗德森布萊德！我要對妳宣戰！現在就在這跟我率領的蓋拉．阿爾卡共和國軍第一部隊分個高下吧！」

「求之不得！來吧可瑪莉大小姐，快把他們狠狠修理一頓！」

「妳出來湊什麼熱鬧！戰爭這種東西——」

這時我朝背後偷看一眼，發現那隻狗在看這邊。

「——戰爭是一定要的啊！真希望能下下血雨番茄醬！那好吧，要我接受也行！」

「說得好！我的第一部隊在蓋拉．阿爾卡這邊也算是最強的精銳，別以為輕輕鬆鬆就能戰勝——我現在就叫他們過來，給我等著。」

納莉亞說完就從口袋裡拿出通訊用的礦石。

咦？先等一下……？

「對了，納莉亞，妳的部隊是在哪兒？」

「在軍方駐紮地那邊。妳看，窗外有個巨大的黑色建築——那邊不是能夠看見妳們今天預計要入住的飯店嗎？基地就在附近。大夥目前正在那邊訓練——」

房間裡所有人都看向遠方的旅館，事情就發生在那瞬間。

飯店正中央剛好在那時爆炸，看起來驚心動魄。

「「啊？」」

我跟納莉亞同時出聲。爆炸聲響重重地壓在我的心臟上，在度假勝地這一帶處處都能聽見。而且還不是只有炸一次。後來又發生幾次小規模爆炸，籠罩了整座飯店，碎片四處飛散，爆炸引發的大火熊熊燃燒——最後柱子應聲折斷。

那個黑色的高塔往旁邊傾斜。像是受到牽引一般，直接倒向地面。

我光顧著張大嘴巴，完全合不起來了。

伴隨著一聲巨大的「滋嗡————！」聲，高塔的上半部用力撞上地面。連帶揚起一大片沙塵，讓遠方的景色都變得白茫茫的。

咦？這是什麼，是夢嗎？

「……貝里烏斯，那個是——？」

「應該是梅拉康契幹的。那傢伙很喜歡炸掉高聳的建築。」

「…………」

這果然是在做夢吧。既然是做夢不妨到海邊去。如果是在夢裡面，我八成也會游泳，去跟魚兒一起來場大海冒險吧。

「納莉亞大人！大事不好了！」

只見剛才那個女僕——凱特蘿臉色大變地衝進房間，手上還拿著放了茶壺和茶杯的托盤。但眼下氛圍根本不適合開茶會。

「請、請問！重新泡茶跟報告，哪個要先做呢!?」

「先報告啦！那是怎樣！為什麼夢想樂園被炸掉了!?」

「不只是被炸掉而已！一大群吸血鬼突然來襲，第一部隊都被滅掉了！到處都是屍體！」

我看到納莉亞惡狠狠地瞪我。

薇兒則是用力捏我的臉頰。

然後我就從夢中醒來了。糟糕，這已經不只是來找碴了。那些傢伙居然對核領域的敵國設施主動出手攻擊，未免太過分了。娛樂性戰爭就別提了，搞不好還會導致真正的戰爭開打。

「……可瑪莉，妳很行嘛！」

「抱歉。」

「妳以為……說句抱歉就沒事了——————!?」

納莉亞說完拔出雙劍衝過來。死定了——這念頭才剛閃過，薇兒就已經用公主抱的方式把我整個人抱起來。變態女僕開始高速奔跑。納莉亞追在後頭。佐久奈朝著反方向逃跑——此時薇兒凝聚魔力，啟動通訊用礦石。

「我是女僕薇兒海絲，要替黛拉可瑪莉閣下傳話。全員撤退。全員撤退。立刻離開現場，返回姆爾納特。蓋拉・阿爾卡已經完全跟我們敵對了。」

「——先等等啦啦啦啦啦！逃走不好吧!?至少要對那個高塔做出賠償，不然會引發國際問題呀!?」

「已經引發了——來吧，逃脫路線早就已經準備好了，我們要傳送過去！」

「妳果然都準備好了!?」

「因為我早就看見未來了。」

「既然都已經看見未來，不會找出更好的解決辦法喔——————！」

只見薇兒朝著背後丟出煙霧彈，接著就開始用風一般的速度狂奔。

我則是陷入混亂狀態。

在無計可施的情況下，被女僕直接抱走。

☆

「啊啊啊啊啊啊啊啊啊啊啊啊啊啊啊啊啊啊啊啊啊啊啊啊啊啊啊啊啊！」

眼下我正抱頭痛哭。

這裡是核領域費拉拉爾州的海岸地帶——但已經離剛才的度假勝地很遠了。敵人沒有追過來的跡象，這樣算是成功撤退了吧。

算我運氣好撿回一命，但這樣就大感慶幸是不對的。

因為我們闖了有史以來最大的禍。之前就算部下失控，出問題也都只有在國內就收拾完了，這倒還好。但這次不一樣。這次——我們跟對立的國家起衝突了。

「這下責任會算在我頭上吧……」

「客觀來看是那樣，可能會被人扒掉七紅天的頭銜。」

「太好啦——！不對一點都不好！」

如果被革職，我就會被炸死。雖然這是初體驗，但被炸死可不是開玩笑的。話說是不是初體驗不重要，我這輩子都不想死。於是我當場曲腿抱著膝蓋坐在地上，眺望遠方的地平線。

「不知道大家是不是都有順利逃走……」

「都逃了。沒有少掉任何一個人，所有人都逃亡成功……但這樣有點不自然。」

「不自然？哪裡不自然。」

「不知道對方有什麼意圖。憑藉納莉亞・克寧格姆個人的實力，抓一兩個吸血鬼並不困難吧。我覺得應該解釋成『刻意放他們逃跑』。」

「那是不是她已經原諒我們了？」

「做了那種事，對方怎麼可能原諒我們——可瑪莉大小姐，來談一下接下來的預定行程。」

「大海好美喔～！我們兩個一起來假裝在海上漂流吧～！」

「我是很想盡全力漂流，但現在不是逃避現實的時候。恐怕納莉亞・克寧格姆日後會正式和我們宣戰。那個翦劉種不好對付——我們必須事先擬定紮實的對策。」

可以的話，我想要跟所有人和平共處。但事情怎麼就變成這樣了。

正當我咳聲嘆氣到一個極致，薇兒的口袋突然發出淡淡的光芒。

看來是有人透過通訊用礦石聯繫我們。

「是，我是薇兒海絲……是，遵命……可瑪莉大小姐，皇帝陛下找您。」

薇兒說完就把礦石交到我手中。我反射性接過，把那樣東西放在耳朵旁邊。

結果如雷鳴般的大嗓門立刻轟向我的耳膜。

『嗨嗨可瑪莉！度假勝地好不好玩啊？其實有機會的話，朕也想一起去，但手邊還有政務要處理，沒辦法出國。這樣未免太不近人情了，朕不能接受，等妳回來一起去宮殿泳池，讓我們像時下少女那樣，替彼此塗抹防晒乳吧。塗到黏呼呼的。』

「我才不幹那種事！如果妳沒有其他的事情，我要掛斷了！」

『哇、哈、哈，開玩笑的。朕幫妳塗就好，妳只需要放輕鬆委身於朕——不是啦等等，別掛斷，朕還有要事交代。是這樣的，三天後天照樂土那邊會派使者過來，似乎想來談談六國的日後發展。」

這話題一個接著一個，也跳太大了吧。我聽了都覺得累。

「喔是嗎？對我來說比起世界，今天的晚餐更重要。」

「這事情重要到跟晚飯一樣重要，所以妳聽好了——那位使者的名字叫做天津・迦流羅，她似乎無論如何都想跟可瑪莉會談。突然這樣要求妳不大好，但妳能不能先回國？」

「……那跟納莉亞的茶會該怎麼辦？」

原本我們就預計要住上兩天一夜了。不料皇帝呵呵大笑。

『朕都透過遠視魔法看了，鬧出那麼大的騷動，當下的氣氛已經不適合開茶會了吧。妳就把納莉亞・克寧格姆的事情忘了，安心回國吧。』

「原來妳都知道喔！」

我好絕望。為什麼麻煩事一件接著一件不停冒出來。我看那個天津・迦流羅八成也會說「我們用拳頭來解決吧」。

「咕——唔唔唔唔唔唔……」

「沒問題的，可瑪莉大小姐。就算納莉亞・克寧格姆攻打過來，我也會將她毒殺。」

那個女僕用手溫柔摸摸我的頭，但我完全沒有被安慰到。待我像貓那樣用俐落的動作站起，接著就朝無限遼闊的大海全力尖叫。

「啊啊啊啊啊啊啊啊啊啊啊啊啊啊啊啊啊啊啊啊啊啊啊啊啊啊啊！怎麼會變成這樣——————！我原本還想在海裡多玩一下子——————！想要放煙火、烤肉，還有跟佐久奈一起看星星——————！」

「可瑪莉大小姐請您冷靜一點，海邊隨時都能來。」

「但是今天過完就不再是今天啦！我想要好好珍惜每個青春的日子——————！」

「每天都在房間裡當個懶鬼的人在說什麼呢？好了，我們該回去了。」

「海邊比較好——————！」

於是我就被女僕強行帶回去。

☆

現在沙灘上一片蒼涼，沒有半個人影。

少女桃色的髮絲隨風飛揚——這位「月桃姬」納莉亞・克寧格姆將拿在雙手中的雙劍收回刀鞘，仰頭對著天空發出盛大的嘆息。

眼前有著萬里無雲的晴空，納莉亞的心就跟這個天空一樣晴朗。

「……呵呵，呵呵呵呵，果然是個不可多得的人才。我沒看錯。」
飯店被破壞了，第一部隊的成員都被殺光，她輸得體無完膚——可是納莉亞心中湧現的感受是喜悅。如果能夠延攬這樣的人才，將能夠改變世界。可以對蓋拉・阿爾卡境內那些禽獸不如的東西復仇。
「納莉亞大人！黛拉可瑪莉・崗德森布萊德這個人真的好過分喔！難得納莉亞大人特地招待她來參加茶會！她居然做出那種事情！」
這時凱特蘿氣呼呼地靠過來。剛才那場戰亂讓女僕裝變得亂糟糟，臉頰也被沙子弄髒了。納莉亞用手指替她擦拭那些髒汙，同時還說：
「那並不是可瑪莉想做才那麼做的。應該是部下自己失控亂搞，或者馬特哈德的企圖被人看穿。」
「咦……是說我方想要殺掉黛拉可瑪莉的事情已經穿幫了？」
「或許是吧。」——納莉亞邊思考邊捲弄桃色的頭髮。
蓋拉・阿爾卡這邊怎麼可能召開和平的茶會。納莉亞接獲的命令是「將黛拉可瑪莉・崗德森布萊德將軍約出來並殺害捕捉」。
可是納莉亞原本就不打算殺掉她。
她看總統不順眼，沒義務服從他的命令。
「……那女孩可以派上用場，能夠給馬特哈德的野心來個下馬威。」

「不行啦。那個吸血鬼就像難以控制的脫韁野馬。」

「不，她的本質絕對不是殺戮霸主。其實她心地更加善良。」

「那種人可能嗎……？」

看樣子凱特蘿無法領略。

「擁有那麼強大的力量，人很容易驕傲自滿。可是她完全沒有那樣。還是跟那天的她一樣——看來可瑪莉傳承了老師的心性。」

「老師？——我不是很懂，但不管怎麼看，黛拉可瑪莉都很危險。」

「一點都不危險。她對我要征服世界的計畫完全沒興趣。跟馬特哈德不一樣，跟父親也不一樣——而是真正的和平主義者。」

「會不會是征服世界的計畫太隨便了，她才沒什麼興趣？」

「怎麼會。那個計畫很完美吧。」

「可是也很隨便啊。」

「也是啦。」——納莉亞說完這話就笑了。她並沒有征服世界的野心。會隨口說出那樣的計畫只是在做做樣子，用來釐清可瑪莉的本質。其實就連納莉亞自己也不例外，人會隨著歲月逐漸改變。無法保證那名少女直到現在依然是和平主義者。如今六國新聞就時常刊載她說過的狂妄發言，乍看會覺得她很目中無人。

因此納莉亞才要做個確認。假如她對征服世界的邀約有興趣，那就表示這個人的程度只有那樣。到頭來她也被養育成暴力分子了。相反的，若是沒有接受邀約，那單純就是個膽小鬼。光是聽到「世界」這個字眼就縮回去，那樣不配當納莉亞的搭檔。

「……看來她兩種都不是呢。」

——所謂的力量不是要用來逼其他人服從自己，而是要用來追求世界和平，這樣才對！

那一定是她的真心話。看她的表情和語氣，她是真的打從心底希望世界和平。

可是都還沒有成為真正的同盟，雙方的關係就為那件事遭到重挫。

當時是不是該追過去把她抓起來才對，納莉亞想到這覺得有點後悔。

「凱特蘿，我要讓可瑪莉成為我的僕人。」

「是……」

「她在我的計畫中不可或缺。或許那個吸血鬼能夠顛覆世界。」

「請問……不是邀來當夥伴也不是朋友，而是要當僕人嗎？」

「我想要讓可瑪莉穿女僕裝，讓她變成跟妳一樣忠心的僕人。」

納莉亞這時將手指放到凱特蘿的下巴上。

身為翦劉種的女僕有些臉紅，接著她用直率的眼神凝視主人的雙眸。

「我、我要當納莉亞大人的首席女僕。」

「……呵呵，妳用不著嫉妒。關於這點，我自然是比任何人都清楚。」

「納莉亞大人……」

碰巧就在這時，納莉亞的通訊用礦石發光了。

那讓她差點想從嘴裡「嘖」出聲。這個礦石可不是一般的礦石——只要是蓋拉·阿爾卡的八英將都一定會配給到，是能夠跟總統直接聯繫的特殊礦石。

她輕輕揮動手指，將魔力注入。在石頭內部增幅的魔力變成光芒擴散出去，在海上造出一個臨時螢幕。

穿著西裝的男子現身了，就很像在海上憑空跑出來的海怪。

『——克寧格姆，妳到底在做什麼？』

「哎呀，原來是馬特哈德總統。今天睡亂的頭髮又變得更壯觀了呢。」

他是蓋拉·馬特哈德，蓋拉·阿爾卡共和國的首長。

獲得民眾絕大的支持，就任成為第一任總統後，他推動各式各樣的創新政策，是讓國力倍增的稀世英雄。

但那只是他表面上的資歷。因為這傢伙的緣故，納莉亞失去所有的一切。

『——雷因史瓦斯都跟我說了。妳好像失手了，沒把崗德森布萊德殺掉是吧。』

納莉亞在心中「嘖」了一聲。看來她果然被人監視了。

「有什麼問題嗎？」

『當然有。我就明講了，這樣的失誤大到讓人不敢直視。妳根本沒把國家利益放在心上。為什麼沒有馬上殺掉她？為什麼讓她逃了？』

因為我本來就打算放她逃跑——這些話就算撕裂嘴也不說。但凡她有半點反抗舉動都會被當成有意背叛，被人抓去監獄裡關起來。那樣一切就全完了。

「我已經盡最大的努力了，可是崗德森布萊德似乎技高一籌。」

『她的確不好應付。可是信心十足放話「一定會完成任務」，說要攬下這個任務的人也是妳吧？那殺了她再抓起來應該是妳的使命才對。』

「的確是，很抱歉。」

『而且第七部隊的成員連一個都沒殺掉，這是在做什麼？想必妳也知道，最近我們已經不能大張旗鼓沿著國境狩獵和魂種了。如果能夠抓到五百個吸血鬼，那將會帶來很大的利益——』

「利益？透過慘無人道的實驗獲取利益，這樣的利益有什麼意義。」

『冤枉啊。被收容在夢想樂園的人，我們每天都讓他們過著很棒的生活。』

「我看你以後會不得好死。」

那讓馬特哈德厭煩地哼了一聲。

『開始會說大話了呢——但妳可別忘了。妳很寶貝的東西，我只要動動一根手指就能讓那些全都化為灰燼。不管妳哭叫得多麼大聲，我都不會手下留情——蓋拉・阿爾卡會將不需要的東西全都剔除乾淨。」

「這你倒是說對了。就好比是玩弄人民又傷害他們的昏庸執政者——」

『納莉亞・克寧格姆，妳看起來臉色發青呢。』

那陣冷笑讓納莉亞覺得胸口一陣刺痛，她不由得用力握緊拳頭。

這個男人是萬惡的根源。五年前他靠武力奪取納莉亞的王國，也是將她的家人推入地獄的罪魁禍首。不可原諒。雖然無法原諒他——現在的納莉亞卻拿他沒辦法。

「——不用替我操心。說這些只是對你蠻橫的作為有點無語罷了。」

『耍嘴皮子適可而止就好。妳應該不希望最後的下場跟妳父王一樣吧？』

「…………」

『哼，算了吧。反正遭殃的只有住宿設施。雷因史瓦斯跟我稟報，說地底下的祕密並沒有被人發現。這次發生的事件還能拿來當成不錯的藉口，用來跟對方發動戰爭。妳就汲汲營營為我賣命吧，納莉亞・克寧格姆。」

剛才那些畫面頓時消失無蹤。

周遭只剩下平穩的海浪聲。

納莉亞做了個深呼吸。她想起從前父親的教誨——如果想要讓心情冷靜下來，可以在手掌上畫出三角形圖案，再把那個圖案吃下去。她畫了也吃了。卻覺得很生氣。

「——真是有夠火大的，那個臭老爹！」

「啪鏗——！」一聲，納莉亞將掉落在沙灘上的海灘球踢起來。被這突然發出的巨大聲響嚇到，凱特蘿發出悲鳴，嘴裡說著「咿欸欸——納莉亞大人別生氣～」。

要她別生氣是不可能的，無論如何都要誅殺馬特哈德。

唯有心志堅定的人才能改變世界。

因此她也必須不屈不撓努力下去。

「——我要改變阿爾卡，那是我的使命。」

接著她看向被破壞的飯店。那裡表面上是蓋拉·阿爾卡開發出來的度假設施，實際上卻沒有那麼簡單。其實是馬特哈德和心腹才能進入的特殊軍事設施。也是人間煉獄。

既然要破壞，應該連地底的設施都破壞掉，納莉亞心想。

她知道——憑藉那個吸血鬼的力量，將能夠為阿爾卡帶來變革。

納莉亞一直都有這種預感。

三天後，在我自己的房間裡，床鋪上。

我因為惡夢驚醒。

那個夢恐怖得要死。

化身復仇惡鬼的納莉亞抓到我，把我倒吊起來。嘴裡鬼扯些話像是「來喝可瑪莉茶葉泡成的紅茶吧」，還把我塞進茶包裡，丟到滾燙冒泡的熱水中。被精心熬煮出茶汁的我直接遭人扔進流理臺，可是納莉亞喝完泡好的紅茶覺得「真好喝。再來泡一次吧。」又把我再度放進熱水中——

「早上好，可瑪莉大小姐。」

「唔呀!?」

我嚇了一大跳，整個人從床鋪上滾下來。

這才發現來的人是變態女僕，不是把我泡成紅茶的危險少女。

「什麼啊，原來是薇兒。別嚇我啦……」
「您是不是夢到可怕的事情？」
「對啊，但只是夢而已。我要去睡回籠覺。」
「那請您來這吧，我替您唱搖籃曲。」
「嗯。」
我看見薇兒掀開棉被對我招手。在她的催促下，我溜到她身旁。
直接睡到中午好了。印象中暑假好像只到昨天為止，但我寧可一輩子都是暑假——咦？我好像跳過不該跳過的東西了——
「——不對，妳出現在這也不正常吧!?」
這時我推開薇兒，從床鋪鑽出來。
待在夢裡還好上百倍。但假如我沒有醒來，變態女僕就會在我睡著的情況下做些奇怪的事——這女僕真是讓人大意不得！
「從我的床鋪離開！現在馬上走！」
「是，要我下床也行，但接下來就要工作囉。」
「…………」
當下我心中一陣絕望。
一想到接下來要工作，過度憂鬱的我只想鑽進被窩睡覺排解鬱悶。開開心心的暑假已經結束了。不對，最後那三天一點都不開心，甚至還胃痛個不停。

從茶會離開後，回到姆爾納特也沒遇到什麼事，讓我得以跑回位於帝都的自宅躲起來當家裡蹲，但不知道敵人什麼時候會打過來，害我的心情一點都不悠閒。過度操煩的結果就是這幾天白天連大頭覺都睡不好。

「我得跟納莉亞道歉……」

現在想想，人家邀請我們參加茶會，對她做出那種事未免太過分了。

還有——雖然差點被人殺掉，但不知道為什麼，我對她就是討厭不起來。

總覺得她非常拚命，雖然方向錯誤。

「如果要跟她謝罪，下次碰面再說也行。先來處理公務。」

「我不想工作啦！八成又是要跟大猩猩作戰吧！」

「那您要睡回籠覺是嗎？這裡有抱枕喔。」

「不需要啦！是說妳怎麼一天到晚鑽進我的被窩啊，都沒想到要回自己家裡睡喔!?」

「沒有。」

「為什麼。」

「因為我沒有家。」

「那妳都住在哪裡！」

「住這個房間。」

薇兒邊說話邊指著房間地板……啊？這傢伙在說些什麼？

「開玩笑的吧？」

「不是開玩笑。我的行李也都放到那個櫥櫃裡了。看到我的衣服了吧？」

我要冷靜，先冷靜再思考。

的確，不管是平日、假日還是節慶，從我早上起床到就寢為止，她都像隻吸盤魚黏在身邊。早餐午餐晚餐都跟我一起吃，就連洗澡也是等我洗完再進去洗。可是等我就寢，她應該就會回家了吧？是在我起床之前來這報到的吧？這人已經在我不知情的情況下跟我同居一段時日，想想未免也太恐怖了。

「如果您不打算睡回籠覺，那您就要工作。今天預計要跟天津・迦流羅大人會談。」

「先等等，薇兒。對於妳的私生活，我有些問題想問。」

「看到您對我有興趣，我很開心，但現在沒空問那個。天津・迦流羅大人已經等了三個小時了。如果讓她等太久，她可能會抓狂把妳殺了。」

「那妳為什麼不把我叫起來!?」

「其實您可以放心。剛才為了讓她打發時間，我已經把可瑪莉大小姐寫的小說交給她了。」

「別幹那種多餘的事啦——————！」

喂，不准露出那種得意的表情！在那邊裝什麼優秀女僕！

我邊哀嘆邊脫下睡衣，換穿軍裝。最近我發現用超光速換裝就不會給女僕出手的機會，把臉洗好牙刷好廁所上好外加咬住薇兒給的吐司後，我傾盡全力衝出房間。

「真不愧是可瑪莉大小姐！當社會人士已經當得有模有樣了！」

「遲到三小時就已經不配當社會人士了吧！——啊～～讓頭一次見面的人乾等，實在太糟糕了！而且還被她看見我寫的小說……啊啊啊啊啊啊啊啊啊啊啊啊啊啊啊啊啊啊啊啊啊啊啊啊啊啊啊啊！」

「就這麼不想讓人看見您寫的小說？」

「因為很丟臉啊！這次的內容……可能會引發一些道德問題。」

「是裡面有連續殺人事件的懸疑小說？」

「不是啦……標題是『黃昏三角戀』。看到這就明白了吧。」

「不明白。是演奏三重奏的音樂小說嗎？」

這傢伙沒救了。看來這孩子連戀愛的戀字怎麼寫都不知道。但我覺得薇兒沒有那麼單純。先不管那個了，要快點過去才行。我得過去謝罪，還要把小說拿回來。要是全被讀完就慘了。假如天津・迦流羅是個正經八百的人，她或許會覺得「唔哇寫這種東西超噁心」也說不定……！

「對了薇兒，天津・迦流羅是怎樣的人!?」

「是很喜歡殺人的人。」

我馬上U型回轉。但突然有人從背後高速抱住我，把我困住。

「放——開——我——！所有新出場的角色都是殺人魔，會不會太奇怪了！多考慮一下平衡性啊！如果是我絕對不會寫出那種小說！」

「不會有事的。聽說她是很正經的殺人魔。」

「那樣更討厭！」

「但好像沒人看過她上場以將軍身分和敵兵對戰，聽說她都只有坐在大本營下達指令。」

「咦？那不就跟我一樣？」

「好像還滿像的。可是她小時候就已經在『全國殺人大賽』中獲得冠軍。」

「還是去睡回籠覺好了。」

「除此之外，聽說天津家的家世也很不錯。她好像是旗下有眾多企業的大財閥千金，可以說是實力地位和權力兼具的怪物。只要她稍微揮揮手，將能隨意抹殺所有人的肉體或社會地位——」

「討厭！好可怕！我要回家！」

「我看您回去更有可能被殺。」

「咕……」

這可不是肚子在叫，是碰上無法跨越的高牆才發出那種呻吟。

沒辦法，這好歹也是我被分配到的工作。丟著工作不管跑回家，那樣不能當部下的榜樣。沒辦法當他們的榜樣就會被殺，被殺很痛。

「……薇兒，這次妳絕對不要亂講話喔。」

「好，我只說不算亂講話的話。」

「…………」

感覺她很不值得信賴，算了不管了。

總之得趕快去見天津．迦流羅，雖然我完全不想趕過去。

☆

是不是該換工作了呀，蒂歐此時在心裡想著。

自從加入六國新聞後，時間很快過了三個月。「還是別幹了」——這念頭都不曉得至今為止浮現多少次，但這次她是真的不想再做下去。會有生命危險的工作，誰會願意做。

「呵呵呵……聞到了。聞到很濃的獨家新聞味！」

才沒有那種味道好不好，蒂歐在心裡暗道。

六國新聞姆爾納特分局的問題兒童雙人組——蒼玉種梅露可和貓耳少女蒂歐，兩人現在正隱藏氣息躲在姆爾納特宮殿中庭的樹籬中。她們已經維持這樣的狀態五小時了。梅露可表示「我們在等獵物出現，替我們帶來頭條新聞！」但說老實話，蒂歐對那種事情一點興趣都沒有。她只想快點回家睡覺。

「……梅露可小姐，我們可以收手了吧，獨家新聞說它肚子痛請假了。」

「啊！那個是第二部隊隊長海德沃斯・赫本！我們趕快過去訪問。」

「等等、請妳先等一等，梅露可小姐！」

只見蒂歐陷入半瘋狂狀態，一把抓住梅露可的腰。

「喂，妳放手啦！獵物會逃走耶！」

「直接過去跟他說話會惹毛對方的！別說是被趕出宮殿，搞不好還會被判死刑～！」

「嗯……這倒也是。」

這下梅露可安分地點點頭，又回到樹籬中。蒂歐差點嚇死。

照理說未經許可，非相關人士不能進入姆爾納特宮殿內部。因為那邊架設了只能讓相關人士通行的魔法障壁，可是依然有許多漏洞存在。像是不久之前恐怖分子使用的【轉移】魔法就是其中一種方式，障壁只能阻擋生物，因此還可以用某種非常手段，將活物暫時變成「物品」入侵，之後再恢復成生物。

這次梅露可跟蒂歐使用的手段就合併了前者與後者。她們找來六國新聞內部的吸血鬼幫忙，將呼喊不要不要的她宰掉，讓她變成沒辦法說話的「物品」，最後再把屍體塞進進出宮殿的馬車中，用這種方式入侵。過沒多久那個吸血鬼透過魔核的效果復活，再讓她架構【轉移】用的門，梅露可跟蒂歐才得以巧妙入侵──她們幹的就是以上這一連串犯罪勾當。

話說那個吸血鬼已經哭哭啼啼回家去了。

之後搞不好會辭職，這可能是蒂歐未來的命運。

「對了蒂歐，相機的情況如何？」

「咦？在這，狀況還不錯。」

蒂歐開始擺弄掛在脖子上的相機。梅露可先前說「除了鼻子，妳還要學學其他技能！這次可以累積當攝影師的相關經驗！以後蒂歐就可以當戰地攝影師！」──說這種話實在太困擾她了。此時蒂歐將相機交給梅露可。

「我有拍蝴蝶的照片。」

「拍蝴蝶是可以當飯吃喔！」

結果她被人用力打頭。真是太蠻橫了，蒂歐不敢想像吃蝴蝶的畫面。

「聽好了，妳現在要拍的是獨家新聞！如果沒拍到天津．迦流羅的照片，我接下來這一個禮拜每天都會亂摸妳的耳朵和尾巴！」

「天津……？天津……」

「迦流羅啦！——妳該不會忘了？根據天照樂土分局傳來的情報指出，身為五劍帝的天津．迦流羅已經出發前往姆爾納特帝國了，這是可靠消息。雙方一定是要締結世紀大密約！放過這樣的獨家新聞就不配當記者，不對，連當生物的資格都沒有！」

對喔，她之前有說過這些——蒂歐在心裡想著。

「啊，對了。」

蒂歐將拍下來的照片透過投射魔法放映在空中。嘴巴上抱怨一堆，實際上卻覺得相機用起來還滿有趣的，於是蒂歐就試著拍了一堆照片。有拍到在宮殿後方親嘴的司法部長和教育部長，還有那個名字叫做芙萊什麼的將軍，剛好拍到裙子被風吹起來的樣子，另外就是在樹叢後偷偷摘下面具的德普什麼什麼將軍。不過這些應該不會被採用，蒂歐決定先消除掉。

比較重要的應該是這個——想到這邊，蒂歐決定讓梅露可看其中一張照片。

「妳說的該不會是這個人吧。」

「咦？」

這下換梅露可傻眼。那張照片剛好拍到一名像是和魂種的少女。

「大概在三小時前，她就進到那棟建築物裡了……」

「——妳這個蠢蛋！既然看見就告訴我啊！但這次做得好！」

蒂歐被人用力敲頭。明明被誇獎還要打頭，太莫名了。好吧還是辭職好了。

「照片背景還有拍到宮殿的柱子。這樣就有證據可以證明天津．迦流羅是以使者的身分出訪姆爾納特！再來是她的目的——」

碰巧就在這時，她們看見一名少女慌慌張張跑過宮殿的走廊。

那是身上穿著紅色軍裝的嬌小吸血鬼。就連對他人沒什麼興趣的蒂歐都曉得，這位就是最近轟動世間的殺戮將軍——黛拉可瑪莉．崗德森布萊德。可以做喜歡的事情又能夠賺錢，好羨慕喔，蒂歐此刻正這麼想。這時梅露可露出奸詐的笑容。

「原來是這樣啊，果然跟黛拉可瑪莉．崗德森布萊德脫不了關係。那個吸血鬼都不會讓人感到厭倦呢！來吧蒂歐，我們走，來去偷拍會讓全世界嚇一跳的照片！」

「偷拍不是犯罪行為嗎……」

即便蒂歐心中出現疑問，她也沒空深入思考。

因為手已經被梅露可強行拉住，兩人在樹籬後方穿梭，一步步靠近疑似正在召開會談的建築物。蒂歐很想上廁所卻不能去，該怎麼辦？

☆

天津‧迦流羅這名少女是我從來沒見過的類型。

在姆爾納特宮殿「嘔血之廳」的高級沙發上，有一名黑髮少女坐在上頭。那身輕柔的衣服應該是天照樂土的民族服飾「和服」吧。她閱讀原稿的文靜模樣就像一幅畫，看起來好美。雖然那對凜然的雙眸讓人感覺有點冷酷——

不對，現在沒空在這觀察人家。我要趕快跟她道歉。

這時我突然發現一件事。就在她對面——有個一頭金髮的人背對著我坐著，看起來很眼熟。

「皇帝……？妳怎麼會在這？」

「喔喔！妳總算來了，可瑪莉。實在等太久了，原本朕還打算跟天津‧迦流羅小姐一起入侵妳的睡床呢。」

那個人就是姆爾納特帝國的皇帝卡蕾陛下。外觀上看起來很有一國之君的風範，骨子裡卻是遠遠超越變態女僕或第七部隊成員的大怪人，沒事最好不要靠近她。

然而那個皇帝一點都不客氣，直接靠到我這邊，開始揉起我的手。

「哎呀，妳好像晒得有點黑了？看來在海邊玩得很愉快。」

「是不至於啦。除了我，其他人倒是玩瘋了。還有把我的手放開。」

「朕聽說可瑪莉也玩瘋了啊？」

「我可是隨時隨地都很冷靜的賢者喔？不過是去海邊而已，也沒多興奮。」

「是嗎是嗎？其實朕有麻煩薇兒海絲稍微替妳拍些照片。」

皇帝拿了幾張照片給我看。

在那些照片裡，我笑得很燦爛，單手拿著游泳圈跑來跑去。還有笑得很燦爛，在對佐久奈潑水。笑得很燦爛，一面抱住佐久奈。笑得很燦爛，手裡還比出「V」型手勢——

「…………哈、哈、哈，這些都是捏造的。」

「既然是捏造的，拿去給大家看也沒問題吧。」

「別那樣——————！」

我飛撲到皇帝身上。飛撲過去的瞬間立刻被對方抱住，整個人動彈不得。這下我才知道自己踏進惡毒的陷阱。

「妳就這麼愛慕朕，愛到突然抱住朕？妳還真是可愛。」

「不是啦，不是那樣！放、開、我——————！」

「唔喔。」

我用力推開皇帝，拚命跟她拉開距離。變態皇帝笑容滿面，手裡還拿著照片甩來甩去……可惡，怎麼會被拍下那種照片！

「喂薇兒，妳是什麼時候偷拍的？知不知道有肖像權這種東西？」

「很抱歉。都怪可瑪莉大人玩得太投入，完全沒注意到我。還有比『V』的那張，是我對您說『要拍了喔～』，您笑著擺出那樣的手勢才拍到的。」

「我這個笨蛋——————！」

我真的好傻，這樣稀世賢者的形象不就毀了。

我要想辦法收回那些照片——才剛打定主意。

「——崗德森布萊德小姐是個風趣的人呢。」

有道清涼的嗓音傳來，像是風鈴吹出的聲音——可是明顯聽得出諷刺意味。

我不由得回頭。發現天津・迦流羅正一臉嚴肅地看著這邊。她目光帶刺，這也只能解釋成正常反應。因為我遲到三個小時就算了，還把對方晾在旁邊，跟別人鬧了那一齣。我的臉都快噴出火來。

這個和魂種少女看著桌上那些收錄我蠢樣的照片，嘴邊還帶笑。

「哎呀真可愛，是去旅行嗎？」

「差不多是那樣，我是去核領域的海邊。」

「哦，拍得那麼可愛，其實妳用不著害羞啊。也不用為了那些打鬧姍姍來遲，

© riichu

來不及和我會談。」

「……嗯、嗯嗯，說得也是。很抱歉。」

「呵呵，崗德森布萊德小姐真的是很有趣的人呢。」

「對吧？可瑪莉大小姐的確是有趣又可愛的人。」

妳這個變態女僕要聽出人家是在諷刺啊。那個身穿和服的少女臉上浮現僵硬的笑容——

「失禮了。因為崗德森布萊德小姐跟想像中的模樣不一樣，我才不經意做此反應。」

「是、是嗎？比想像中更有霸氣對吧？」

「是啊的確是。」

只見迦流羅冷淡地說完這句話，人跟著站了起來。

一道清涼的「叮鈴」聲響起。

那是因為她戴在手上的手環有鈴鐺。

國外是不是很流行那種樣式啊？

「——抱歉這麼晚才跟妳打招呼。我是天照樂土五劍帝之一的天津・迦流羅。十五歲。這次前來是為了與你們議論蓋拉・阿爾卡共和國的動向。請多多指教，崗德森布萊德小姐。」

對方向我優雅地一鞠躬。

五劍帝。就是會在核領域瘋狂殺人的那種人。

接下來要說的這些不提也沒差，但各國對於將軍的稱呼方式似乎各有不同。有八英將、七紅天、六棟梁、五劍帝、四聖獸、三龍星。前面接的數字越大，代表那個國家擁有的將軍人數越多，等同軍事力量更高，有數字「八」和「七」的國家已經沒有辯駁的餘地，都是特別好戰的國家——之前我在書上看過這些。

總之一直站著讓人心神不寧，於是我坐到沙發上。

迦流羅就待在我正對面，我旁邊還有皇帝陛下，薇兒在我背後。當我再度開口時，我要自己散發將軍該有的威嚴。

「話說，剛才讓妳等那麼久，不好意思。我這邊有很多事情要處理。」

「睡眠的確重要。但有些人期待和妳相見，妳應該多少顧慮一下別人的心情。」

「對不起……」

我完全無法反駁。她的可怕和納莉亞是不同類型的。這時迦流羅看似不悅地皺起眉頭。

「不過一直糾結於過去的事情，一點建設性都沒有。剛才已經浪費三小時，我就開門見山說了——我來造訪這個國家，目的是要跟你們結為同盟。」

「同盟……？」

「對，我們天照樂土和姆爾納特帝國在利害關係上一致。請妳回想一下前幾天舉辦的七紅天爭霸戰。活動辦到最後，崗德森布萊德小姐曾經非法入侵蓋拉・阿爾卡，將其中一部分領土變為寸草不生的大地。」

「那個是隕石造成的吧。」

「並不是隕石。新聞都報導出來了，在六國間鬧得人盡皆知——那確實是崗德森布萊德小姐做的吧，皇帝陛下。」

「沒有錯。」

明顯就有錯。大家都太信任六國新聞了啦。

但對於我是最強吸血鬼的傳聞，他們在協助擴散上有所貢獻，我就大人不記小人過吧……不對，真的可以睜一隻眼閉一隻眼……？

「姆爾納特帝國和蓋拉・阿爾卡共和國的關係已變得惡劣不堪。其實兩國之間的關係原本就很緊張了，說是因為崗德森布萊德小姐的緣故挑起戰火也不為過。我想遲早都會爆發非娛樂性戰爭。」

「說得有道理。姆爾納特帝國跟那個國家的關係已經惡劣到極點了。在他們從『阿爾卡王國』轉變成『蓋拉・阿爾卡共和國』後——也就是馬特哈德當上總統後，我們就常常在檯面下做領土爭奪。他們很會耍小聰明，真是頭疼。」

咦？原來蓋拉・阿爾卡以前是個王國？——薇兒似乎看出我在疑惑什麼，當下貼在我耳邊小聲解釋。

「那個國家五年前開始採行共和制。因為現任總統馬特哈德發動革命。當時他還是阿爾卡王國的將軍，率領軍隊將王族和貴族都抓起來，展開大規模的選舉，還順利當選，之後似乎就以總統身分操弄國政。而且蓋拉・阿爾卡裡的『蓋拉』還是馬特哈德總統的名字。」

是喔——多學了一樣。話說把自己的名字拿來當成國名還真敢。假如我當上皇帝，那是不是就變成可瑪莉帝國了，感覺超討厭的。

「總之兩國之間已經無法避免發生衝突，恐怕最近蓋拉・阿爾卡的馬特哈德總統就會採取一些行動。若是拱手放任，會有很多人民犧牲——因此——」

那鈴鐺在這時發出清脆的聲響，迦流羅將自己的右手放到胸前，嘴裡這麼說。

「要不要跟我們天照樂土結為同盟？我們是強而有力的盟友——我可沒有那麼自以為是，敢誇口說這種大話，但我們必定會協助貴國。」

「有趣……但妳是在盤算什麼？若是跟我們結為同盟，妳的祖國有什麼好處？」

「想必皇帝陛下也清楚，天照樂土跟蓋拉・阿爾卡共和國一樣水火不容。他們在核領域那邊部署軍隊，一直虎視眈眈，想要拿下我國。不能放任他們胡作非為。」

「原來如此。是要我們攜手對抗共同的敵人嗎？」

「是的——不，容我向您坦承，我們沒必要主動和他們抗衡。我國不愛做無謂的爭鬥。」

　　咦？剛才她說什麼來著？

「應該是說爭鬥本身就沒有任何好處。人們互相傷害太野蠻了，實在太低俗、太沒有意義，而且非常沒品。我們為什麼要擁有語文？是為了讓自己耀武揚威用的？還是惡意中傷對方，來貶損他人？都不是。那是用來和他人溝通、互相理解的。」

　　喂，難道說這個人——

「總歸一句話，我們不會主動進攻。天照樂土一旦和姆爾納特帝國締結同盟，就能達成牽制作用，讓蓋拉‧阿爾卡無法輕易出手。我們組成同盟不是為了殲滅對手，而是要避免挑起戰爭。因為互相殺伐是最沒有意義的事情。」

「妳的想法挺有趣……但朕為一件事感到好奇，妳那麼討厭爭鬥，為什麼還要去當將軍，做這種血腥的工作？」

「關於這點……我是有苦衷的，並非所有人都基於喜好才去當將軍。」

「就是啊！」

　　我全力贊同。那讓迦流羅發出一聲「咦？」看似驚訝地眨眨眼。

　　糟糕。我不想當將軍的事情如果穿幫就糟了——只是，話雖如此，這個叫做天津‧迦流羅的少女在這個世界上或許難能可貴，是少數能和我談得來的人。我要多加注意，深入觀察並釐清對方的底細。看我用力盯著。

「總、總而言之，天照樂土希望跟姆爾納特帝國締結同盟，共同抵抗蓋拉·阿爾卡。基本戰略是『牽制對手』『情況不對要互相幫忙』。當對方非法發動戰爭，我們要聯手殲滅敵人。」

「意思是說我方不會先行攻擊？」

「若不是為了娛樂，在這種情況下先行進攻，到時我們就變成壞人了。」

「懂了懂了——看來對方的想法如上。妳打算怎麼做，可瑪莉。」

「咦？」突然拿這種話問我，害我不知道該怎麼辦。「怎、怎麼做何必問我。那是皇帝該決定的吧？」

「確實是該那樣。但這樣的小事，可瑪莉妳可以來下決定沒關係。自己做下的決定將會左右國家命運，這檔事妳就趁現在習慣習慣吧。」

「別把這麼重大的事情交給我啦！」

「凡事都講究經驗——有鑑於此，天津·迦流羅，交涉工作就交給可瑪莉去做。」

「我明白了。」迦流羅說完直視我的雙眼，接著開口。

「崗德森布萊德小姐，這次我之所以要求和妳會面，都是因為需要妳的力量。我不清楚妳的為人或興趣嗜好——但妳擁有強大的力量。那股強大的力量強到足以和我並駕齊驅。」

「原來迦流羅有那麼強啊?」

「…………」

對方瞬間沉默了一下……為什麼要空那一段?

「……妳怎麼突然直呼別人的名諱?」

「對、對不起。」

「這就算了吧——我很強。不是在虛張聲勢,也沒有誇大其詞,那是世人給我的評判,也是客觀的事實,他們認定我是這個世界上最強的。可是崗德森布萊德小姐也很強,擁有值得聯手的烈核解放。若有妳的力量相助,想必能起到強大的遏止作用。」

「也、也對,畢竟我是最強的嘛。」

「最強的人是我才對。總之我在此鄭重請求,妳願不願意和我一起維護世界和平?」

伴隨響起的鈴鐺聲,對方伸出右手。

我好煩惱。人家都說這個決定會左右國家的命運了,我當然會感到猶豫。

不過——迦流羅的表情很認真,而且她還具備正義感,主張「爭鬥沒有任何好處」。外表上看來給人有點冷酷的感覺,但這女孩是真心希望世界和平,為這樣的理念燃燒熱情。

「迦流羅妳……是不是覺得不要戰爭比較好？」

「那當然……雖然其他人對這樣的理念都不是很認同。」

「我懂。」

我接著回握她的手。因為我是愛好和平的正義吸血鬼，現在有個女孩出面主張反戰，我當然要全面表示贊同。就算她背後的一些大人物有所圖謀也無妨，我還是選擇先相信這位少女。

「我覺得迦流羅的想法很棒，我們一起努力吧。」

「咦……好、好的，謝謝妳。」

叮鈴、叮鈴——鈴鐺響了兩次。

同盟成立。現在才說這個太慢了，但我似乎下了不得了的決斷呢——害我覺得自己的胃要痛起來了。可是我不後悔，因為我覺得應該這麼做。

「那、那麼！為了紀念新夥伴加入，要不要一起去吃頓飯？我知道哪裡在賣好吃的蛋包飯。就當是久等的賠罪，這樣說好像怪怪的，但我來請客吧。」

「謝謝妳。但在那之前，我們先來擬定作戰計畫吧。」

迦流羅說完這句話就從包袱巾中拿出像是相本的東西。

「這裡面放了跟蓋拉・阿爾卡共和國有關的機密情報。有鑑於我們成立同盟，這些要與你們分享……但希望你們無論如何都不要外流。」
「唔、唔嗯。」
「蓋拉・阿爾卡境內有八名大將軍。其中最需要注意的是這個人。」
迦流羅拿出一張照片，照片裡的少女看起來很眼熟。
那是有著醒目桃色雙馬尾的「月桃姬」。她就站在噴水池前方，笑吟吟地舉著雙手比「V」。不曉得是在什麼情況下拍的。可愛是可愛，但這下我更不懂她是怎樣的人了。
「這是納莉亞・克寧格姆。恐怕是共和國中最強的翦劉種。」
「有那麼強啊？」
「我沒有跟她對戰過，很難判斷，可是在那些娛樂戰爭中，她從來沒有吃過敗仗。」
「跟、跟我一樣耶！」
「也和我一樣——總之這個月桃姬的動向要多加留意。聽說她是馬特哈德的忠誠部下。如果對方要跟我們動手，想必第一個出動的將會是納莉亞・克寧格姆。這都是我國忍者調查出來的，千真萬確。」
「原來是那樣啊。但要出動的話，具體而言他們會做些什麼呢？」
「他們若是要發動戰爭，應該不會走正常管道。請看這個。」

迦流羅在桌子上放上新的照片。

這個東西也一樣很眼熟。是在藍天下高高屹立的黑色高塔……嗯？那個是被梅拉康契炸掉的飯店吧？

「這是蓋拉・阿爾卡共和國在核領域費拉拉爾州建造的度假設施『夢想樂園』。這個黑色高塔是飯店，聽說另外還有賭場和溫泉。今年冬天開幕。」

原來我們是在開幕前收到邀請啊，好像賺到了。不對，冷靜下來想想會覺得虧很大。

「蓋拉・阿爾卡的觀光單位對外宣稱夢想樂園是『六大種族都能平等享受優雅時光的夢想樂園』，但不要被騙了。那個野蠻王國一天到晚只想挑起戰爭，說出這種愛好和平的戲言，簡直是天方夜譚。基本上占據核領域甚至改建成度假場所，這件事本身就是違法的。」

「違法不好，應該要先取得大家的許可才對。」

「違法開發度假勝地確實是個問題，但這件事本身不是那麼重要。更值得注意的是夢想樂園附近有蓋拉・阿爾卡軍方基地。」

話說到這邊，迦流羅拿出另外一張照片，上頭確實拍到很像基地的東西。那裡就是第七部隊突襲的地方吧。但我實在想不透，他們為什麼要發動突襲。

「目前還無法判斷這個基地是歸哪個部隊管轄，但聽說最近納莉亞・克寧格姆將軍的部隊就駐紮在那——不管怎麼說，在觀光地區都沒必要造這種東西，那些人肯定有什麼企圖。我們也找到蛛絲馬跡了。忍者回報曾親眼目睹一群翦劉種將大量的武器載進這個夢想樂園。」

「武器？」

「對，恐怕是神具。」迦流羅用頗具威脅性的語氣補充。「不曉得妳知不知道，神具可以無視魔核的效果，將他人殺害，是泯滅人性的道具。蓋拉・阿爾卡那邊偷偷準備這樣的東西，顯然他們有意挑起『非玩票性質的戰爭』。」

「……那真的是神具？」

「這是經過我國忍者調查出來的，千真萬確。蓋拉・阿爾卡拿度假勝地當障眼法，正在做某些事情。而這些舉動必定會為我們帶來危害——我個人猜測他們想拿這個夢想樂園當軍事據點，藉此支配整個核領域。」

那納莉亞為什麼要邀請我們去那種私下有鬼的設施。

不管怎麼看，那都是國家機密吧，而且還是很黑暗的那種。

「我們應該要先調查這個夢想樂園。天照樂土和姆爾納特一同合作，派出偵查部隊探查敵情。找出他們蓄積殺戮兵器的證據，讓六國知曉——讓大家知道蓋拉・阿爾卡偷偷暗藏這麼危險的物品。如此一來馬特哈德就會遭到非議，還會被迫下臺。」

「不用直接破壞掉嗎？」

「我方的基本方針並非主動進攻，而是專職防衛喔。隨隨便便去刺激對方，讓他們有名目可以反擊，那樣不就功虧一簣了嗎？到時候就沒有挽回的餘地了。」

「哈、哈哈哈哈！說得也是！先主動攻擊，笨蛋才會那樣！我們的目的是維持世界和平！」

「正是如此。沒想到崗德森布萊德小姐這麼明事理。」

我流下冷汗。難道說——我闖大禍了？

怎麼辦？如果跟她坦白，等一下會被罵吧。那個飯店被破壞掉的事情，要不要當成颱風登陸害的？

這時迦流羅靜靜地喝起綠茶，之後與我四目相望。

「——說真的，看到新聞報導妳的相關資訊，我只覺得妳很好戰，而且是充滿殺意的野蠻人。但實際上跟妳會面後，我發現妳似乎不是那樣的人。其實妳——或許比我更愛好『和平』。」

我趕緊轉頭四下張望，還好都沒看見在偷聽的部下。

「對、對啊……其實我這個人非常愛好和平。雖然世人都把我當成很愛戰爭的女孩，但那些都是假象。其實我覺得這個世界上最好不要有任何爭鬥。」

「原來如此。若是沒有透過言語交談，果然無法看清他人的本質。希望我們今後也能維持良好的關係。」

「嗯！我也要請妳多多指教——」

「閣下！」

這時門突然被人「砰！」地推開，我當下立刻明白情況不對。

出現在那的人正是自稱第七部隊參謀的卡歐斯戴勒，都不知道這傢伙害我在鬼門關前徘徊多少次了。眼下他不僅看著我，右手還拿了像是信件的東西。

「蓋拉・阿爾卡發來署名給第七部隊的書信，請您盡快確認。」

「先、先等一下，我現在在跟其他國家的重要人物會談，晚點再確認。」

「可是寄信過來的人是納莉亞・克寧格姆，她可能是要為了復仇開戰。」

「——為了復仇開戰？」

迦流羅的眉毛在那時動了一下，我趕緊出面打圓場。

「其、其實我跟納莉亞已經認識了。之前我們一起玩撲克牌，她對於自己輸掉的事好像很不甘心。因為她這人有時還滿輸不起的。」

「似乎如此。在我們第七部隊的活躍表現下，納莉亞・克寧格姆的部隊幾乎被滅光了，也難怪她會想報仇。但是閣下，您用不著懼怕！下一次我們也會將他們的軍隊徹底粉碎，讓他們知道姆爾納特帝國第七部隊有多可怕！」

我臉上還帶著笑容，但是人已經石化了。迦流羅一樣帶著笑容定格。

「……崗德森布萊德小姐？這是怎麼一回事？」

「就、就很一般的戰爭嘛，前陣子我們跟納莉亞的部隊對決過。」

「但官方紀錄好像沒有提到呢，那撲克牌的事情又是怎樣？」

「哈、哈、哈，這整件事情太過複雜，很難透過言語訴說。但這位女僕薇兒海絲非常精明能幹，她應該可以將重點整理得有條不紊，為我們說明。來吧薇兒，就拜託妳做點像樣的說明吧。記得是像樣的喔。」

「可瑪莉大小姐前些日子去突襲納莉亞・克寧格姆的部隊，還把部隊全都滅掉了。」

「我不是要妳做更像樣的說明嗎——————！」

未免太直接了吧!?不過她真的只是把事實說出來而已，這樣別人會以為我是如假包換的狂戰士耶！——結果我的擔憂成真了。我聽到迦流羅的額頭發出「噗滋」聲，那是某種不能斷掉的東西斷掉的聲音。

「崗德森布萊德小姐，莫非妳一直都在對我說謊？」

「沒有說謊！薇兒，這次妳一定要確切說明！」

「遵命。」薇兒優雅地行了一個禮後，開始娓娓道來。「——前些日子可瑪莉大小姐率領的第七部隊受到邀約，納莉亞・克寧格姆大人邀請他們前往核領域費拉拉爾州的度假勝地夢想樂園。對方的目的是『邀請可瑪莉大小姐參與她的世界征服計畫』。那些人恬不知恥，企圖征服六國讓世界陷入混沌。當然我們不可能答應這種邪惡的邀約。可瑪莉大小姐基於義憤出動部隊，對他們的基地進軍了。」

「進軍!?已經進軍了嗎!?」

迦流羅當下睜大眼睛，人還站了起來。我覺得自己好像站在田裡的稻草人，就快頂不住了。

「是的，而且還把敵人的部隊全數殲滅。」

「全數殲滅!?」

「順便炸掉夢想樂園的飯店。」

「炸、炸掉……」

「然後盛怒之下的納莉亞・克寧格姆過來追殺我們，我們除了用很華麗的方式閃躲還跑回姆爾納特帝國。事情就是這樣。」

「…………………………」

這下迦流羅瞠目結舌，連話都說不出來了。皇帝則是一副事不關己的樣子，嘴裡還喝著綠茶，卡歐斯戴勒一臉滿足地挺起胸膛。我從位子上站起來打算去廁所，可是變態女僕用力抓住我的肩膀，強行將我拉回沙發上，邊說「請您冷靜」一邊替我揉肩膀。

迦流羅也坐下了。

她的身體有段時間都在陣陣發顫，接著又突然「咚！」地起身。

「——妳、妳到底在想什麼啊！什麼不好做，偏偏主動進攻……！說自己是和平主義者都是假話嗎⁉」

「那不是假話！我真的——」

不對先等等，卡歐斯戴勒在看這邊啊。如果繼續說出真心話，他們有可能以下犯上。不對不對，再等一下。假如在這種時候虛張聲勢放話「我最愛戰爭了」，跟迦流羅的關係會變得爛到極點吧。黛拉可瑪莉妳要冷靜，我先堅稱自己是和平主義者，之後再跟卡歐斯戴勒說明「那是用來欺騙敵人的演技呵呵呵」好了。完美。太完美了。

「迦流羅妳先冷靜點。我是愛好和平的——」

「打擾了閣下！」「聽說阿爾卡要打過來了，這是真的嗎！」「我們趕快出擊吧！」「好耶，我都手癢啦——！」「來跳戰意高昂的戰舞吧。」「唔！我的左手在發疼了。」——

…………

……

於是我調整呼吸，之後定睛看著迦流羅。

「——我完全不能理解和平主義者的心情，因為我是殺戮主義者！」

「果然是那樣嗎!?」

「不完全是那樣！有點像又不太像！」

「六國新聞都有寫，看來妳是真的想用番茄汁淹沒全世界……！」

「蛋包飯就算了，我不記得自己有說過那句話啊!?這肯定是假的吧！」

「閣下，原來那都是假的嗎？」

「當然是真的啊！這個世界總有一天會被番茄汁淹沒！」

「閣下我聽不懂！」

「我自己也搞不懂啦！——對了，我們還沒看過納莉亞寄來的信件吧！上面搞不好寫著『原諒你們』！借我看一下。」

我從卡歐斯戴勒手中搶走信件，然後接過薇兒遞來的剪刀，將信封「喀嚓喀嚓」小心翼翼地剪破。然後將裡面的信件打開，攤在桌子上方便大家看見。

『敬啟者　不會放過你們。』

「果然是這樣，猜得沒錯！」

「看吧！妳果然是為了和蓋拉・阿爾卡全面開戰，才會去挑釁納莉亞・克寧格姆吧!?否則對方不會寄來這種絲毫不講究禮數又充滿憎恨的信件！也就是說，可以看出妳就是希望開戰！」

「迦流羅妳聽我說，這是有原因的。我們兩人晚點再慢慢談吧。」

「只、只有我們兩個？」不知道為什麼，迦流羅當下用分外震驚的表情望著我。「……妳到底在想什麼？像妳這種會對納莉亞・克寧格姆發動奇襲的人……」

「──屬下覺得應該改稱偷襲。」

「卡歐斯戴勒你閉嘴啦！不是那樣，這都是誤會！」

「對，看樣子完全都是誤會呢。」迦流羅冷冷地回應。「妳根本不是什麼和平主義者。不管妳真正的想法是什麼，若只看結果，確實是妳招致紛爭的。」

「唔……」

聽到這句話，我完全無法反駁。雖然不是我直接導致的。

這時迦流羅突然將手放在耳朵上，大概是有人跟她聯絡吧。

「──剛才有人跟我稟報，據說夢想樂園的飯店確實遭到破壞。這下事情就屬實了。很抱歉，剛才的同盟不算數。」

「為、為什麼……？我們不是要一起維持世界和平嗎……!?」

「我們的基本方針是專職防衛，這樣的作戰計畫已經出現破綻。再加上夢想樂園的戒備必定會變得更加森嚴，調查起來也會變得更困難。若是跟貴國聯手，就連天照樂土都會遭殃。最重要的是──我不認為我們可以和妳這種不懂得瞻前顧後只知魯莽行事的吸血鬼合作。如今我們已經知道姆爾納特帝國是個野蠻的國家。」

我好絕望，怎麼會出現這種毀滅性的誤會。

用不著我多說了，我超討厭戰爭，迦流羅八成也跟我有一樣的想法。但卻因為周遭那幫人的關係，害我們不能敞開心胸對談。這樣未免太不公平了吧——害我現在變得好焦躁。

「——這話可不能聽聽就算了。」

這時迦流羅全身抖了一下，看樣子是被嚇到了。感到驚訝的我看向身旁。

那個金髮巨乳美少女還是老樣子，臉上有著玩世不恭的笑容——可是如今她身上帶著一股媲美雷電的壓迫感，一雙眼緊盯著迦流羅看。明顯能看出她動怒了。

「是你們沒頭沒腦跑來說要跟我們締結同盟，決裂了又把我們當成野蠻王國？妳這位天照樂土的使者還真是我行我素啊。」

「沒、沒有，我並不是那個意思……」

「用不著那麼害怕——只是妳說同盟關係作廢，那便能解釋成天照樂土要與我們為敵了？」

「關於這點、其實——並沒有要跟你們敵對，只是我們不能和你們聯手。」

「原來是這樣啊。也對，一旦遭到侮辱，哪還有攜手締結同盟的空間——那接下來，雖然妳這個小姑娘無禮至極，而且不懂得待人處事的道理，但粗魯對待他國來訪的使者，又用粗魯的手段送回去，實在是很愚蠢的野蠻行為。只不過天津・迦流羅小姐都說了，姆爾納特帝國似乎是野蠻人王國呢。那就如她所願，讓我們用野蠻的方式招待她吧。」

我知道皇帝身上正散發震怒的波動。可是她說的東西太拐彎抹角了，我聽不懂。眼見迦流羅的臉色變得越來越蒼白。

「是、是這樣嗎？不過你們的款待已經非常足夠了，容我告辭。」

「是嗎是嗎？客人要回去了啊？——可瑪莉。」

「咦？怎麼了？」

「上吧。」

嗯？是要上什麼？是要上伴手禮給對方嗎？——當我想這些想到一半。現場出現一聲「喀咚！」——是迦流羅從座位上大動作起身弄出來的。

「請、請先等一下，若是在這邊起衝突，會發展成國際問題呀。而且天照樂土的魔核效果沒辦法擴及這裡，如果死了就真的再也無法復活。」

「妳不是最強的嗎？有必要擔心自己會不會死？」

「我一點都不擔心，只是引發紛爭會造成問題——」

「可瑪莉，朕再下一次命令。把這個侮辱姆爾納特的愚蠢之人殺了。」

「咦？……啊啊啊啊啊啊啊!?」

殺人？原來是要殺人嗎!?這個變態皇帝在說什麼啊!?

那個不管怎麼看都是野蠻行為，再說我哪有那個力量殺人!?

「上吧可瑪莉大小姐！快把她殺了！」

「怎麼連妳都說這種話！我哪有那麼大的能耐！」

「上吧閣下！快把她殺了！」

「好啊——要殺就來啊，覺悟吧，迦流羅！」

我被部下逼到主動上前。

糟糕，糟透了。對方是在六國之中強度數一數二的五劍帝，像我這種靠虛張聲勢存活的吸血鬼，哪是她的對手。話說現在是什麼情形，突然叫人殺人，皇帝妳是怎麼了！

只是雙方意見有點不合耶！

「妳、妳是認真的嗎？崗德森布萊德小姐。」

迦流羅的臉頰在抽搐，一直盯著我看。她看起來好像有點不安，但不能被騙了，那一定是天照樂土相傳的「猛虎之姿」。

可惡，我現在就想逃跑。想歸想，那群部下卻在大聲嚷嚷著「可瑪莉！可瑪莉！」害我沒辦法逃走。如果在這裡逃走，他們會很失望，然後以下犯上，最後我死翹翹。這下被逼進死局了。

唉喲，既然事情變成這樣，我只能假裝自己很強，讓對方害怕！

「迦流羅啊，先跟妳聲明，我可以在五秒內殺五百人喔？」

「那、那又如何？我可以在五秒內殺五千人。」

怎麼辦薇兒，她在跟我比，我覺得我比不贏欸。

「說錯了！我除了可以五秒內殺五百人，之後還會有追加效果，會多殺五萬人！」

「追加效果!?還有那種魔法……不對，那我也可以發動究極的煌級魔法，五秒內殺五千人，還可以在這段期間內另外殺五萬人，然後順便將姆爾納特帝國化為焦土，殺掉五千萬人！來吧，算算看我總共殺了多少人!?」

「那種事情我怎麼知道！可是要發動煌級魔法需要一段時間，像我這樣的吸血鬼，只要動一根手指一碰，敵人就會變成塔塔醬，還能夠把他們淋在炸蝦上面享用！怎樣很恐怖吧，來碰碰看我的手指啊！」

「一點都不恐怖！從前我可是『全國殺人大賽』的優勝者，那種莫名其妙的魔法，我瞬間就能讓它消失無蹤，而且還可以立刻反擊，將妳的身體粉碎，變成像蕎麥粉那樣，之後拿去跟麵粉混合，拿來當成蕎麥麵吃！」

「在講什麼聽不懂啦！既然妳敢說那種大話，那就試試看啊！來吧！」

「哈！以為用一根手指就能殺了我嗎！妳應該先碰我的手指！」

「妳先碰！」
「請妳先做！」
「不，應該是妳——啊！」
這時有人推我的背，來推我的犯人除了變態女僕不可能有其他人。
突然間站不穩的我沒能將姿勢調整回來，整個人向前倒，而且激動到滿臉通紅的迦流羅就在前方。
「咦——？」
我彷彿聽見「咚唰！」的效果音，這陣撞擊就是如此強大。等到我回過神，我發現自己已經把迦流羅推倒了，人還壓在她身上。
距離近到呼吸都噴在對方身上，那個和服美少女困惑的臉龐出現在眼前。
我的思考瞬間停擺，但腦子很快就重新啟動。
糟了會被弄成蕎麥粉！——一想到這種事，我趕忙讓自己從她身上離開，結果在那瞬間。
「呀……呀啊啊啊啊啊啊啊————————！」
「咕呃！」
我突然被迦流羅推開，整個人向後跌坐在地上，但一點都不痛。身體也沒有變成蕎麥粉。我不知道發生什麼事了，轉眼看向將我推開的那個人，她就像被弓射出的弓箭，飛快衝向沙發。然後鑽到靠枕下方，在那邊陣陣發抖。好奇怪喔。

「別、別靠近我！我不想變成炸蝦！」

「妳在說什麼啊。」

妳又不是蝦子，我不會把妳拿來炸，妳也不會變成炸蝦。

這時皇帝沒轍地嘆了一口氣。

「冷靜點。妳是背負天照樂土命運的使者吧。」

「我沒辦法冷靜！妳剛才想要殺了我對不對!?實在太暴力了——」

「聽清楚了，天津·迦流羅。如果不想被殺，就跟姆爾納特締結同盟。」

「…………」

迦流羅將臉埋在沙發裡，一直沒有說話。

過了十秒才慢吞吞起身，在這十秒鐘內應該已經恢復冷靜了吧。她的表情又變得跟一開始相見時一樣，一臉大義凜然的樣子。可是會用害怕的目光一直偷看我，這是為什麼啊？那眼神就好像看到殺人魔一樣。

接著她咳了一聲清清喉嚨，然後開口。

「——沒辦法了。雖然不應該發動戰爭，但依然無法避免。還有我想起來了，就算跟蓋拉·阿爾卡共和國全面開戰，翦劉種的軍隊也不是我天津·迦流羅的對手。因為我是最強的。」

「那麼，妳的決定是？」

「我知道了，天照樂土會在戰事上協助姆爾納特帝國。」

於是同盟就此成立。

事情怎麼會變成這樣，我完全不能理解，不過這樣就朝世界和平邁出一步了，算是值得開心吧……但說真的，為什麼會變成這樣啊？

☆

「咪啊啊啊啊啊啊啊啊啊啊啊啊啊啊！為什麼會變成這樣————！」

這是迦流羅在大叫。

她在床上發出靈魂嘶吼。

外國要員基本上都會住在姆爾納特宮殿裡。無法受魔核庇護的人就該待在更安全的地方，以上是姆爾納特的考量。說真的迦流羅現在很想直接透過【轉移】回國，可是那個可怕的皇帝說「妳可以慢慢來」，既然都受到威脅了，她也只能慢慢來。

於是迦流羅就被帶到一個極盡奢華的房間，一被領進這個房間，她就直接飛撲到床上鬼吼鬼叫，做出這種奇怪的行為。如果不這麼做，她會受不了。

「這下天照樂土將會受戰爭波及！我絕對會死！不對，在那之前可能就會被冠上『有負御令』的罪名，遭人判處死刑……」

天照樂土國主「大神」下的御令很簡單。

——「跟姆爾納特帝國締結同盟，形成對蓋拉・阿爾卡的包圍網。但姆爾納特帝國若是不願遵守我們的基本方針則不在此限。」

她徹底失敗了。打從她得知那幫人已經去找蓋拉・阿爾卡的麻煩，她就應該立刻回家。然而卻屈服於吸血鬼們的脅迫，在同盟書上蓋章了。拿著大神交給她的二等玉璽蓋下去了。已經沒辦法回頭了。她搞不好真的會被判死刑。

迦流羅將臉埋在枕頭裡，開始哭哭啼啼。

為什麼我要面臨這樣的命運。原本預計從學院畢業後，她就要去京城開日式點心店，想要成為天照樂土最有名的甜點師傅。可是人生卻亂套了。

「為什麼要我來當使者啊！更重要的是為什麼會來當將軍～！」

「——因為天津家是『士族』。」

有個人神不知鬼不覺站在床鋪旁邊。那女孩身上的特徵是一身黑色裝束，就像黑影一樣。此人是聽令於迦流羅的忍者集團「鬼道眾」首領，名字叫做「小春」。

「小春！妳的主人差點死掉，妳跑去哪裡廝混了!?」

「去帝都。『血跡斑斑饅頭』很好吃。」

「別再吃那種東西！想吃饅頭的話，我可以做給妳吃！」

迦流羅從小春手中奪走饅頭。那個小個子忍者嘴裡發出一聲「咦——」，看起來不是很服氣，迦流羅才覺得忿忿不平。這女孩完全不吃她做的點心，老是吃一些奇怪的餐點。或許她的舌頭很鈍。

「……迦流羅大人，有締結同盟嗎？」

「有啊締結了啦，還是以最壞的形式締結的！」迦流羅手腕上的鈴鐺一直在叮鈴響，「情況真的是糟透了。看來我想錯了——黛拉可瑪莉・崗德森布萊德正如世人所說，是個殺人魔！還想讓整個世界被番茄汁淹沒，真是難以置信！」

「我喜歡番茄汁。」

「那只是一種比喻，代表黛拉可瑪莉要讓這個世界被血海淹沒。真是太可怕了！她那對紅色雙眼充滿殺意！突然被推倒的時候，我還以為自己會死。運氣好撿回一命，但我的壽命肯定縮短了，沒錯。」

迦流羅忍不住發出嘆息，原以為在那能夠溝通的人就剩黛拉可瑪莉。

並不是她有什麼決定性的根據——只是對方說話的感覺跟自己很像，總覺得她「正在拚命虛張聲勢」。可是剛才被推倒的時候，那傢伙的眼神完全變得像殺人魔一樣，可能只是迦流羅單方面覺得她很有親切感吧。

「……唉，還以為黛拉可瑪莉跟我是一樣的人。」

「是和平主義者？」

「沒錯，就好比是那份原稿。」

迦流羅想起那個青髮女僕交給她的原稿。那段等待的時光太無趣了，於是她把原稿全部看完，沒想到那是黛拉可瑪莉寫的小說，聽說是這樣。

「能夠寫出這麼甜蜜、溫柔又揪心的文章，這樣的人不可能是殺戮霸主。我看完有被感動到。圍繞著女主角的三角關係，描寫得很細緻……」

「人的言談和文章要怎麼偽造都可以。」

「說得也是。可是她在行為上有跟我相似之處。在那些娛樂性戰爭中，黛拉可瑪莉只是一個人型擺設。不僅自己沒有出面作戰，甚至還沒對部下下指令。我還以為她討厭無謂的爭鬥。」

「可是黛拉可瑪莉擁有強大的烈核解放。」

「唔——我、我知道啦！之前已經透過七紅天爭霸戰見識過了。」

「她跟迦流羅大人這種廢物不一樣。」

「這我也知道！妳用不著說出來嘛！」

天津・迦流羅出生在天照樂土境內屈指可數的名門之家。

迦流羅是下一代的領袖，從小就被施以英才教育，在每個領域的成績都很優秀——表面上是這樣。這有九成是事實，但不是事實的那一成卻很致命。那就是迦流羅完全沒有戰鬥方面的才能。她很弱。明明很弱卻在當將軍。明明就不想當，父母親卻說「天津家是士族」，靠關係硬是讓她當上五劍帝。

而且在「全國殺人大賽」中獲得優勝也是假的，世界上根本沒有那樣的大賽。

迦流羅覺得權力還真是腐敗。

「……真的好腐敗喔，怪不得兄長會離家出走。」

「在說覺明叔叔？」

「不是叔叔，是兄長！真是的。」

迦流羅的兄長（正確說來是堂哥）也在嘴上抱怨「不想幹不想幹」，然後當將軍當了一陣子。他的情況跟迦流羅不一樣，擁有武士應該具備的實力，可是一直做他討厭的工作似乎造成精神壓力，某天突然離家出走不知去向。於是迦流羅的初戀就在腦海中變成一團迷霧駐足。如今還殘留在那裡，讓她無所適從。不對，現在沒空去回味那種少女情懷。

「……就算了吧。就算姆爾納特和蓋拉・阿爾卡之間真的發生戰爭，那也沒問題。因為我還有這個。」

話說到這邊，迦流羅「咚咚」地敲起自己的腦袋。

小春也「吭吭」地敲敲迦流羅的腦袋。

「好響亮，聽起來空空的。」

「色即是空空即是色。我的腦袋能夠湧現源源不絕的策略——蓋拉・阿爾卡一開始應該會鎖定姆爾納特帝國。當然我們已經是同盟了，就要跟姆爾納特一同攜手戰鬥，但那不是說我們非得和他們共同抵禦外敵，並沒有這樣的規矩。」

「？」

「就算姆爾納特跟我們求助，我們也可以回『現在在忙』，當耳邊風就好。」

「……迦流羅大人，您的腦袋果然很空。」

「呵呵呵，和平主義者不管碰到什麼情況，都要盡力避開戰鬥。想要在這個亂世中好好存活下去，靠的是機智和百折不撓。」

「可是，我們一定要把蓋拉・阿爾卡打倒。」

小春這話說得有幾分認真，那讓迦流羅不由得思索起來。

對喔——對天照樂土而言，蓋拉・阿爾卡就只有害處。

近年來在兩國國境交會匯處，時常發生怪異的「和魂種失蹤事件」。

但這肯定不只是怪而已，而是跟那個鋼鐵國度策劃的壯大陰謀有關。因為大神已經透過預言開示——「蓋拉・阿爾卡那幫人正在從事不法勾當」。那麼蓋拉・阿爾卡一定就是本起事件的犯人。他們必須如此假設。

「我都明白，小春。我一定會把天照樂土的居民救回來。」

「夢想樂園很可疑。」

「的確是——」

迦流羅不由得感受到一絲寒意。剛才跟皇帝會談時，她故意沒有提及相關的話題，其實在度假勝地那一帶還有另外一則可疑的傳聞。

在那邊監視一段時間的忍者曾經回報——「這裡到了夜晚就會從地底傳出人聲。」

這樣想來，失蹤的和魂種是不是有可能被關在夢想樂園裡？

不過蓋拉・阿爾卡共和國真的在做那種慘無人道的事嗎？

為了排解心中的不安，迦流羅摸摸小春的頭。

「用不著擔心，小春。我雖然弱到不行，卻不是笨蛋。作戰並不是只有上場和人對戰一種方式。我也有我的做法。」

「不能擅自行動，會被大神大人訓斥。」

「如果真的被罵了，我就隨便大神大人罵吧——來，先去觀光一下再回去。不知道姆爾納特這邊的點心都是什麼樣子的，好期待喔。」

鈴鐺跟著叮鈴叮鈴響。

迦流羅面露樂觀的笑容。就算碰到討厭的事情，她也能很快看開，這是迦流羅的優點——迦流羅自己是那麼認為的。實際上雖然千百個不願意，她還是能繼續當她的將軍，都要拜這個優點所賜，可不能小看它。然而小春卻瞧不起她，態度上明顯在說「這傢伙是不是傻瓜？」不過對這件事情認真就輸了。

別看迦流羅這樣，她還是有在努力思考作戰計畫，那樣才能維持世界和平。

然而事態早就已經超乎她的預期。

待在姆爾納特宮殿這邊的，不是只有野蠻的吸血鬼。

就在窗戶外頭。有兩個人在宮殿庭園中跳來跳去，正迅速奔跑。

那是個純白的少女和貓耳少女——都是六國新聞的記者。這兩人執念深重的作戰計畫總算奏效了。她們得到一大獨家新聞，足以撼動世界。

[2.5] 納莉亞・克寧格姆的野心

Hikikomari the Vampire Countess no Monmon

六國新聞　七月二十二日　早報

『姆天同盟成立　即將對蓋拉・阿爾卡的基地進軍』

【帝都——蒂歐・費列特　東都——艾爾・梅約】姆爾納特帝國的卡蕾・艾威西爾斯皇帝在二十一日和天照樂土特使五劍帝天津・迦流羅將軍祕密會談。蓋拉・阿爾卡共和國的過度行為在核領域中越演越烈，為了與之對抗，天津將軍希望和姆爾納特帝國締結同盟。黛拉可瑪莉・崗德森布萊德七紅天大將軍等帝國高層人員接受對方的提議，成立有史以來第一個姆爾納特暨天照樂土同盟……（中略）……姆天同盟認定有大量違法神具不斷運往核領域費拉拉爾州建造中的度假設施「夢想樂園」，他們極有可能組成聯軍展開進攻，並對外發表此消息。最近他們可能會發動奇襲，蓋拉・阿爾卡的人民要多加留意。

※

蓋拉．阿爾卡共和國總統府。

這棟建築供元首馬特哈德辦公用，平日裡官僚就絡繹不絕，是個熱鬧的地方，如今氣氛卻顯得很肅穆，就連哭泣的孩子都會停止哭泣。

最強翦劉種八英將是共和國的武力象徵——其中七人如今齊聚一堂。他們在官邸的大會議廳「閃劍之廳」一字排開，都是在核領域屠殺眾多敵兵的勇士，個個身經百戰。納莉亞儀態端莊地坐在椅子上，觀望那些同僚的表情。

那裡有第二部隊的尼爾森．凱茲，第三部隊奧德謝斯．葛雷姆，第四部隊帕斯卡爾．雷因史瓦斯，第五部隊阿貝克隆比，第六部隊梅亞利．菲拉格蒙特，第七部隊索爾特．艾克納斯。第八部隊隊長不在這，甚至連見都沒見過。

他們這幫人的臉和名字，不記也沒差。記了只會浪費腦部的記憶容量。

「——事情就是這個樣子。姆爾納特帝國和天照樂土似乎要聯手起來破壞『夢想樂園』。光只是表示遺憾好像還不夠呢。各位不這麼認為嗎？」

坐在主位上的男子——馬特哈德總統將所有人看過一遍，臉上浮現微笑。

七月二十二日天還沒亮，總統就將八英將都找來開會。至於他們要議論的，自然就是六國新聞提到的姆天同盟。不曉得馬特哈德會做出什麼樣的決斷，納莉亞還挺期待的，但該說果然不出所料嗎？他似乎想要貫徹「被幹掉之前先幹掉對方」的精神。

八英將全都頻頻點頭，似乎在暗指他們「沒意見」。這些人只不過是總統的傀儡。對那個裝得人模人樣的假領袖心服口服，都是些不像樣的傢伙。

「——總統！那幫人的目標是夢想樂園。那這次就該我們第四部隊出馬，因為夢想樂園是我們管理的！本人會將吸血鬼跟和魂種全部殲滅給您看。」

這名高聲放大話的男子長得像蜥蜴——他是第四部隊隊長帕斯卡爾・雷因史瓦斯。明明只是人家的傀儡卻恬不知恥，很愛彰顯自己又好大喜功。

「……原來是雷因史瓦斯啊。你明明是夢想樂園的管理人，卻任由他人炸掉飯店，這你要如何解釋？」

「是……我已經重申好幾遍了，這個責任應該算在納莉亞・克寧格姆身上。」

納莉亞好傻眼。雷因史瓦斯開始滔滔不絕說些話逃避責任。

「基本上暗殺黛拉可瑪莉・崗德森布萊德的作戰計畫應該由我來執行才對，但對外放話要負起一切責任並奪取作戰主導權的是她。原本納莉亞會把目標引誘到度假勝地暗殺，我將屍體運到地底。可是納莉亞卻失手沒殺掉對方。都怪她失手，夢想樂園才會遭殃——但我沒能阻止吸血鬼進攻，這確實是我的不對，只是九成的過錯都在納莉亞身上吧。」

這個男人——雷因史瓦斯動不動就來找納莉亞的碴，而且成天只想設法讓納莉亞失勢。就好比之前吸血鬼要展開逃亡時，這傢伙完全不打算出動自己的部隊，他知道所有的責任都會算在納莉亞頭上，才故意放那些人逃走。

「——事情就是這樣，我不用負責。這次就當是順便替納莉亞擦屁股，讓我率領軍隊迎戰敵人吧。我一定會把黛拉可瑪莉・崗德森布萊德殺掉。」

「請等一下，馬特哈德總統。」此時納莉亞裝出冷漠的態度開口。「讓黛拉可瑪莉・崗德森布萊德逃跑，我要為此謝罪。但能不能給我雪恥的機會？下次我一定會把那個吸血鬼抓到手。」

「總統大人，雖然納莉亞那麼說，講真的我卻認為她實力不夠。無法跟黛拉可瑪莉・崗德森布萊德的烈核解放抗衡。」

「不做做看怎麼知道。聽說要擁有烈核解放，必須有一顆強韌的心。我認為自己的韌性不會輸給對方。」

「可是克寧格姆，妳並未持有烈核解放吧？」

「是、是這樣沒錯，但我願意為阿爾卡粉身碎骨也在所不辭的決心比任何人都——」

「——哼，還提什麼阿爾卡，那個國家早就滅亡了吧。」

這時其中一位八英將出聲了。其他人跟著呼應，陸陸續續說起壞話。

「是想扮演悲劇的公主大人嗎？」「那傢伙也是曾經虐待人民的王族之一吧。」「總統怎麼會讓這樣的小姑娘來當八英將。」「她應該要負起責任以死謝罪才對。」

納莉亞緊咬著牙關。這些人憑什麼說她，不過是一群笑著踐踏人命的惡魔——

「別管公主大人了——馬特哈德總統，請您做出裁斷。請下令讓我們第四部隊出動。」

「總統大人！這件事情雷因史瓦斯卿應付不來。就讓我去辦吧。」

「稍安勿躁。帕斯卡爾・雷因史瓦斯跟納莉亞・克寧格姆都要出動，我原本就有這個打算。」

現場氣氛頓時變得緊張起來，而且馬特哈德接下來還說了出人意表的話。

「不僅如此，這次所有的八英將都要出動。這次的作戰計畫可沒那麼小家子氣，不是只在夢想樂園布局，迎戰敵人就好——我們要主動向敵人進攻。」

「你在說什麼啊！如果真的那麼做，雙方將會全面開戰。到時戰爭就不只是為了娛樂，而是會演變成真正的戰爭啊。」

「那就是我的目的，克寧格姆。我覺得六國太偏好和平了，這個世界就該是弱肉強食的亂世，必須提醒提醒他們。」

「什麼……」

八英將在那瞬間全都愣住了，紛紛陷入沉默。但總統說過的話，他們馬上就會意過來了吧，眼裡開始出現跟嗜殺者不相上下的血色激情。

「真是太棒了，總統大人！要讓全世界知道阿爾卡才是最強的！」

「說得沒錯，雷因史瓦斯。我們已經做好準備，要來破壞一切了。就藉這次機會徹底痛宰姆爾納特和天照樂土。我們的目標是——魔核。」

在場眾人一片譁然。居然要拿下其他國家的魔核，這樣的想法很不尋常。

「總、總統大人，那麼做好像太偏激了。」

「放心吧。我並沒有要效法那個恐怖組織，去破壞魔核。只是想得到情報，弄清楚魔核究竟是什麼東西。」

「原、原來是那樣……！只要掌握魔核的資訊，人們就無法違抗我們。那個國家就必須當我們蓋拉・阿爾卡的奴隸……！」

「說得對。我們這次進軍是為了逼皇帝和大神說出魔核所在，首先要來進攻他們在核領域上的管轄地。」

「那麼——要找哪個地帶下手？」

「城塞都市費爾，除此之外不做第二選擇。」

那是很有名的城鎮。說到這個費爾，姆爾納特帝國的人民如果要來到核領域，都要運用這個如港口般的地帶。內部構築了好幾道能夠通往帝國的「門」，只要能夠掌控這些「門」，巧妙改寫【轉移】的使用權限，他們就能自由進出姆爾納特帝國。

「我們將全軍出動前往費爾。侵略完城鎮後，接著要求帝國皇帝投降。若是不希望帝都就此遭到破壞，就把魔核的所在地告訴我們。」

「噢噢……」

不愧是總統、我們都沒想到、他是舉世無雙的名宰相啊——人們此起彼落地誇讚。

納莉亞再次「嘖」了一聲。什麼魔核。就算占領費爾好了，那種國家機密哪那麼容易挖出來。

馬特哈德和八英將開始在她四周議論起作戰計畫。

可是這些資訊都沒有進入納莉亞腦中，對她來說是右耳進左耳出。

自己必須置身在這種地方都是種恥辱。

如今回想起來，過往的人生實在太曲折了。

她一生下來就是國王的獨生女，成長過程中隨心所欲，恰巧就在五年前，當時在當將軍的馬特哈德反叛，王權制度崩壞，她的家人都遭到逮捕，被關進監牢裡。當時納莉亞還是孩童，對方才放過她，她發誓要復仇，這五年來跟凱特蘿一起過著臥薪嘗膽的日子，之後她總算晉升為八英將。

還差一點。就差那麼一點——她卻還是沒能打倒馬特哈德。

那傢伙在經營披著夢想樂園度假設施外皮的「收容所」。如果有人對他的政治手段有意見，他就會把這些反叛者抓住，並收容起來。納莉亞是八英將，卻不被允許進入該設施。眼前有一道高牆阻擋，單靠武力根本無法跨越。

父親應該就在那個設施裡。還差那麼一點，她就能見到父親了。

「可瑪莉……」

納莉亞僅存的手段就是做出賭注，將一切賭在外來的救世主身上。

前些日子她命令凱特蘿寄信給可瑪莉。納莉亞的真實心意都赤裸裸寫在那張信紙上。例如在夢想樂園的對話幾乎不是出自真心。蓋拉．阿爾卡這裡的白痴們企圖征服世界。還有她需要可瑪莉的協助——只要看了那封信，心地善良的她一定會願意幫助納莉亞。

只要有可瑪莉在，事態就會好轉。只要有她在——

「——納莉亞，妳這模樣實在太難看了。」

突然有人跟她說話，讓她抬起臉龐。是帕斯卡爾．雷因史瓦斯，他正帶著噁心的笑容俯瞰納莉亞。納莉亞趕緊轉頭看看四周——在她思考的時候，會議似乎結束了。現場只剩她和雷因史瓦斯，還有凱特蘿。

「……雷因史瓦斯卿，會議好像結束了呢。你不如回家去吧？」
「不需要用那麼客套的方式叫我。我跟妳都多熟了？」
只見雷因史瓦斯狀似親暱，伸手觸碰納莉亞的肩膀。那讓她瞬間起雞皮疙瘩。
納莉亞不由得站起來，還後退半步。
「——有什麼事？我現在沒空理你。」
「哈、哈、哈！妳逞強的樣子更可愛——但我倒要看看妳能逞強到幾時。妳現在的立場就宛如風中殘燭。」
「那跟你無關，能不能別用那個髒手碰我。」
「……我說納莉亞，妳乾脆放棄復興王國吧？」
納莉亞的手指在顫抖，她的手伸向腰上的劍。
「沒有人希望阿爾卡王國復活。所謂的特權階級呀，他們只會搜刮民脂民膏，是人類世界的毒瘤。事到如今沒人歡迎他們。」
「現在不也一樣？馬特哈德是個大暴君。」
「說什麼蠢話？妳的父親才是更可怕的暴君吧。人們都知道那傢伙將國家賣給白極聯邦，沒有人希望皇家重新回歸。」
「這我都曉得。所以我的目的不是要讓王國復興，而是想找另外的方式——」
「啊——好可惜！妳明明長得那麼漂亮！從前那些王公貴族如今都在夢想樂園

過著地獄般的日子呢。如果妳繼續任性下去，小心也淪為奴隸。馬特哈德總統可是很殘酷的。」

「…………」

「但妳可以放心，我會負起責任好好照顧妳。妳就別當將軍了，來我身邊過完和平的一生——我不會讓妳受半點委屈。等到我們征服吸血鬼王國，我就讓那幫人當奴隸侍奉妳。妳這一生都不用工作，這樣的生活才適合公主殿下。」

「——你這傢伙！」

納莉亞正要下意識拔劍，卻沒能辦到。因為凱特蘿從她背後架住她。

這反倒讓怒火爆發，納莉亞開始大吼大叫。

「——我啊！絕對不會對腐敗的人屈服！一定要把你們幹的壞事全抖出來，為阿爾卡帶來變革！把馬特哈德趕出去！下一任總統——是我！」

那讓雷因史瓦斯放聲大笑。納莉亞實在太火大了，很想痛扁他一頓。可是手被凱特蘿牢牢抓住，根本動彈不得。

「放開我，凱特蘿！這個人不殺不行！」

「不能那樣！如果把他殺了，納莉亞大人也會被殺掉……！」

「哈、哈、哈！妳就好好努力吧。當妳屈服於命運倒下……到時我會負起責任疼愛妳的。」

「去死吧！給我消失！你這個人渣！」

只見雷因史瓦斯邊笑邊離開房間。

被留在現場的納莉亞咬牙切齒不說，拳頭還握得死緊。她知道人民都很支持馬特哈德──但那些只不過是假象罷了。他都是藉著武力壓制人民。這樣下去真正的和平不會到來，爭鬥的火種也不會熄滅。

──「我們人在行動時應該要為他人著想。」

這是來自老師的教誨。

納莉亞從懷中拿出一個鍊墜，裡面裝了一張相片。以前她還是王族一員時，宮廷裡的攝影師替她拍下這張照片。

照片裡的人是孩童時期的納莉亞。

此外──一名女吸血鬼在她身旁面露微笑，有著一頭醒目的燦爛金髮。

她就是尤琳・崗德森布萊德七紅天大將軍。

「……老師，我是不會輸的。」

「納莉亞大人。」凱特蘿一臉擔憂地望著她。「不管發生什麼事，我都是站在納莉亞大人這邊的。若是覺得難受，妳可以依靠我。」

「謝謝妳，凱特蘿。只要有妳在，無論多少次，我都能重新振作。」

納莉亞溫柔撫摸忠心女僕的頭。

自從納莉亞失去家人後，她就開始跟這位少女有交集。她總是待在納莉亞身邊，對她說些暖心的話。這名少女對她如此盡心盡力，她必須回報對方，絕對不能放棄。要粉碎馬特哈德的野心——把家人找回來。

「……對了納莉亞大人，剛才的會議內容，您都聽見了嗎？」

「什麼內容？是說全軍出擊的事情對吧。那實在太蠢了，聽了都想笑。」

「是有那種感覺，但是～」凱特蘿話說到這邊，那語氣聽起來好像都快哭出來了。「這次的戰爭似乎不是單純一對一。不只是八英將，我們這邊好像也要採取跟對方相同的手段。」

「跟對方相同的手段……？」

「……是的。請問，這樣事情是不是會變得有點棘手啊？」

「這話怎麼說？那傢伙到底——」

這時納莉亞突然頓悟，她察覺那個男人是真的想讓世界陷入混亂。盛怒之下的納莉亞將椅子踢飛——差點這麼做，但她在那之前忍住了。找物品發洩是不對的。相對的，她就像彈丸般衝到牆壁旁邊，對著敞開的窗口用盡全力嘶喊。

「馬特哈德你這個可惡的蠢豬——————！」

「您別這樣，被他本人聽到就糟了！」

凱特蘿出面制止，但納莉亞當作沒看見。那個混帳根本就是沒腦袋的人渣。

為什麼要讓事態擴大到那種程度。就為了這場兒戲，只會平白無故增添更多的傷亡。

必須改變這個國度——納莉亞是真心希望如此。

讓全世界刮目相看！

Hikikomari
the Vampire Countess
no
Monmon

感覺最近發生好多事情。跑去海邊跟薇兒和佐久奈一起玩，納莉亞要我跟她一起征服世界，不小心把敵國的基地炸掉，天照樂土的使者過來提出同盟條約——這個夏天只能說是波瀾萬丈。

不過那些跟我完全無關。如果不當成毫無關聯，我根本幹不下去。所以說今天也來好好睡個懶覺，睡到爽吧——打定主意的我跑去小睡一下，卻被變態女僕叫起來。

「可瑪莉大小姐，請您起床。該工作了。」

「工作～!?笨蛋！今天是禮拜天耶⋯⋯」

「來吧，現在不是緊緊抱著海豚的時候。蓋拉・阿爾卡那邊已經跟我們宣戰了，我們要來開會討論對策。皇帝陛下跟幾位七紅天都在等待了。」

「那種事我才不管⋯⋯妳去跟大家說我睡死了。」

「用不著跟他們說。因為他們都已經來這了。」

「妳在說什麼夢話……」

我揉揉睡眼惺忪的雙眼，同時撐起上半身。今天是星期天。星期天早上爬得起來的人根本不是人。趕快把那個囉哩八唆的女僕趕回去吧——想著想著，我看看四周，結果就在那瞬間。

「咦？這是夢？」

好幾張熟悉的臉龐一字排開，正包圍著我。女僕薇兒海絲在我身旁。對面有皇帝陛下。隔壁是瘋狂神父海德沃斯·赫本。再過去是表情看起來很憤怒的芙萊特·瑪斯卡雷爾，她旁邊有著戴面具的神祕人物德普涅。隔了一個空座位，旁邊的人是銀白色的佐久奈·梅墨瓦。然後位子又空了一格，接下來那幾個人都不認識，有穿著和服的男人，穿和服的女人，再加上用冷酷面容望著這邊的天津·迦流羅。而她隔壁就是起點了，回到皇帝陛下身上。

……咦？這是什麼情形，我在做夢吧？為什麼大家都來這了？

「因為可瑪莉大小姐一直不起來，我們就連同床鋪一起搬到會議廳的桌子上。」

「你們在幹麼!?」

「那句話該我問才對，崗德森布萊德小姐！」

芙萊特用彷彿能聽見犀利效果音的眼神瞪我，那害我的肩膀下意識抖了一下。

上次七紅天會議，我被她貶得體無完膚，才會因此在潛意識中留下陰影吧。

「作戰會議都已經開始了，妳卻在桌子上睡得不省人事，太誇張了！我看妳果然連身為七紅天的自覺都沒有！」

「我、我有自覺啊！已經在夢中思考作戰計畫了。」

「哦——那還真是厲害呢！務必讓我們聽聽妳的高見！敵人就快打到眼前了，妳打算如何擊退他們!?」

「薇兒，把我在夢裡夢到的作戰計畫發表出來吧。」

「要用拳頭解決。」

「看樣子是準備用拳頭解決呢！」

「如果能用拳頭解決，大家還那麼辛苦幹麼！」

「用拳頭解決是七紅天的職責所在吧！」

「是有這麼一說！但這次的戰爭不智取毫無勝算可言！」

「咦？那要大家一起下將棋嗎？」

「最好是那樣——————！」

「妳冷靜點，芙萊特。可瑪莉才剛起床，還沒進入狀況。」

這時皇帝出聲喝斥。芙萊特一臉欲言又止的樣子，但到頭來還是說了句「很抱歉」，就此閉嘴。不對，冷靜下來想想，該道歉的是我才對。在會議桌上連人帶床睡覺是在搞什麼鬼啊。這已經不僅僅是瞧不起人了。而且我還穿著睡衣，大家都在看，我要趕快換衣服——事到如今我才知道羞愧，皇帝卻若無其事地解釋起來。

「再確認一次。蓋拉·阿爾卡已經對我們姆爾納特暨天照樂土同盟宣戰。而且這次很難說是單純的娛樂性戰爭。那幫人打算掠奪姆爾納特帝國在核領域內的領土。派出去的探子也有帶回消息，說實際上八英將幾乎全員出動了。看來那幫人並非要打一場普通的戰爭，而是要全軍出動來場血洗之戰。」

嗯？我好像聽見戰爭這個字眼？這種時候逃跑才是上策。

我偷偷爬下床再爬下桌子，打算直接溜出房間。

可是女僕卻把我抓住，逼我坐在椅子上。就算想站起來，她也會用怪力封住我的行動，害我無法動彈。坐在我隔壁的佐久奈用說悄悄話的音量跟我打招呼，嘴裡說著「早安」。

「早、早安，佐久奈……順便問一下，這是什麼情形？」

「就是……如皇帝陛下所說，蓋拉·阿爾卡共和國跟我們宣戰了，於是大家要緊急開會。天照樂土那邊的人也來參加了。」

「那這裡是姆爾納特的宮殿吧？」

「這裡是核領域梅特利昂州的城塞都市費爾，靠近之前舉辦七紅天爭霸戰的古城。皇帝陛下說對方會先鎖定此處。」

©riichu

看來在我睡覺的這段期間，我被帶到不得了的地方了。

「……那我人八成就在戰場的正中央吧。」

「不，戰爭還沒開打——啊，要不要吃巧克力？妳還沒吃早餐吧。來，請張口——」

「謝謝。」我將她拿過來的巧克力一口吃下。好好吃。好幸福。「……那會演變成戰爭，果然是因為我的關係……？」

「不是可瑪莉大小姐的錯——啊，要不要吃巧克力？您還沒吃早餐吧。來，張嘴——」

「謝謝。」我從薇兒的指尖處接過巧克力，自行放到嘴巴裡。好好吃。這下更幸福了。「……不是我的錯，那是什麼意思？」

不知道為什麼，薇兒回話時臉頰鼓鼓的。

「原本蓋拉·阿爾卡似乎就打算對姆爾納特宣戰。可瑪莉大小姐破壞夢想樂園的飯店，這確實是直接引發戰爭的導火線，但就算不破壞，也可以肯定事情遲早會變成這樣。」

「咦？那到頭來還是我的錯嘛？」

「對了，這個是蓋拉·阿爾卡送來的聲明文摘要。」

蓋拉・阿爾卡共和國總統給姆天同盟盟主黛拉可瑪莉・崗德森布萊德之知會文：

貴同盟蠻橫的行為讓人看不下去。明知我國為了謀求和平不斷努力，貴同盟的軍隊——尤其是黛拉可瑪莉・崗德森布萊德七紅天大將軍率領的姆爾納特帝國軍第七部隊卻一天到晚做些野蠻、有違法紀之事。我方斷定欲遏止這種暴力行徑，必須訴諸武力，與你們做個了斷。因此蓋拉・阿爾卡共和國要對姆爾納特帝國暨天照樂土同盟宣戰。

「……看起來果然是我的錯啊？」

「見仁見智，也可以這樣解讀。」

「還有我怎麼變成同盟的盟主了？」

「因為您和天津・迦流羅大人一起拍的照片在外頭流傳。蓋拉・阿爾卡共和國似乎打算取可瑪莉大人的性命。」

「什麼——————!?」

我當場站了起來。薇兒拿六國新聞（！）給我看，上面有我跟迦流羅面帶笑容握手的照片。這看起來完全像是我在主導這個同盟啊！

「事情怎麼會變成這樣啊!?整個都亂成一團了，我連該從哪吐槽都不曉得！我該怎麼做才好！」

「您要殺戮。」

「才不要！我今天本來還想偷偷溜去游泳池那邊玩！」

「請務必讓我同行。但是可瑪莉大小姐，現在大家都在看著您喔。」

突然驚覺的我看看四周。不只是七紅天，連從天照樂土過來的五劍帝都在這邊。於是我咳了幾聲，補上這麼一句。

「虧我今天還想偷偷拿敵人的血做游泳池遊玩！」

「——以上是她的說法！看來我們的盟主幹勁十足，正準備粉碎敵軍。」

有人開開心心說了這句話，就是那個金髮巨乳美少女皇帝。我的頭好痛，為什麼要把我當成領頭看待。而且桌子正中央放了一張很大的床鋪，害我看不見坐在對面的皇帝是什麼表情。應該有人會來收拾這張床吧。

「那麼，想必蓋拉・阿爾卡的軍隊就快採取行動了。那幫人似乎打算掠奪我國在核領域的管轄地，他們的目標幾乎可以完全確定就是這座城塞都市費爾。只要能夠控制這座都市，他們就能輕易【轉移】到姆爾納特帝國和天照樂土的部分國土內——但我軍不會讓他們得逞，必定要藉助同盟之力消滅他們。」

「卡蕾大人，只是擊退他們未免太溫和了。要讓阿爾卡的鐵鏽們嘗嘗深入骨髓的恐懼滋味，以及姆爾納特的優雅！」

「說得沒錯，芙萊特。我們有兩個目標要達成——其中一個是擊退朝我們出兵的敵人，另一個是我們要反過來破壞對方的軍事據點。關於這點，天照紫土那邊的人會比較清楚，對吧天津・迦流羅。」

這時鈴鐺「叮鈴」地響了一下，迦流羅用楚楚動人的動作起身。

「是，剛才崗德森布萊德小姐在睡覺的時候，這些我們都已經討論好了。」

她先用這句話起頭。我人還在桌子上睡覺，你們就在開會？都沒人覺得這樣很奇怪嗎？

「蓋拉・阿爾卡共和國有營造不法軍事設施的嫌疑。在核領域費拉拉爾州造的度假設施——『夢想樂園』就是其中一樣。根據我國忍者帶回來的情報指出，似乎有人將非法神具引進此處。只要掌握證據向六國爆料，馬特哈德總統就沒空去管戰爭的事了吧。」

「那些神具有可能使用在這次的戰爭中嗎？」這問題來自海德沃斯。「若是敵人要使用非法武器，我們就得多加留意。」

「可能性是零。神具是雙面刃，甚至有可能傷到自己。假如被敵人用某種手段奪走，那些雙刃劍將有可能轉而用來對付他們。若是要打團體戰，這樣的做法風險太高了。在暗殺之類的特定場合中，神具才能發揮效益。」

「原來啊原來！原先還在擔心我方掉以輕心會造成致命後果。」

此時迦流羅的神情變得有點僵硬。海德沃斯說得很有道理，如果發現對方可能持有不明武器，敵人自然會保持警戒。

「總、總之我們要達成的目標就是那兩個。我想可以將在座的八名將軍分成兩個小組，分頭作戰。」

此時我不經意環顧整張圓桌。除了薇兒和皇帝，這裡就只有八個人。剛才說有七紅天和五劍帝到來，那應該是七加五等於十二人才對——不對，七紅天這邊已經有人辭職不幹了。想到這，薇兒適時出面解釋。

「天照樂土的五劍帝中，有兩個人缺席。那是因為他們一定會留下兩人在母國那邊擔任防衛工作，這是慣例。」

「是喔——那我們這邊為什麼是五個人？」

「第一部隊隊長貝特蘿絲・凱拉馬利亞據說已經先斬後奏跑去作戰了。至於第五部隊……因為少了奧迪隆・莫德里，這次才會缺席。」

我懂了。不對我不懂。已經跑去作戰是怎樣？跟我們活在不同的世界？

這時鈴鐺又發出「叮鈴」聲。為了吸引大家的注意力，迦流羅揮了揮手。

「就分成負責迎擊蓋拉・阿爾卡軍隊的防禦小組，還有進攻夢想樂園的攻擊小組——讓這兩個小組獨立出來行動是最妥當的做法。這樣可以吧，崗德森布萊德小姐。」

「咦，為什麼問我？」

「因為妳是同盟的盟主。」

「……迦流羅，盟主可不可以換人當？」

「敵人已經把妳當成盟主看待了，我們內部自行變更也沒用。啊啊真是太可惜了，原本應該要讓最強的我來當盟主，那樣更好。」

「咕唔唔……」

我才不想當。可是在這邊耍性子說「討厭討厭我想回家～！」那樣也只會讓芙萊特暴怒，然後把我殺了吧。雖然超討厭，但我要忍耐。

「來吧崗德森布萊德小姐，我們就分成兩個小組，這樣可以吧？」

「這、這個嘛……薇兒，哪個小組會比較辛苦。」

「肯定是負責攻擊的小組吧。負責防禦的那組只要待在城裡對部下下達指令就好，可是負責進攻的人卻不能那樣。他們必須打頭陣，偷偷突破敵人的防衛網。但相對的，若是能夠破壞敵人的基地，他們也會從此享譽盛名。」

我才不想要功名，我想要的是人身安全，就讓第七部隊加入防禦小組吧。我要躲在城池裡，做做點心幫忙協助後方補給。這樣我應該就不用跟人戰鬥了。

「那好，我是盟主，就讓我來分配小組成員吧？首先我們這支部隊——」

「不，早就已經分組完成了。」

我聽見床鋪對面有聲音傳過來。是皇帝。

「這是左右國家命運的重要一戰。所以這次要讓朕來決定——海德沃斯，你來發表吧。」

「遵命。」

皇帝將一張筆記用紙交給海德沃斯。他從位子站起來朗讀。

「那我就代替皇帝陛下發表。首先是防禦小組——天照樂土第一部隊隊長山底羅・焰，同國第三部隊隊長玲霓・花梨，姆爾納特帝國軍第二部隊隊長海德沃斯・赫本，同國第三部隊隊長芙萊特・瑪斯卡雷爾。以上。」

咦？以上？防禦小組就這些人？

「再來是攻擊小組。天照樂土第五部隊隊長天津・迦流羅，姆爾納特帝國軍第四部隊隊長德普涅，同國第六部隊隊長佐久奈・梅墨瓦，以及第七部隊隊長黛拉可瑪莉・崗德森布萊德。」

「等等！」這個是我說的。

「等等——」這句是迦流羅說的。

就在下一刻，圓桌被人用力拍了一下，發出一聲「砰！」，害我跟迦流羅不敢繼續說下去。用力拍桌子的人是芙萊特。「黑色閃光」正一臉不滿地望著皇帝。

「請先等一下，卡蕾大人！怎麼會把我排在防禦小組!?」

那聲音實在太大了，害佐久奈嚇到差點從椅子上跌下來。

皇帝則擺出從容不迫的態度，看著芙萊特說「妳先冷靜點」。

「如果要發動攻勢，速度跟攻擊力都很重要。妳率領的第三部隊在攻擊力上稍嫌不足，比較著重戰鬥技巧吧？」

「我的攻擊力很足夠！」

其實我也那麼覺得，但我好像沒什麼資格說那種話。

「請您重新考慮一下，卡蕾大人。若是攻擊小組那邊需要力量，那選擇黛拉可瑪莉・崗德森布萊德就是個錯誤。她是連劍都拿不好的弱者！」

「沒、沒那回事！其他吸血鬼的力量都沒有我強大！但既然芙萊特都這麼說了，我也可以跟妳交換——」

「請先等等。」伴隨著鈴鐺發出的叮鈴聲，迦流羅開口了。「天津・迦流羅的部隊靠的不是蠻力，而是用技能和頭腦來戰鬥。我認為他們不適合擔任先鋒進攻。就讓我跟瑪斯卡雷爾小姐交換，加入防禦小組吧。」

「哎呀？天津・迦流羅啊，妳不是曾誇下海口，說自己比可瑪莉還強嗎？」

「是、是那樣沒錯。我很強。但俗話說適才任用——」

「天津・迦流羅小姐很適合加入攻擊小組！讓我不服氣的是崗德森布萊德小姐！不能把襲擊軍事設施這種重大任務交給她！」

「不，瑪斯卡雷爾小姐。其實要我加入防禦小組也可以——」

「沒錯！迦流羅很適合待在攻擊小組！因此我可以為了芙萊特退出這組。偶爾要把功勞讓給他人，這也是強者該做的事。」

「不用了，崗德森布萊德小姐，妳不用特意辭退——」

「居然說要把功勞……讓給我————!?」

啊，糟糕。我說了不該說的話。

「有什麼好生氣的，瑪斯卡雷爾大人。可瑪莉大小姐都說要讓給您了，您就該心懷感恩接下人家讓出來的任務，這樣才有禮貌！」

「別這樣，薇兒！點心送妳吃，妳先閉嘴！」

「妳——妳真的是很失禮的吸血鬼！我之前就這麼覺得，妳那種狗眼看人低的態度讓人打從心底不悅！明明就沒有實力，卻很會虛張聲勢！光是世界上有這樣的七紅天存在，帝國的招牌都會以秒為單位腐爛！」

「但、但是謙讓的精神很重要啊！」

「把那種東西讓給別人，別人怎麼會開心！真是有夠火大的——妳老是這樣！之前的七紅天爭霸戰也是一樣！聽說妳還用煌級魔法將恐怖分子的基地弄到一片荒蕪，那一定是假的！妳都在收買六國新聞，讓他們去寫對妳有利的報導吧!?」

「什麼啦——!?話說得那麼難聽，就連脾氣好的我都要生氣了！那些新聞對我有什麼好處，我覺得很困擾好嗎！誰會去收買那樣報刊啊！頂多只會買下來要他們訂正！」

「請妳們別再爭論了！我這邊有資料，可以看出天津部隊有多麼適合擔任防禦工作——」

「居然要人訂正!?都已經那樣大肆竄改了，還不知足嗎！」

「那已經夠了啦！而且我又沒叫人竄改！」

「請妳們……不要無視我……」

「那為什麼報紙上會寫那種東西！」

「一定是捏造的啊！妳太相信六國新聞了！」

「六國新聞沒道理捏造！崗德森布萊德小姐怎麼可能引發那種慘劇——那一定是自然現象！好比是隕石之類的！」

「我還想叫他們訂正，改成是隕石弄的欸！」

「想要彰顯自己是能夠操控隕石的最強吸血鬼!?」

「我怎麼可能操控隕石！妳這個人都講不聽耶——！」

「…………嗅嗅。」

最先發現的人好像是佐久奈。她身體裡流著蒼玉種的血液，若是碰到同種族放出的魔法，她能夠在第一時間察覺。我忙著跟芙萊特爭辯，其他將軍似乎做夢也沒想到對方會在這種時間點上進攻。

我的手被佐久奈拉住。

「咦？」——我發出短促的叫聲，應該沒被任何人聽見。

突然有個隕石掉了下來。

應該是說衝擊大到讓人不免這麼想。整個天花板都被炸飛了，慘不忍睹，突然掉落下來的火焰炸彈打在床鋪上，引發大爆炸。有人發出慘叫，一陣灼熱的熱風撲面而來，我呆呆地站在那邊，令人熟悉的女僕裝遮蔽我的視野。

緊接著一股強大的魔力讓整個空間為之低鳴，是芙萊特放出了暗黑魔法。能夠吸收一切的黑洞將火焰帶來的衝擊全數吸收抵銷。

我什麼都沒辦法做，一直把臉埋在變態女僕的胸口上。

這是什麼？怎麼會有這種事情——

周遭的聲音總算又回來了，有人慌慌張張衝進會議廳。

「陛下！白極聯邦出兵了！他們好像跟蓋拉·阿爾卡聯手了！」

我從女僕身下爬出來，想確認周遭的情況。

整個會議廳都變得烏漆抹黑。

桌子上的床鋪早就變成焦炭了。

就連爸爸買給我的海豚抱枕都被燒個精光。

那些將軍臉上的表情都像在說「被暗算了」，紛紛蹲在牆壁旁邊。幸好他們都有採取某種防禦手段，看上去沒什麼外傷——不對，等一下……

「薇兒！妳還好嗎⁉」

「我還好，可瑪莉大小姐您沒有受傷吧？」

「沒、沒有……但這是——」

外面吵吵鬧鬧，能夠聽見人們的怒吼和尖叫聲。雖然費爾是姆爾納特帝國實際管轄的地區，卻是核領域中的都市，除了吸血鬼還有各式各樣的人種存在，也就是說這裡還有翦劉種和蒼玉種。可是敵人那邊卻用這種手段進攻——

海德沃斯和芙萊特等將軍紛紛離開房間，大概是想率領自己的部隊迎戰白極聯邦吧。

「陛下！蓋拉・阿爾卡那邊透過熱線聯繫我們。」

負責保衛皇帝的吸血鬼在此時大喊。皇帝正站在變得焦黑一片的房間中央，那模樣冷若冰霜、面無表情，同時她從口袋中取出通訊用的礦石。

『別來無恙啊，姆爾納特帝國的皇帝陛下。』

通訊礦石另一頭傳來男人的聲音，已經切換成廣播模式了。

『我們已經跟天照樂土的大神昭告了，這次出兵是為了伸張正義。你們的行徑將會擾亂六國和平。這算是給個警告。』

這下我聽懂了。對方恐怕就是蓋拉・阿爾卡的大人物——馬特哈德本人吧。

「給我們警告？是因為領土遭到攻擊才來報仇？」

『不單只有報仇這麼簡單。姆爾納特帝國擾亂世界和平——蓋拉・阿爾卡的領土都被你們變成凍土了。我們出於和平友好而營造的設施夢想樂園更遭人用卑鄙手段攻擊。』

「這兩個地方受人攻擊的理由都很充分吧？」

『姆爾納特的野蠻行徑不是只有發動實質攻擊，你們也想藉由話術擾亂世界。某些特別好戰的七紅天做出很有問題的宣言——輕易說要征服世界，擾亂人心，故意讓人們對蛋包飯的需求急遽上升，藉此來哄抬蛋的價格，用這種卑鄙的手段操控經濟，用一些帶有刻板印象的言論來貶損大猩猩，讓人們更加看不起大猩猩。』

「你在說什麼，朕是真的聽不懂。」

『還不只那些。你們甚至有跟恐怖組織「逆月」掛鉤的嫌疑。七紅天奧迪隆・莫德里就是逆月的幹部，而且從前佐久奈・梅墨瓦還積極從事恐怖活動，你們卻沒有將她處以極刑，而是讓她就任成為將軍。怎麼能對這麼危險的國家放任不管？我們必須出面掌控。』

「你還真以為自己能辦到啊？」

『我們已經跟其他國家知會了。白極聯邦、拉貝利克王國爽快答應我們的提議。再來就剩下夭仙鄉，但我相信他們也會給予正面的答覆——換句話說，姆爾納特帝國和天照樂土要跟四個國家為敵。」

「原來是這樣啊。你們的目的是什麼？」

『我們要征服姆爾納特。』

這時皇帝的臉色變了，她那雙眼出現冰冷的寒光。

『——我是很想這麼說，但我也沒有那麼不通情理。如果不希望貴爾被人拿下，你們就要將姆爾納特帝國魔核的真面目公開。』

「廢話還真多，朕怎麼可能被你逼問就乖乖說出來。」

『若是不願意透露，帝都只會葬身火海。這不是交涉，是脅迫。不管姆爾納特和天照樂土的將軍是多麼強大的精英，要同時對付四國也沒有勝算。這種時候乖乖聽從我的命令，對你們會更好。』

「看來沒什麼好談的。」皇帝狀似無言地嘆了一口氣。「照你那說法聽來，姆爾納特帝國像是被你們逼到走投無路了——但就這點程度而已，哪能奈何得了我們。」

『什麼？』

「就憑你們這群烏合之眾，無法戰勝朕的國家。多看看現實面吧。」

『……哼，吹牛皮也要適可而止。』

「你現在在哪?首都的總統府?」

『知道又怎樣——聽好了,妳就只有兩個選擇。看是要接受我的提議,把魔核的所在地說出來。還是做好滅亡的覺悟,和我們這邊的聯軍決一死戰——』

皇帝把男人說的話當耳邊風,從懷中拿出另一個通訊用礦石。

當她將雷色魔力注入後,通訊迴路就接通了。接著皇帝毫不猶豫地開口。

「貝特蘿絲,炸掉吧。」

『——炸掉?在說什麼啊,妳這——』

噗滋。

皇帝跟男人之間的通訊中斷了。不是皇帝單方面將通訊切斷的,而是對方切斷通訊。

我不知道發生什麼事了。皇帝將兩份礦石收進懷裡,然後轉頭看我。

臉上的笑容好燦爛。

「各位都聽到了吧!蓋拉・阿爾卡似乎打算征服姆爾納特和天照樂土!不能繼續放任他們。若是被人小看就把他們宰了,這正是姆爾納特帝國的作風。」

「請、請先等等!」這時迦流羅慌慌張張出聲。剛才那陣爆炸風暴讓她的髮型變得像蘑菇一樣。「要同時對付四個國家太有勇無謀了!這種時候應該跟蓋拉・阿爾卡和平共處才對。」

「若是提議和他們和平共處，那就等同投降——而且這場戰鬥我們穩操勝算啊？妳明明自稱是最強的，又在害怕什麼，天津・迦流羅。」

「咦？我們會贏嗎……？」

「蓋拉・阿爾卡的內部情勢如何，朕不清楚。可是白極聯邦和夭仙鄉的元首沒馬特哈德那麼蠢。我們可以找這兩國見縫插針——為了實現這點，首先我們要按照原定計畫，讓外界看清夢想樂園的實際面貌。」

「夢想樂園裡面……是不是有什麼？」

「關於『和魂種失蹤事件』——雖然沒有掌握確切的證據，但恐怕這件事跟貴國也有些關聯性。」

迦流羅的眉毛動了一下。原本堪稱冷淡的眼眸開始變得認真起來——乍看之下好像是那樣，但她這時發現自己的髮型被剛才那些暴風弄成蘑菇頭，當下變得好狼狽。

皇帝放眼環顧遺留在房間裡的其他將軍。一個大國之君會有的傲然目光炯炯有神地投射在我們身上，接著她用有點戲劇性的語氣下達關鍵命令。

「德普涅，佐久奈，天津・迦流羅，還有可瑪莉，你們要同心協力前往費拉拉爾州的夢想樂園。為了滅掉蓋拉・阿爾卡，這將會是重要的一步。」

只見德普涅默默無語地直立。

佐久奈則是露出緊張的表情，手裡還抓著我的衣服。

我開始逃避現實，滿腦子都在想蛋包飯的事情。

迦流羅滿臉通紅，正在用手將亂七八糟的髮型弄好。

「用不著擔心。若是有敵軍進攻這裡，防禦小組會設法抵禦——去吧勇者們！將共和國那大逆不道的野心粉碎掉！」

這次總算不是娛樂性戰爭，而是真正的戰爭要開打了。

但首先，那個被徹底燒壞的床鋪該怎麼辦。這下我今晚就沒地方睡了。若是去跟爸爸說，他應該會買新的給我吧。不過今天回得去嗎？

一想到接下來可能會面臨的苦難，絕望的感覺就一波波打在心頭上。

☆

如今已經不會有人再像古人那樣花好幾天大遠征。核領域的各個角落都設了六國負責管理的「門」，只要使用【轉移】就能夠瞬間傳送過去。

納莉亞・克寧格姆率領的蓋拉・阿爾卡共和國軍第一部隊遵從馬特哈德總統的命令，來到姆爾納特在核領域內的領土上。納莉亞要做的事情就是襲擊都市並占領該處。只要發動猛烈攻勢，姆爾納特帝國和天照樂土就會出聲，把魔核的相關訊息吐露出來——本次作戰計畫正是出自如此天真的想法。

納莉亞覺得那有夠蠢的。

「納莉亞大人！看到了，那個就是城塞都市費爾！」

這時凱特蘿興奮地大喊。

隔著一片草原，對面那邊有一個廣大的都市——但四處都有黑煙往上冒。根據收到的報告消息指出，那些好像都是白極聯邦軍隊放的火。聽了就讓人不快。

「果然其他國家也在對姆天同盟發動攻勢，不知道是用什麼收買他們的。」

「不曉得……可能是用金錢或領土誘惑吧？」

身分上好歹算是蓋拉・阿爾卡的將軍，納莉亞才會來到敵人的地盤上。但她覺得下場戰鬥一點意義都沒有。任憑馬特哈德擺弄，做這種不法爭戰，到底有什麼意義？直接無視就好了吧？——可是總統的命令不容違抗。既然她已經是八英將了，就不能違抗命令。

「納莉亞大人，該怎麼辦？我們也要過去嗎？」

「——當然要去啦。」

有人代替納莉亞回答，是穿著蓋拉・阿爾卡軍裝、模樣像爬蟲類的翦劉種——八英將帕斯卡爾・雷因史瓦斯。在蓋拉・阿爾卡共和國的八個部隊中，就只有納莉亞和雷因史瓦斯的部隊先行來到敵人的領土上。

「總統給我們的任務是襲擊費爾。只要能夠奪下那座城市，姆爾納特帝國就沒辦法對我們出手。吸血鬼跟和魂種的魔核形同是我們的囊中物。」

「你以為那幫人會吐露魔核的相關情報？姆爾納特帝國和天照樂土都沒那麼笨。唯一的笨蛋就只有馬特哈德。」

「妳不清楚總統的想法——看吧，白極聯邦的部隊已經開始攻城了。雖然被他們超前，但我們也來進軍吧。」

根據凱特蘿給的情報看來，目前費爾那邊似乎已經有姆爾納特帝國和天照樂土的軍隊坐鎮。至於在對那個城鎮攻擊的軍隊——有白極聯邦的三支部隊、拉貝利克王國兩大部隊，加上蓋拉·阿爾卡共和國的八個部隊。一定會發生激戰。

眼下雷因史瓦斯大手一揮，對下發號施令，身著軍裝的翦劉種開始朝著敵人的領土緩慢行進。納莉亞嘴裡「嘖」了一聲。如果是憑藉自己的意志揮劍，那沒有任何問題，但一想到要任由馬特哈德操弄，跑去侵略其他國家，納莉亞就怒火中燒。若是要在下一次選舉中當選，納莉亞必須獲得民眾的支持，她要以八英將的身分打出戰績才行，可是——

「納莉亞大人，那、那個！請您快看那個！」

納莉亞順著凱特蘿指的方向看過去。

城塞都市的後門陸陸續續有人出來。從飄揚的軍旗可以看出那幫人都不是一般民眾，而是天照樂土和姆爾納特帝國的軍隊。而且站在最前方的還是幾位年輕將軍，近來轟動六國——分別是天津・迦流羅，以及黛拉可瑪莉・崗德森布萊德。

納莉亞頓時看見活路了。如果是那個吸血鬼，或許她能有溝通的空間。這位少女繼承了老師的遺志，也許她能打破這腐敗的僵局。

「可瑪莉……」

「——黛拉可瑪莉・崗德森布萊德出現了！去幹掉她活捉起來！」

雷因史瓦斯在當下發出號令。接著翦劉種們就發出戰吼，並展開突擊。

這讓納莉亞不由得換上苦澀表情，這個男人還真愛壞人好事。

「我們也出動吧！無論如何都要抓到可瑪莉！」

☆（稍微回顧一下）

我加入名為攻擊小組的謎樣小組了。

「攻擊」這種攻擊性的字眼不適合我，但這次可以當成不幸中的大幸吧。因為加入防禦小組，情況好像會更糟。

「我說薇兒！芙萊特的部隊遭到襲擊了！那邊沒問題嗎!?」

「誰知道。芙萊特・瑪斯卡雷爾再怎麼爛還是七紅天，就算倒過來看也還是七紅天，雖然很爛。」
「用不著倒過來看吧!?」
砰磅！——我背後出現大爆炸。害我不由得發出悲鳴，頭跟著低下去。
如今我正被薇兒用公主抱的姿勢抱住，而且她還用很猛的速度奔馳，要把我帶到別的地方。【轉移】來費爾的第七部隊成員也都一副幹勁十足的樣子，追隨我的腳步移動。
攻擊小組的任務是朝著敵人的軍事基地進攻。
為了完成任務，首先我們好像得逃離這座城塞都市。
「可惡……城鎮逐漸遭到破壞！那幫人根本就是暴徒吧！」
我背後連續出現誇張的大爆炸，伴隨一陣陣轟隆聲。剛才白極聯邦的軍隊突然無預警對我們發動攻勢，他們硬是把城門撬開，從那邊衝進來。
「哇哈哈哈！你們這些愚蠢的人民別來無恙啊！我是白極聯邦最強的六棟梁普洛海莉亞・茲塔茲塔斯基閣下！我親愛的蒼玉種們，向前衝吧，拿那些豬血祭！」
一個情緒特別高漲的女孩飄浮在半空中，同時對人下令。
一些穿著白色軍裝的男人聽從那些命令大肆作亂。
他們四處找建築物點火，做出那種暴行簡直和野獸沒兩樣，很難想像他們和佐久奈是相同的種族（四分之一相同）。在海德沃斯軍的誘導下，民眾陸陸續續【轉移】到姆爾納特帝國的領地內，因為這種莫名其妙的戰爭，看到自己住的城鎮變得坑坑疤疤，他們應該難以接受吧——沒想到那些民眾都在歡呼。還有人從窗戶那邊揮手，又跳又飛的，鬧出好大的騷動。

「這是怎樣……有什麼好開心的？」

「會來核領域居住的人，多半都血氣方剛熱愛戰爭。看到人們在眼前廝殺才會那麼興奮吧。」

看來他們的精神構造也跟一般人不一樣，如果是我早就哭出來了。是說剛才床鋪被燒掉，我有哭一點點喔。因為我很愛用那個海豚抱枕。白極聯邦不可饒恕……不對，是說把床鋪帶上戰場的變態女僕才該負責吧？

「可瑪莉大人，為失去的東西哀嘆也沒用。只要在戰爭中獲勝就能弄到一大筆賠償金，到時我們就把所有東西都買回來吧！」

「那輸掉怎麼辦！」

「我們不可能輸。」

如此回應的人就跑在薇兒身旁，此人正是戴著面具的七紅天德普涅。她（？）用不帶情感的淡然語氣接著說道。

「雖然很不願意承認，但這是客觀事實，就憑妳的力量，要葬送各國將軍輕而易舉吧。阿爾卡的鐵鏽根本不是妳的對手。雖然我真的很不想承認。」

怎麼突然說這種話。很恐怖耶。

「若是情況不對就發動那股力量，我會支援妳。」

「知道了，在說那個力量對吧。」

「對，就是那股力量。」

到底是什麼力量啊!?——這樣吐槽太不識大體。聽說這個戴面具的少女在上次七紅天爭霸戰中被起因不明的大爆炸炸死，留下了記憶混亂的後遺症。

「在前方！請看前面！」

被部下用轎子搬運的迦流羅在這時指著前方大喊。

這一看才發現如假包換的野獸正成群從後門那邊排山倒海逼近。

這是來自拉貝利克王國的獸人部隊，原來他們也來進攻這座城鎮了——

「是、是長頸鹿……！」

佐久奈當下發出害怕的呼喊。發現我方蹤跡的野獸全都發出嘶吼，衝過來攻擊我們。就像佐久奈說的那樣，部隊成員有半數以上都是長頸鹿。他們轉動長長的脖子，邊用頭撞壞建築物邊衝過來，那景象看起來活像世界末日——不對他們腦袋有問題吧，從各方面來說!?

「這是拉貝利克王國第二部隊德基利・馬奇力中將的軍隊。他們已經喪失理智了。在頭部骨折之前，他們會用頭撞壞一切。」

© riichu

「太奇怪了吧！怎麼辦啦，這樣下去我們會起正面衝突！」

「快點右轉、右轉！我們現在就掉頭，回家吃點羊羹什麼的！」

「沒那個必要！——特級凝血魔法【鮮血淋漓・無垠】！」

德普涅用小刀切自己的手腕。噴出來的血液變成柔韌的鞭子，將那些長頸鹿全都鞭倒。戴著面具的軍團過來幫襯他們的將軍，陸陸續續放出攻擊魔法。但這樣依然無法阻止敵人前進。那幫長頸鹿還在朝這逼近，連大地都為之撼動。

「閣下！就交給我們吧！」「怎麼能讓面具混帳搶走功勞！」「你們這些長頸鹿覺悟吧！」「今晚要用長頸鹿肉辦宴會了！」

第七部隊的成員全衝出來。制止他們也沒用。那幫人陸陸續續衝過去，跟長頸鹿大軍激戰。鮮血四處飛散，還揚起沙塵，外加魔力炸開——我眼前正上演一場超沒真實感的激烈戰鬥，流彈還把我背後的伴手禮店炸爛。

「唔……！長頸鹿好纏人！」

此時德普涅發出呻吟。於是佐久奈也趕緊對副官下令，打算出動自己的部隊。奇怪的是迦流羅變得淚眼汪汪，嘴裡說著「逃吧逃吧」，在那懇求一名女忍者。

至於我——已經準備打道回府了。

「接下來的事情就拜託你們了。」

「若是回去的話，您會因為放棄任務失去七紅天身分，然後炸死。」

「不管回不回去都會被炸死吧！這算什麼！竟然有那麼凶暴的長頸鹿，聽都沒聽過！我再也沒辦法帶著純真的心情去動物園了！好可怕！」

「早就知道您會那麼說，我已經想好對策了。請您按下這個按鈕。」

薇兒接著朝我遞出謎樣的按鈕，我心中滿滿都是不好的預感。

「這是什麼？」

「別問了，請您按下去吧。」

於是我就按按看。

然後就發生大爆炸了。

我還以為出現天地異變。事情就發生在我眼前——簡單講就是長頸鹿跟第七部隊原本正在激烈戰鬥的地方，如今已經爆炸了。爆炸引發的狂風吹來一些瓦礫或武器碎片、不知名人士的下半身，這些從我的臉頰旁邊飛過，打中在我背後待機的面具部隊。德普涅整個人啞然失聲，愣愣地站在那邊，佐久奈也目瞪口呆地杵著，迦流羅從轎子上面掉下來，臉撞上地面。現場揚起一片霧濛濛的沙塵。戰場頓時安靜下來。現在是什麼情形？

長頸鹿一隻不剩全都死了，還有吸血鬼也死了。死的人還要算上約翰。

「……啊？怎麼會這樣？」

「那是地雷。」

「怎麼會有地雷？」
「是我安排的。」
「啊啊啊啊啊啊啊!?」
「昨天晚上我去梅墨瓦大人家，讓她吸我的血。透過【潘朵拉之毒】可以看出這些長頸鹿會從後門進攻，既然知道會有這樣的既定事實，我就在昨天將地雷都安排好了。」
「可是那些地雷也把我軍炸死了耶!?是說妳又給佐久奈吸血了!?」
「這些都只是小問題——來吧，我們上！」
「哇，先等等——」
薇兒開始抱著我奔跑，蹦蹦跳跳越過那些屍體，朝著後門跑去。佐久奈和德普涅也趕緊加快腳步，繼續進軍。腳邊處處都是死狀悽慘的長頸鹿和吸血鬼。稍微算了一下，第七部隊大概死了兩百人左右吧——不不不！接下來我們還要進攻敵人的基地，這是在做什麼!?
可是我根本沒空出聲抗議。
我們就這樣穿過城鎮的後門來到外頭，放眼望去全都是遼闊的草原。對喔——我想起來了。每次姆爾納特帝國軍要開戰，總是會透過【轉移】來這邊。我怎麼都沒發現。

「可瑪莉大人！姆爾納特帝國軍第四部隊、第六部隊、第七部隊以及天照樂土第五部隊，總計約兩千人已從城鎮逃脫。我們要在這【轉移】。」

薇兒說完就從懷中取出發光的石頭，那是軍隊移動時會用的【大量轉移】魔法石，而且一個要五百萬梅爾。每次戰爭都要用到，實在太瘋狂了。還不如捐錢給綠色組織之類的，那樣效益會高五百萬倍。

「先等等，我們要【轉移】到哪!?」

「這還用問，自然是最靠近夢想樂園的『門』。」

「先、先等等，可瑪莉小姐！又有敵人來了！」

這次是什麼啦!?——想到這邊，我轉過頭。這一看突然覺得一陣頭暈。有一大批軍隊從草原對面殺過來，那氣勢看起來好恐怖。這次不是長頸鹿，是身上穿著蓋拉・阿爾卡共和國軍裝的翦劉種。他們顯然是要攻擊我的部隊。

「欸薇兒！我們快逃！趕快用【轉移】！」

「【大量轉移】需要花一點時間。如果轉移到一半中斷，到時只剩肉片會傳送過去。」

「只把肉片傳送過去就沒用啦——！」

「那、那是——！」

不知道什麼時候來到我身旁的迦流羅在這時大叫。妳都在流鼻血了，沒問題嗎？

「那是馬特哈德總統心腹帕斯卡爾・雷因史瓦斯的軍隊，還有共和國最強八英將納莉亞・克寧格姆的軍隊！這樣下去會全滅，趕快撤退吧！」

咦？納莉亞？——那種感覺就好像突然被人暗算一樣，我的視線投向遠方，不過戰火早就點燃了。第七部隊成員發出像惡魔的咆哮聲，已開始進軍。把身為將軍的我丟在一旁。

「喂，你們大家冷靜點——」

「把黛拉可瑪莉・崗德森布萊德殺了！」

領頭的男人——就是迦流羅口中那個叫雷因史瓦斯什麼的蜥蜴臉正放聲大喊。蓋拉・阿爾卡軍隊全員同時放出魔法。可是他們的魔法沒有打中我的部隊，而是打中佐久奈的部隊，並引發大爆炸。像被風吹起的毛絮，那些吸血鬼都被炸飛了。屍體接二連三掉落在我眼前。那情景太恐怖了，我差點尿褲子。

「佐久奈大人！我們也行動吧！」

「咦？我、我明白了！全軍突擊！」

接獲佐久奈的命令，就連第六部隊都發出吶喊，開始衝鋒陷陣。在這段期間內，德普涅的軍隊也低調展開行動。他們紛紛凝聚魔力，變出劍刺向敵人。草原各處都有魔法飛來飛去，爆炸四起，鮮血飛濺、手腕飛散、不知名的頭顱飛過。

這時突然聽見「咚嗡！」一聲，有個巨大的球體掉落在我眼前。

「！——可瑪莉大小姐，這是炸彈！」

「啊？咦……」

薇兒突然飛撲過來，我們兩人一起在草地上滾了好幾圈。緊接著下一刻，伴隨震耳欲聾的破壞聲，剛才我原本待的位子已經被炸得面目全非。害我嚇到嘴巴都合不攏了，灼熱的爆風害我眼眶飆淚。

我再也無法忍受，維持被女僕緊抱的狀態大叫。

「人家不要了啦——！想回家想回家想回家想回家——！為什麼我得來這種地方受死啊！是我做了什麼嗎——！」

「您什麼都沒做，但這就是戰爭，沒辦法。」

「想出戰爭這種東西的人是笨蛋！笨到極點！那個叫做馬特哈德的人真的是大笨蛋——！」

「——這話可不能當作沒聽見。」

此時有一股銳利如針的殺氣刺向我的肌膚。敵人那邊的將領在神不知鬼不覺間來到我身旁——那個名字叫做雷因史瓦斯的翦劉種就站在這。他眼裡有著怒火，居高臨下地望著我。

「這是在愚弄總統大人？不過是個吸血鬼也敢那樣。」

「嗚──」我推開薇兒站起來。「對、對啊！我要盡情愚弄！如果是像平常那種戰爭還能理解，不對不能理解，而這次的戰爭完全讓人看不懂！就是因為有你們這些腐敗的傢伙在，世間才會變得如此不幸！」

「咕────咕哈哈哈哈哈哈！妳這個小丫頭還真敢說！」

不懷好意的嘲笑聲傳入耳中。周遭有無以計數的悲鳴、爆炸聲和嘶吼聲在迴盪。讓這種蠢事發生的元凶一定是蠢蛋。

那個男人用不善的眼神朝下瞪視著我，嘴裡這麼說。

「那位大人是將要征服世界的稀世英雄。妳這種半路出家的黃毛丫頭沒資格對他品頭論足──既然敢批評他，我就要把妳殺了。這就是我們的作風。」

「做、做得到就試試看！我可是最強的吸血鬼！不會輸給任何人。」

「噗！」雷因史瓦斯忍不住笑出來了，那嘲弄的目光朝我射過來。「妳說自己是最強的吸血鬼……？沒看過這麼沒見識的井底之蛙。」

「你說什麼……？」

「在說妳不夠看啦，崗德森布萊德──先跟妳昭告，區區吸血鬼不可能贏得了翦劉種。兩個種族差太多了。這個世界上共有六大種族，分成六個國家。表面上這些國家平起平坐──但這大錯特錯。這個世界上最優越的種族是翦劉種，其他都只是垃圾而已。」

這傢伙在說什麼啊，他真的那麼想？

「我們翦劉種有無堅不摧的肉體，優秀的攻擊力，而且具備能夠自由自在操控刀劍的能力，是萬物萬靈之首。相較之下吸血鬼就只知道吸血，只是個低劣種族罷了。」

「…………」

「妳在那些垃圾中還算是比較像樣的，但垃圾就是垃圾。不管再怎麼掙扎都贏不了我。」

「……………………」

「呵呵呵，未來姆爾納特帝國將會受到蓋拉·阿爾卡管轄，所有的吸血鬼都會變成翦劉種的奴隸。那樣才適合你們吧？——對了，順便把妳殺了，讓妳當奴隸吧。光看外表是一流貨色，可以拿去跟其他八英將炫耀。」

「你……」

我覺得好可悲。這傢伙說的話——除了是卑劣的誹謗中傷，貶低我周遭所有的人，還是最差勁的宣戰通牒，將我和迦流羅希冀的世界和平理念完全否認掉。能夠窺見現今的蓋拉·阿爾卡共和國政府都有什麼樣的心思。

這幫人真的只為他們自己著想。

「——辦得到就試試看啊。」再度開口的我筆直盯著雷因史瓦斯看。「我是最弱的吸血鬼，但我不會輸給你這種人。」

「哦……還真會說笑。不過是個吸血鬼，又能做什麼？」

就在那瞬間，一道來自銳利刀尖的光芒一閃而逝，是原本一直保持沉默站在我身邊的薇兒突然丟出暗器。暗器直接對準雷因史瓦斯的脖子射過去，眼看就要沒入——卻在那之前被劍彈開了。

對方拿劍反擊，高舉著刀劍砍過來。

這次換斧頭從側邊掃來，協助抵擋雷因史瓦斯的攻擊。狗頭獸人——貝里烏斯·以諾·凱爾貝洛在千鈞一髮之際介入。

「閣下！您沒有受傷吧！」

「喔、喔喔！我沒事。」

「唔，這裡怎麼會有獸人——!?」

貝里烏斯出現讓雷因史瓦斯的思考出現短暫空白。對他而言，拉貝利克王國的獸人已經跟他們締結同盟，應該是友軍才對。

緊接著又發生一連串事情。

很快回過神的雷因史瓦斯在地上踩了幾步後退。

貝里烏斯和薇兒挺身上前，要過去追擊。

這下我四周都沒有任何部下了。卡歐斯戴勒自稱軍師，卻跑去敵人那邊衝鋒陷陣。梅拉康契不知道跑去哪了。約翰死掉。

有人藉機行事——一陣桃色的旋風在草原上呼嘯而過。

我感覺有人站到身旁。

「——可瑪莉，總算見到妳了。」

嚇了一大跳的我抬頭看向眼前。不知道是什麼時候來的，手上拿著雙劍的少女正在俯瞰我。她正是有一對顯眼桃色雙馬尾的「月桃姬」——納莉亞・克寧格姆。

附近所有人都因納莉亞出現而轉移注意力。

薇兒趕緊回到我身邊。奇怪的是人在她對面的雷因史瓦斯臉上浮現焦躁表情。

納莉亞完全沒把他們幾個放在眼裡，光顧著從口袋裡拿出魔法石，還把那樣東西放到我這，臉上浮現自傲的笑容——

「在這邊不能好好談話。跟我一起去遠方吧？」

啊，這下糟了——我才剛憑藉本能察覺……

魔法石綻放出來的光芒已將我的視野占滿。

☆

在城塞都市費爾這邊，不論內外都在上演鮮血淋漓的抗爭。

而且另外還有來自北方的白極聯邦部隊參戰，戰鬥越演越烈。

在這之中——蓋拉・阿爾卡共和國第四部隊隊長帕斯卡爾・雷因史瓦斯手裡握著長劍呆愣地杵在原地。

「敵人溜了……不對，是納莉亞背叛……」

雷因史瓦斯的目的是讓城塞都市費爾陷落——這是一樣，但另一樣更重要的目的是抓住黛拉可瑪莉・崗德森布萊德，將她關進收容所。

姆天同盟的盟主是崗德森布萊德。不僅如此——雷因史瓦斯推測姆爾納特帝國在行動上都是以那個小丫頭為中心。只要能夠把那個囂張的吸血鬼弄死，他們應該就能贏得全面性的勝利。

只不過，雷因史瓦斯會對崗德森布萊德那麼執著還有另一個原因。

就是為了納莉亞。納莉亞似乎在那個吸血鬼身上看到希望。

「……這幫吸血鬼就只會來礙事。」

他認為黛拉可瑪莉・崗德森布萊德並不具備打倒馬特哈德的實力。可是雷因史瓦斯不想看到納莉亞恢復活力，那個少女就該陷入絕望。當她跌落絕望深淵，光憑一己之力再也無力回天，雷因史瓦斯就會在這時悄悄伸出援手。

如此一來，即便是那樣的鐵石心腸也會被打動吧——

「雷因史瓦斯大人！是白極聯邦的援軍！我們是不是也該對費爾進軍!?」

「不——我們去追黛拉可瑪莉・崗德森布萊德。」

雷因史瓦斯朝戰場那邊看了一眼。

納莉亞率領的第一部隊雖然有點群龍無首的感覺，還是繼續戰鬥，然而他們都被戴著面具的吸血鬼耍弄。那支軍隊是馬特哈德分給納莉亞的無用集團。就這點來看，不難看出納莉亞在共和國內有多麼受人輕視。

雷因史瓦斯命令副官撤退，轉身要走。目前不知道納莉亞【轉移】去哪了。可是要找到她，方法多得是。

這時突然有人透過通訊用礦石聯絡他，雷因史瓦斯灌注魔力回應。

『雷因史瓦斯卿，有點事情想跟你商量。』

「原來是阿貝克隆比。怎麼了？」

並非蓋拉・阿爾卡共和國的八個部隊都要同時前往費爾。第五部隊隊長阿貝克隆比自從雷因史瓦斯和納莉亞展開攻城行動後，他應該就從首都出發了。是不是發生什麼問題——不料……

『沒什麼……只是首都這邊遇上一點麻煩事。』

「麻煩事？」

『有人炸掉總統府。』

☆

逆月的幹部蘿妮・科尼沃斯現在好狼狽。

這陣子她都暫時待在蓋拉・阿爾卡共和國的總統府地下室，在那邊栽培菇類（還有製造違法神具），剛才她跑去賽馬場一下下，然後栽培菇類的原木（含做到一半的違法神具）就跟總統府一起被炸爛。

「啊啊啊啊啊啊啊啊啊啊啊啊啊啊啊啊啊啊啊啊啊啊啊啊啊啊!?」

看來那場爆炸壯烈得要死。高達十二層樓的總統府眼看已經化為慘不忍睹的瓦礫堆，那裡原本有自然風庭園，就像是用人工刻意規劃出來的一小塊自然美景，如今也變得光禿禿的。至於原本站在廣場中央的馬特哈德銅像，更是只剩下下半身。

負責首都防衛工作的第八部隊和警備隊忙得不可開交。閒暇時間太多的人跑來湊熱鬧，看到總統府變得那麼慘似乎覺得有趣。

這簡直是晴天霹靂。

原先科尼沃斯心情就不是很好了。為了製作神具過度發動烈核解放，現在很疲憊，為了轉換心情跑去賭馬，又輸了一大堆錢，今天早上天津還嘲弄說「妳的小說好無趣喔」。最後再加上總統府發生爆炸案，菇類跟（違法神具）全都沒了。

「怎麼會發生這種事……我原本還想拿來煮一煮當下酒菜吃……」

「妳說的是哪樁？」

發現背後有人對自己說話，科尼沃斯轉過頭。

一個穿著和服的男人——天津・覺明邊吃鯛魚燒邊盯著她看。

「天津！你快看那個！總統府都被炸爛了！」

「是啊，都化為灰燼了。」

「我的香菇也變成灰燼！」

「關我什麼事。要不要吃鯛魚燒？」

「要吃。」

對方都把紙袋交過來了，她便老大不客氣地收下，接著取出鯛魚燒。一咬下去，裡面的濃稠奶油餡料跟著流出來。科尼沃斯原本期待吃到豆沙餡，這下她好失望。

「話說這還真是壯觀。原本那麼氣派的總統府如今成了這副模樣。就像發生戰爭——不，現在就是在跟人打仗吧。」天津說完還呵呵笑了幾聲。

「……我說天津，這是怎麼一回事？是不是反對現行體制的派系幹的？」

「那些反對派恐怖分子沒這種能耐。總統府被多重魔法障壁守護，能夠打進來的就只有物理手段或烈核解放，那些不受魔法原理影響。」

「烈核解放……喔喔，懂了，這是貝特蘿絲．凱拉馬利亞的傑作吧。」

逆月擁有一個資料庫，記錄了存在於世上的烈核解放。能夠做出這種事情的，除了姆爾納特帝國軍第一部隊隊長，不可能再有其他人選。

換句話說，這個總統府爆炸事件是姆爾納特帝國發動的「攻擊」。

「馬特哈德是不是已經死了？有舉行葬禮嗎？」

「他應該還活著。能夠破除王權體制的英雄不會這麼輕易死掉。」

「我看也是。那個男人感覺很耐打。」

「話說人不會單憑物理攻擊死去。現在這個時代，大家的生命都受魔核保護，話語反而才是擁有無限殺傷力的煌級魔法。」

「的確是。如果寫的小說被人說很無聊，那樣會想自殺。」

「因為他人的毀譽褒貶而開心難過，這樣很有人情味，我還挺喜歡的，人一生只能活一次，隨隨便便浪費掉太愚蠢了。」

「明明就是你瞧不起人，沒資格說這種話吧！」

「說無聊的東西無聊，哪裡錯了——總之姆爾納特這次好像是認真的。他們看樣子不打算單靠武力，還想藉由輿論來破壞蓋拉．阿爾卡。」

天津拿一張紙片給科尼沃斯看，好像是某種傳單。

還用格外聳動的字體寫出下面這段文字。

『馬特哈德一直在虐待人民。只要稍微表現出反抗的態度，就會被送進收容所。而且一直都有祕密警察在巡邏，連晚上都沒辦法放心睡覺。可以容許這種事情存在嗎？能夠置之不理嗎？現在就是奮起的時刻！終止馬特哈德的惡行吧！』

「——這樣的東西正大量散播。將蓋拉・阿爾卡國民想說卻說不出口的話大方道出，夠爽快。效果想必出類拔萃。」

科尼沃斯看看在街上來往的行人。那些翦劉種們臉上的神情彷彿看見些許希望之光。蓋拉・阿爾卡共和國是六國中唯一透過選舉選出元首的國家。循著正當程序就任為總統的翦劉種能享有一切權利。馬特哈德濫用那些權利，放出警備隊和祕密警察，將反抗他的人陸陸續續關進監牢。

不曉得過得壓抑的人民都有什麼感受。

反正那些事跟科尼沃斯也沒什麼關係。

☆

等到我發現的時候，人已經站在河岸邊了。

水流聲和小鳥的啼叫聲聽起來好舒服。周遭是充滿綠意的森林，跟剛才那些爆炸聲響和慘叫聲相去甚遠，彷彿是別的世界——這地方給人那種感受。

接著我注意到了，納莉亞發動的魔法是【轉移】。

「——可瑪莉大小姐，您有沒有受傷？」

聽到有人跟我說話，我轉過頭。變態女僕就站在前方，臉上的神情充滿警戒。

看來她也被傳送過來了。

「是，話說倒在那邊的人放著不管也沒關係吧？」

「我沒事。妳也沒事吧？」

我不經意循著薇兒的視線看過去。

這一看懷疑自己看錯了，有個穿和服的少女眼冒金星躺倒在地。

「迦、迦流羅!?妳還好嗎!?」

「可瑪莉大小姐，請您冷靜。她是這世上最強的五劍帝，擔心是多餘的。她肯定是在用天照樂土流傳的特別修煉法修煉。」

「可是她好像昏倒了？」

「那是東方國度相傳的禪定吧。我有聽說過傳聞，只要放空心靈屏除雜念，就能透過心眼看見世界的真理，尋找活路。」

「有必要在這種時間點上禪定？還有她頭上好像出現腫包了？」

「她的頭型原本就是這樣吧？」

「是那樣嗎……好像是有這麼一回事……」

去在意那種事情好像也沒意義吧，反正她看起來沒什麼生命危險。再說迦流羅實力堅強，還號稱她是全世界最強的。應該不至於為【轉移】的衝擊撞到頭昏厥，就連我都不會幹這種蠢事。就別去打擾她了吧——想著想著。

「哎呀，看來還附帶多餘的東西。」

有個女孩子說話的聲音傳進我耳中。突然間，有個桃色的少女【轉移】來到河川沿岸的岩石上。她是納莉亞・克寧格姆，將我們傳送到這個地方的蓋拉・阿爾卡將軍。

這時薇兒拿起暗器，我也意思意思握起拳頭擺出備戰姿勢。

「我、我說納莉亞！妳到底有什麼企圖！這裡是哪！」

「這裡接近夢想樂園——原本應該是那樣，看來『門』被馬特哈德那個笨蛋破壞了。害我們被送到不知名的地方。」

納莉亞從岩石上跳下來，還朝我走過來。

仔細看會發現她背後跟著面帶笑容的女僕，原來凱特蘿也在。

「警覺性不用那麼高，我並沒有要跟妳敵對的意思。」

「說謊。」

「不是說謊。妳沒看我的信件啊？上面寫了我的事情，還有阿爾卡的現況。」

我看看薇兒的臉，她搖搖頭。

不對，根本沒收到那種東西吧？寫說不會原諒我的殺害預告信倒是有送達。因為那封信件的關係，第七部隊成員好像還開始研擬「月桃姬暗殺計畫」這種危險大計。

「……咦？真的沒有送到？」

「印象中沒有看過……」

「那就奇怪了。是不是寄送途中發生意外……算了。總之我沒有敵意。希望妳能明白這點。」

「可是妳不是率領軍隊襲擊我們嗎？」

「因為我是八英將，那是逼不得已的。其實我根本不想做那種事情。」

「那妳就是想讓我當僕人，征服世界吧。」

「想要讓妳當僕人是真的，但征服世界是假的。」

「原來當僕人是真的喔!?」

「如果有妳這樣的部下，或許每天都會過得很開心——先不管那個了，我完全不打算征服世界。胃口那麼大的人其實是馬特哈德。但要我來做的話，我會『為了和平征服世界』。」

納莉亞將佩戴在腰上的雙劍放到地面上。薇兒頓時一臉錯愕。那武器說是翦劉種的命也不為過，她卻放棄了。這擺明是在表達「我不是妳的敵人」。

「話說可瑪莉，之前在茶會上，我已經看出妳是和平主義者了。知道妳不是會沉溺於力量的笨蛋。妳跟馬特哈德那種人渣不一樣。」

「我確實是熟知如何使用力量的賢者……」

「我知道真正的妳是怎麼想的。也發現妳是不喜歡做無謂爭鬥的和平主義者。真的很像，跟我的老師很像。」

「老師？在說哪位啊？」

「就是妳的母親。」

所有的聲音彷彿都在那瞬間消失，那對自信滿滿的雙眸看透了我的心。

「要不要跟我做個交易？妳對馬特哈德那種過分的行為很火大，當然我也很火大。只要我們攜手對抗他，那就沒什麼好怕的了。」

「可、可是……」

「用不著害怕。只要跟可瑪莉在一起，我覺得不管什麼事情都能完成。跟妳在一起，甚至能改變世界……我有那種感覺。」

那是愛做夢的少女才會有的表情——並非如此。她對陷入僵局的現實冷靜做過分析，願意克服一切難關，擁有鋼鐵般的堅定決心，難得一遇的革命鬥士才會有那樣的表情。

「妳要變成善良的人。比任何人都要來得善良。」

父親的教誨很簡潔。

爸爸動不動就拿那個簡潔的教誨說教，納莉亞・克寧格姆深深覺得會心生反抗之意也不能怪她。

納莉亞沒有兄弟姊妹。如果這個世界沒有風雲變色，那下一任的國王必定會是「月桃姬」——大家都那麼說。因此身為國王的爸爸會對女兒施加嚴厲教育也是其來有自，納莉亞也明白這點，但又覺得「和平第一」「就算被打也不能還手」「永遠不要抵抗」這類教育方針很奇怪。

最讓納莉亞憤慨的是「禁止戰鬥命令」。

若是沒有爸爸的許可，她不能盡情揮劍。翦劉種這種種族的生存價值就是戰鬥。爸爸那過火的反戰態度足以讓納莉亞心生反感。

「我不希望妳和妳的母后一樣。」

以上是她父親的說法。如今納莉亞稍微能夠體會了。才剛生下納莉亞沒多久，她的母親就去世了。她在戰場上以八英將的身分四處征戰，某個將軍拿出違法神具命中她的心臟，導致她再也回不來了。

後來爸爸就成了徹頭徹尾的反戰分子。將八英將削減為二英將，軍事費用轉換成其他國家預算，還讓娛樂性戰爭開打的次數降到最低。

「父親大人。為什麼你不開戰。」

「因為沒那個必要。妳最好也不要作戰。」

「……我想要成為世界上最強的人。那樣就不會有人反抗我。阿爾卡會變成世界上最強的王國。」

「妳又跑去馬特哈德那邊了？」

「又沒關係。那個人會教我支配世界的方法。」

這讓爸爸聽了好無言，嘴裡發出嘆息。

當時的納莉亞被馬特哈德那偏激思想逐步洗腦。他是二英將中的一員，還是被人們歌頌為最強翦劉種的豪傑。而且還是有名的自國至上主義者，如假包換，同時也是一名危險人物，曾高聲主張「翦劉種以外的種族都該對阿爾卡王國臣服」。

——翦劉種是最強的種族。其他種族都很低劣。

——您能夠明白，屬下欣喜不已。這個世界就該由翦劉種獨占。

——一旦納莉亞殿下即位成為國王，阿爾卡將會再度復興！

父親標榜不痛不癢的和平主義，他跟父親正好相反。馬特哈德將軍說的話都帶有刺激性，煽動著納莉亞年幼的心。

也許她爸爸對這樣的女兒感到恐懼也說不定。納莉亞第一次跟那個人見面的情景，直到現在都還忘不了，那是距今六年前的春天，當時納莉亞才九歲。

午後時分，納莉亞突然被國王叫過去，迫於無奈之下，她放下正在看的書，去找爸爸的時候還在嫌麻煩。

結果爸爸身邊站了一名陌生女子。

「這位老師是納莉亞的新家教。她會教妳很多事情。」

「家教……？」

當下納莉亞驚訝地睜大雙眼。那是一位吸血鬼，特徵是一頭金色的頭髮，加上溫柔的眼神。

「這是尤琳・崗德森布萊德七紅天大將軍閣下。納莉亞，快跟老師打招呼。」

納莉亞沒有任何動靜。反而是那個金色的吸血鬼——尤琳臉上浮現微笑。

當下納莉亞心想「這個笑容好像太陽」（雖然對方的笑容更貼近月亮）。

「納莉亞，請多指教囉。」

對方用很端莊的動作伸手，可是納莉亞無法回握她的手。翦劉種以外的種族都是劣等種族——馬特哈德說過的話在納莉亞心中萌芽，已經產生些微的歧視心態了。

好比是第一次上課的時候，納莉亞用瞧不起人的態度質問尤琳。

「——利他？那是什麼。」

「就是在行動時要為他人著想——我們先假裝這裡有很好吃的布丁好了？」

「這裡沒有啊。」

「妳就當作那裡有，再來回答吧——那麼這裡有個布丁，但是只有一個。再假設納莉亞身旁有一個小吸血鬼，他也想吃。納莉亞會怎麼做？」

「殺了那個吸血鬼再吃布丁。」

這話令尤琳苦笑。

「妳怎麼會有那種念頭？」

「這個世界是建立在鬥爭之上。力量較強的人會是贏家。翦劉種是立於所有種族之上的超強種族，區區吸血鬼一下子就能擺平，所以我才會殺了他。」

「原來如此。但這樣想是不對的。隨隨便便樹立敵人，等到自己真的遭遇到麻煩，到時將無人對妳伸出援手。」

納莉亞聽了很不滿。被沒用的吸血鬼說教，這讓她不怎麼愉快。

「不然要怎麼做。難道要我讓給他？」

「可以分一半出去。」

說什麼蠢話，納莉亞心想。

如果把布丁分成兩半，不就爛掉了。

但就從此刻開始，納莉亞的價值觀確實逐漸出現變化。

尤琳巧妙化解年幼少女的倔強。

她教導的並非禮儀或歷史，不是這些實用性低的東西。那些東西讓王宮的書記官去教就可以了——尤琳常常把這句話掛在嘴邊，她更偏好解釋戰鬥方式或修心的方式等等。這對納莉亞而言很新鮮。「這件事情要對妳的父親保密，但我可以教妳殺掉敵人的方法。」——當時尤琳露出神祕微笑的樣子，至今納莉亞依舊無法忘懷。

她的心很快就被對方吸引。有的時候在戰鬥訓練中，尤琳會毫不留情教訓她。若是對其他種族不懂得體諒、口吐惡言，她還會被罵。可是尤琳很溫柔。如果納莉亞做錯了，尤琳都會親力親為指導她，對於她的教導若是都能好好吸收，那尤琳就會讓納莉亞放手去做，當成是獎勵。

如果母親還活著，是不是就像這樣？——納莉亞當時是這麼想的。

對於這個家庭教師，納莉亞或許將亡故母親的幻影投射在她身上也說不定。

因此當尤琳說起自己親生女兒的事情，納莉亞就變得有點不開心。

「我生了四個孩子，但最大的問題兒童是老三。這孩子真是拿她沒辦法——雖然她的確是個好孩子，但卻常常讓哥哥姊姊頭疼，還會一不小心殺人。真的不知道該拿她怎麼辦才好。」

「那我好像更乖喔。」

「沒錯——只不過，那孩子總有一天會成為引領姆爾納特的存在吧。不，不只是姆爾納特，或許還會讓整個世界熱鬧起來，變得更有趣。」

當時納莉亞感到嫉妒。敬愛的老師去誇獎別的孩子，讓她覺得很不是滋味。可能察覺到學生的心情了吧，金色的吸血鬼笑著說「對不起喔」。

「納莉亞也很厲害。以後將要挺身而出，背負整個阿爾卡。」

「可是阿爾卡已經腐敗了，馬特哈德叔叔都這麼說。」

「我個人是很喜歡，喜歡如此和平的國度。」

老師當時面露安詳的微笑。

如今想想——對某部分人來說，阿爾卡王國確實是滿腐敗，或許他們那麼認為吧。

當時民眾常常跑來皇宮示威。「翦劉」的意思是「殺害敵人的武器」。阿爾卡國民不可能認同國王那做得太過火的和平主張，看在年幼的納莉亞眼裡，她也覺得父王的行徑不是很好。

人們都高聲疾呼，在譴責政府。說他們渴望鬥爭，怎麼能夠削減軍隊，這樣就沒辦法對其他國家宣示國威了啊，為什麼那麼討厭爭鬥，魔核之所以存在，不就是為了讓人們互相廝殺嗎——當時湧現這樣一股風潮。

納莉亞覺得他們說得很對。可是馬特哈德主張的思想又過於偏激，納莉亞覺得那也有待商榷。尤琳斷言「未對敵人保持敬意的鬥爭毫無意義」，而馬特哈德極力主張的正是「不帶敬意的鬥爭」。

納莉亞逐漸被尤琳感化，漸漸的，馬特哈德開始用失望的眼神看她。

——一下子利他一下子共存，開始說那種天真的話了。

——翦劉種才是最棒的，納莉亞殿下是不是越來越不能體會了？

他似乎打算將納莉亞培養成「強人君主」。但那可不行。納莉亞已經有個身為吸血鬼的老師了，馬特哈德標榜的思想是「翦劉種以外的種族都該當奴隸」「這個世界就該讓翦劉種獨占」，此時納莉亞開始覺得那都是不切實際的妄想。

後來發生關鍵事件，阿爾卡跟姆爾納特之間曾經舉辦交流會，事情就發生在那個時候。在爸爸的帶領下，納莉亞長途跋涉來到姆爾納特帝國的宮殿。這是她第一次來國外，難免感到緊張，但可以親眼見識老師的故鄉，這也讓她欣喜。

宮殿大廳聚集了好多人，都是姆爾納特帝國的吸血鬼，還有阿爾卡王國的翦劉種。沒事好做的納莉亞東張西望。可以的話，她想要到老師身邊，可是她被好多人圍繞，很受歡迎。納莉亞沒勇氣鑽進人群。

「納莉亞殿下，這種時候應該要仔細觀察敵國的將軍才對。」當時擔任護衛的二英將馬特哈德一臉不悅地開口。「日後若是要讓他們臣服於我國，就必須分析他們的戰力。不管對方是多麼低劣的種族，掉以輕心都有可能遭到反擊，蒙受重大損失。」

「也好……」

馬特哈德說的是對的嗎？民眾確實希望能夠開戰。可是這個男人的主張就像拔出刀鞘的刀，納莉亞覺得那具有相當的危險性。

感覺他又不是單純只想作戰而已，他看人的目光明顯是在輕視其他種族。

覺得待在他身邊越來越難熬的納莉亞決定走到桌子那邊，桌子上有一些佳餚。既然都來了，納莉亞很想吃些東西。反正她也還沒吃午餐。

但是放在盤子上的布丁只剩下一個。

啊，看起來好好吃——想著想著，納莉亞不經意伸手……

結果她的手跟另一個人的手相撞，感到驚訝的納莉亞看看身旁。

「咦……」

這一看讓她更驚訝。老師——不對。雖然長得很像，但怎麼看都是跟納莉亞年紀差不多的女孩子。對方有漂亮的金髮和美麗的紅色眼眸，在納莉亞至今看過的人中，這個女孩子是最漂亮的。

那女孩也嚇到睜大眼睛，但是她立刻笑著說「對不起」。

「請用，妳可以拿去吃。」

「可是妳比較早到吧。」

「那分一半好了。」

她說完就拿湯匙去刺布丁。

但是沒辦法好好分成兩半。「咦，好奇怪喔。」——女孩左弄弄右弄弄，結果布丁就爛掉了。爛掉的布丁還滑出盤子，掉落到地面上。

「哇啊啊啊啊！」那個少女發出悲鳴。納莉亞心想「她在幹麼」，可是她又不由得露出笑容。這個少女究竟是誰呢——不對，其實這個時候納莉亞就已經猜到了，因為對方身上的氣息跟老師很像。

「嗨，納莉亞！歡迎妳來。」

這時有個好聽的聲音響起。這一看才發現是老師——尤琳・崗德森布萊德後面跟著一大堆人（應該是他們擅自跟過來的），她朝著納莉亞走近。

這時眼前那位少女突然間回過神，還轉過頭去。

「媽媽……！布丁它……」

「嗯？糟糕了呢。不過那邊有餐巾紙吧。」

© riichu

「啊，嗯。」

少女拿起桌上的餐巾紙收拾布丁殘骸。確認她收拾完畢後，老師發動某種魔法，將地面上的汙漬去除乾淨，不留半點痕跡。「媽媽」。這女孩果然是老師的女兒，放在一起看會發現雙方的五官的確很相似。

這時尤琳對納莉亞露出優雅的微笑。

「納莉亞，歡迎來到姆爾納特。今天放假不用上課，妳可以盡情遊玩。」

「哦哦！這孩子就是下一任阿爾卡國王啊！」

老師背後出現另一名金髮少女，害納莉亞嚇到後退半步。

那名少女身上散發的魄力不亞於雷電——不，她應該是成人女子？納莉亞分不清。對方將納莉亞從頭到腳觀察一遍，每個角落都不遺漏。

「看懂了看懂了！未來應該會是不錯的國王！初次見面，我是姆爾納特帝國軍第三部隊隊長卡蕾・艾威西爾斯！以後還請多多關照。」

「好、好的……」

「哎呀，我跟妳的母后在戰場上見過幾次，妳們真的很像呢。那漂亮的桃色頭髮特別相似。將來值得期待喔，感覺會是個美人。」

納莉亞有點害怕，因為對方看起來好激動。

她的老師來到卡蕾將軍前方站定，像是要庇護納莉亞。

「……小蕾，這樣納莉亞會害怕喔。」

「沒有啦。因為她是妳的學生，我才會特別中意嘛。」

「先別管那個了，快點補充布丁吧。」

「嗯？真的耶。剛才堆那麼多的布丁全都不見了！喂貝特蘿絲！全部都被妳吃掉了吧!?」

「啊？我又沒吃……」

「妳嘴巴上沾的焦糖就是鐵證！小孩子沒點心吃，那樣宴會還開什麼開。所以說奧迪隆，你去把追加的份拿過來。」

「妳這傢伙憑什麼命令我！喂住手別踢了啦！」

有個長相很恐怖的叔叔被卡蕾將軍踹屁股，這才跑向廚房。

姆爾納特的吸血鬼都好有趣——納莉亞看了有點傻眼，她的老師似乎比她更傻眼，嘴裡說著「抱歉喔」。

「我們這邊的人總是吵吵鬧鬧的。這樣妳會覺得心浮氣躁吧？」

「不會，不過姆爾納特這個國家好奇怪喔。」

「或許是吧——抱歉，我要跟納莉亞的爸爸商量一些事情，妳可不可以暫時陪陪可瑪莉？」

當時他們談了些什麼，如今納莉亞也不會知道了。只不過——當時世人普遍認為尤琳・崗德森布萊德將會是姆爾納特帝國下一任皇帝。納莉亞覺得他們當時可能在談一些艱澀的話題，比如國家的未來展望，諸如此類。

這些姑且不談。納莉亞轉眼看那名少女——可瑪莉。

這個女孩子真的好漂亮，說她是一億年難得一見的美少女也不過分。

「那麼可瑪莉，我們來聊天吧。」

可瑪莉當下點了點頭，納莉亞覺得這女孩看起來意志好薄弱。

不過那似乎是她的誤解。等到大人都離開，納莉亞跟可瑪莉來到會場角落的椅子上坐好，在那邊吃義大利麵。這個叫做黛拉可瑪莉・崗德森布萊德的少女是個不可思議的女孩。納莉亞心中還留有少許被馬特哈德灌輸的歧視思想。雖然老師是例外，但到頭來還是吸血鬼……她確實還保有這樣的想法。

然而跟可瑪莉在一起後，那樣的念頭就全沒了。

大概是因為這個吸血姬有一顆極為善良、對任何人都公平以待的心吧。

「可瑪莉的媽媽好厲害喔。她可是名震六國的大將軍喔？」

「很厲害嗎？我也不是很清楚，因為她很少回家。」

「很厲害呀。可瑪莉將來也會當上將軍吧？」

「不會……我不是很喜歡戰鬥。」

這讓納莉亞感到驚訝，還以為這名少女未來會走上她媽媽走過的路。

納莉亞有點想試探對方。她假裝自己是馬特哈德，對可瑪莉提出質疑。

「可是不作戰的話，沒辦法征服世界喔？」

「征服世界？」可瑪莉顯得錯愕。「……不用，就算不跟人打仗，還是能征服世界。」

「要怎麼征服？」

「若是大家都友好相處，這個世界就會變得很和平吧。那也算是征服世界啊。」

「…………」

「所以我也想跟妳變成好朋友。」

「妳、是嗎？」

「可是……妳好像……討厭我？」

納莉亞的心跳了一下。她私底下確實還是看不起其他種族，這點無法否認。

「……沒那回事，我很喜歡妳喔。」

「這樣啊，太好了。」

那個金髮少女開始大口吃起義大利麵，納莉亞一直盯著她看。

看來這名少女的想法跟馬特哈德正好相反。她似乎是真的想要「用世界大同的方式征服世界」。明明只要出現一個像馬特哈德那樣的人，就會出現破綻。這傢伙大概不諳世事吧。

但她的想法確實打動納莉亞的心。

只因為對方不是翦劉種就看輕她，這是怎麼了。這女孩會把最後一個布丁跟他人分享，她明明是個善良的吸血鬼。有人為了追求自國的利益，不惜去傷害這樣的少女——像馬特哈德那樣歧視他人似乎是錯的。

這讓納莉亞想要進一步了解這名少女。

「對了，可瑪莉，吸血鬼是不是會吸血？要不要喝喝看我的血？」

「咦……」

「老師有跟我說過，說吸血鬼會互相分享彼此的血，來確立信賴關係。我覺得我可以跟妳變成好朋友。如何啊？就當是紀念我們兩個交朋友，要不要吸吸看？」

這時納莉亞捲起袖子，將手伸出去。

可瑪莉顯得有點猶豫。是不是翦劉種的血液不好喝？——正當納莉亞開始感到不安，她就發現好像有人站在背後。

「納莉亞殿下，您最好不要跟吸血鬼太過親近。」

是馬特哈德。他拉住納莉亞的手，硬要她站起來。

「好痛……你做什麼！」

「不好意思，但怎麼能讓吸血鬼吸血。故意將王族的血分給異國種族，可不能容許這種事情發生。」

「啊？我只是想跟可瑪莉變得更親近——」

「我都說了，用不著跟她親近。」

「但這次的宴會就是要讓我們交流吧。」

那句話讓納莉亞大感意外，她回過頭。

只見可瑪莉，雙眼直率地望著馬特哈德。

「都大老遠跑過來了，我們可以交個朋友啊。」

「……雙方目前的關係已經夠好了。懂得拿捏分寸也很重要，再說翦劉種和吸血鬼之間本來就會有代溝。」

「製造代溝的人是叔叔你吧。」

馬特哈德當下眨眨眼睛，納莉亞差點笑出來。面對最強的二英將，那女孩居然敢將自己的意見不加修飾說出來。正所謂初生之犢不畏虎吧。

「叔叔你一直都在看著大家吧？是不是玩得不開心？」

「沒那回事。能夠受邀來參加如此豪華的派對，我非常開心。只是吸血鬼應該要樸實點，這樣對他們來說似乎有點太奢華。」

這時可瑪莉一動也不動地盯著馬特哈德的臉看。

「一個人獨占是不好的，媽媽有這樣說過。」

「……什麼？」

「叔叔，你想要這個宮殿對吧？可是這裡是屬於大家的。」

「…………………」

「我們好好相處吧。叔叔，看你好像不是很開心，我的布丁送給你。」

這讓馬特哈德眼裡出現怒意。納莉亞再也忍不住了，當場噴笑。這個少女是真的在擔心馬特哈德，才想分布丁給他吃。

「臭丫頭……」

馬特哈德正準備說些什麼。當下卻不知從哪冒出穿著神職人員服飾的吸血鬼，他似乎發現這裡的氣氛很險惡，這才出聲嚷嚷，「你好啊，馬特哈德閣下，我們來聊聊神的事情吧!?」接著就把快要氣到失控的將軍大人帶走。

這時納莉亞總算放聲笑了出來。看到一個老大不小的大人被小女孩壓制住，這情景實在太滑稽，難怪她會大笑。可是當事人可瑪莉頭上卻出現問號，人還歪著頭。也許這傢伙真的不簡單，當下納莉亞在心裡如此想著。

「妳果然很有趣呢，不愧是老師的孩子。要不要吸吸看我的血液？」

「不用了，不太方便。」

對方拒絕了，納莉亞好想哭。

不管怎麼說，這下子納莉亞已經學會對任何種族都要平等以待。而這次的邂逅從某個角度來說也為納莉亞招致不幸，為她帶來毀滅。

☆

後續發展宛如雨後的急流一般，讓人眼睛都看花了。

看出納莉亞已經沒有重塑的空間，馬特哈德便起兵反叛。出動背地裡召集的軍隊，將皇宮包圍。國王從王座上狼狽地跌落，馬特哈德則是對他投以輕蔑的目光——

「你討厭鬥爭，這樣的想法不是不能理解。但為了避免紛爭卻規避過頭，還將領土賣給其他國家，這樣的國王是在當什麼？為什麼要對白極聯邦的脅迫屈服？若是這樣的事情一再重複，阿爾卡王國會滅亡啊！」

為了迴避戰爭，國王似乎把位在核領域的管轄地讓給其他國家。

聽說這成了馬特哈德發動政變的導火線。

自從國王賣國的行為曝光後，他的聲勢就一路下滑。王族和腐敗的貴族全都被冠上「賣國之罪」，被關進監牢幽禁起來，王權體制逐漸瓦解，他們宣告要樹立共和制度，然後馬特哈德就成了第一任總統。

納莉亞就只能默默在一旁觀望。在馬特哈德發動政變的前幾天，老師的身影就從戰場上消失了，就算寫信給她也沒有回。後來納莉亞才知道，當時的尤琳・崗德森布萊德已被不明人士奪走性命。

馬特哈德還擋在納莉亞面前，對她說了這番話。

「納莉亞殿下——不，納莉亞・克寧格姆，妳年紀還輕，沒辦法為自己的行為負責，因此不會像妳父王那樣，將妳關進監牢，但要剝奪妳所有的王族權利。今後妳只是平民老百姓，要以一介蒭劉種之姿活下去。」

當時納莉亞過度絕望，差點害她瘋掉。幾乎找不到可以依靠的人。只有原本在皇宮做事情的女僕凱特蘿願意跟她同進退，除此之外全都是敵人。她是那個賣國賊國王的女兒，遭人厭惡在所難免。

之後蓋拉・阿爾卡共和國就在馬特哈德的主導下揭開序幕。

一開始國民確實都樂見其成。

可是馬特哈德這個男人卻無可救藥。簡單講就是他在各方面都專斷獨行，讓民眾越來越沒辦法追隨他。

而且馬特哈德對反抗自己的人絲毫不留任何情面，不只動用祕密警察去取締反對派人士，稍微有反抗跡象的人也會立刻遭到逮捕，被送進收容所。對，就是收容所——馬特哈德濫用自己的權力，打造出那個人間煉獄。指的就是夢想樂園。最近這陣子為了開發度假勝地，有在地表上擴建，但那個設施真正的大本營是在地底。

納莉亞的父親應該也在夢想樂園地底。

所以她一定要挽回這一切。

那個人覺得其他人都是糞渣，這樣的人不配當總統。

納莉亞曾經努力過。她向上爬，成了八英將，如今就只差那麼一步。馬特哈德一直維持共和體制也有好處。納莉亞要將他做的壞事全抖漏出來——讓全世界都知曉夢想樂園的祕密，破壞馬特哈德的政權。

然後她會成為下一任總統，改革阿爾卡共和國。

為了實現這些——她需要老師的女兒可瑪莉幫忙。

※

「事情就是這樣。要不要跟我一起打倒馬特哈德？」

「……咦？原來我們已經認識了？」

「之前在海邊就說過了。我看妳好像沒印象，當時還受到打擊呢。」

「……抱歉。」

原來我跟納莉亞早就認識了，這個令人震驚的事實先擺在一邊。假如這名少女說的話可信，那馬特哈德總統就是不得了的暴君。若是要阻止這傢伙，光靠納莉亞一個人是不夠的，所以她才想請我幫忙——聽起來事情是這麼一回事。

在茶會上會邀請我征服世界，據說都是為了透過我的反應看清本質，未免也太迂迴了吧。如果是我就會直接問「妳是不是殺人魔？」。

總而言之，整件事情的經過大致上都明白了。但有一個大問題。先不談這個忙幫不幫，基本上我的力量根本不足以回應納莉亞的期待。這個人把我誤認為最強的吸血鬼。畢竟我在戰爭中都沒有輸過，這陣子參加七紅天爭霸戰還獲得優勝，若是光看結果，說我是最強的吸血鬼也合理——而我一直悶不吭聲，這讓納莉亞「呵」地笑了一下，接著開口。

「沒什麼好煩惱的，翦劉種和吸血鬼本來就該攜手合作。」

「……妳好像……很了解媽媽。」

「那當然，因為那個人曾經照顧過我。」

納莉亞從懷中拿出一個鍊墜，裡面放了相片。有年幼的納莉亞——照片還拍到她身旁有我的母親在。真的好懷念，我都快哭出來了。

「這對雙劍也是老師送的。當最後一堂課結束，她說我一直以來都很努力，要送我禮物——如何？現在是不是覺得我更值得信賴了？」

「…………」

我凝視納莉亞的雙眼。如果是媽媽的學生，本性應該不壞。企圖做壞事的人會有一股特有的邪惡氣息——至少從表面上看來——她身上並沒有。

「不要被騙了，可瑪莉大小姐。」這時薇兒警覺性變得很強，開始瞪視納莉亞，「不能相信月桃姬說的。她一定是要讓您掉以輕心，之後再偷刺您一刀。」

「哎呀，看來我沒什麼信用呢。既然都要刺殺，乾脆用武力逼妳當我的僕人好了。」

「都聽見了嗎？可瑪莉大小姐。這個人只把吸血鬼當成奴隸看待。」

「等等！妳這個女僕！對人未免太有偏見了吧！」

跟在納莉亞身邊的女僕凱特蘿在這時大叫。這女孩還是老樣子，情感表現依然豐富。

「馬特哈德和雷因史瓦斯那些蠢蛋確實是把其他人種當成垃圾看待！可是納莉亞大人不一樣！沒人比她更富含博愛精神！精神構造跟吸血鬼這種廢物基本上是不一樣的！」

「如果是充滿博愛精神的人，應該不會對其他人說『抓妳當僕人』吧？不曉得妳對這部分有什麼看法？凱特蘿小姐。」

「臣服於納莉亞大人當她的僕人非常幸福！我敢保證！因為納莉亞人人會為我慶祝生日！像之前六月三號那天我剛滿十五歲，她就送我夭仙鄉生產的香水！真的好香喔！」

「只靠香水就滿足，妳這個女僕太好收買。當可瑪莉大小姐的僕人划算一億倍。如果當她的僕人，每天晚上都可以鑽進可瑪莉大小姐的被窩，緊緊抱著她，用全身享受那芬芳的香味。」

「咦……（無言）」

「喂閉嘴啦，別說那種謊話！沒看凱特蘿都嚇到了嗎！」

「這不是謊話，都是真的。」

「原來是真的喔!?」

「啊、哈、哈、哈！妳們幾個還真有趣。」

納莉亞笑了，害我覺得好丟臉。

自己的部下是變態，那連身為上司的我可能都會被當成變態看待。

「總之，先別管那個了——可瑪莉，妳願意協助我吧？」

「可瑪莉大小姐不會協助你們，翦劉種只把我們當成餿水——」

「喂薇兒，那都是偏見。但僕人那套說詞另當別論。」

我插嘴了，這次不插嘴不行。

「蓋拉．阿爾卡共和國的高層確實都很不像話，也許真的是那樣吧。聽剛才那個叫做雷因史瓦斯的傢伙都說些什麼話就知道了。可是納莉亞布未必跟他們一樣。妳也聽見了吧？她是真的想要改變那個王國。還有——她是媽媽的學生。我覺得可以稍微試著相信她看看。」

媽媽她很有看人的眼光，我是這麼覺得。

而且這名少女好像到現在都還很仰慕我的媽媽，那我就不能讓人家的熱臉來貼冷屁股。雖然不知道我能做些什麼，但我覺得去幫幫她也無妨。

「……薇兒，這次可不可以遵從我的判斷？」

「遵命，既然可瑪莉大小姐都那麼說了，我就遵從吧。」

「很好，那麼納莉亞，再麻煩妳多多指教——」

「謝謝妳！」

這時有個柔軟的物體朝我壓過來。

粉紅色的頭髮碰到我的臉頰。不知道是什麼時候的事，納莉亞已經緊緊抱住我了。事情來得太突然，我整個人定格，變得像冰雕一樣僵硬。咦？這是什麼？怎麼突然跑來抱我？是文化差異嗎？——這念頭才剛閃過，讓人震驚的事情跟著發生。

那就是納莉亞的嘴脣貼上我的臉頰。

…………？

「什麼——⁉納、納莉亞大人⁉」

「⁉⁉⁉——可瑪莉大人，那樣太危險了，請您趕快離開！」

「咦？咦？」

這時薇兒用令人畏懼的速度拉住我的手，將我整個人抱過去。事發經過讓我完全摸不著頭緒。雖然摸不著，臉頰卻熱熱的。整件事都好莫名其妙喔。

只見納莉亞臉上浮現妖豔的微笑，一雙眼凝視著我。

「呵呵，妳怎麼臉紅了？我們阿爾卡都是這樣打招呼的喔。」

「是、是喔……好吧，這應該是文化差異吧。在姆爾納特這邊不太會那樣做就是了……」

「納莉亞大人！阿爾卡這邊根本沒那種問候方式！」

「克寧格姆大人，請您不要隨便亂碰可瑪莉大小姐，會害她生鏽的。」

「喂不要抱那麼緊啦！骨頭會斷掉！」

「很抱歉，話說能不能也讓我試試阿爾卡的問候方式？」

「不能啦！」

「啊、哈、哈、哈、哈！果然很有趣——可瑪莉，這樣交易就成立了。我們阿爾卡和姆爾納特會締結同盟，目標是搞垮蓋拉・阿爾卡！大家要不要藉這次機會當我的僕人？」

「怎麼可能當啊！」

就這樣，新的同盟成立了。

我拚命掙扎，想要從女僕手中逃離。其實現在不是悠哉玩樂的時候。對手是個超級野蠻人，希望展開真正的戰爭。幾乎可以確定接下來會過得多災多難。我原本很想窩在家裡看書——為什麼這麼血腥的事件會找上我。

「……咦？這裡是哪？我剛才都在做什麼……不行，什麼都想不起來……」

我甚至沒發現背後的某個人恢復意識了。

接下來將要前往夢想樂園，展開如地獄般的旅程。

太陽逐漸西沉。

城塞都市攻防戰上午就開始了，如今局勢逐漸穩定下來——但雙方並未分出勝負。因為遲遲無法分出勝負的關係，對手開始撤退了。他們不可能這樣就算了，明天還會再度進攻吧。

英勇的七紅天「黑色閃光」芙萊特・瑪斯卡雷爾直立於城牆上，望著陸續透過【轉移】沒入傍晚夜色中的敵軍。

城內的狀況慘不忍睹。各大種族的屍體四散在各處，地面上有乾掉黏住的血跡殘留，還有遭到破壞的建築物瓦礫堆——因為娛樂性的戰爭都不會在城鎮間舉行，因此這樣的慘狀對芙萊特而言很新奇。

「嗨，芙萊特。辛苦了。」

「卡蕾大人……！」

此時芙萊特帶著滿臉喜色回頭。

讓她尊敬不已的皇帝陛下就站在那。即便人在戰場上，她還是穿著平常會穿的洋裝。這種臨危不亂的特質看在芙萊特眼中顯得很耀眼。卡蕾大人還是那麼棒——芙萊特都看到入迷了，結果對方突然拿個酒杯給她。

「妳累了吧？先休息一下。」

「謝、謝謝……可是我還在執行任務。」

「瑪斯卡雷爾小姐，那只是蘋果汁！用不著顧慮。」

那個瘋狂神父海德沃斯・赫本也待在皇帝身邊。接二連三的激戰讓他身上那套神職人員服飾都沾滿鮮血，但他本人似乎沒有受傷。長年當七紅天果然不是當假的。在對方的推薦下，芙萊特喝起果汁。這香甜的味道讓疲勞感受逐漸消散。

「——話說馬特哈德先生還真敢做呢。野心勃勃想要侵略其他國家，最後甚至付諸實行，真是前所未聞。乾脆前往首都對他說教一番吧。」

「那就免了。對那個男人來說，就連宗教都只是戰爭的工具吧。」

皇帝靠在城牆上，雙手交叉放在胸前。在夕陽映照下，那張側臉充滿英氣。好帥。

「嗯，這麼說也是——哎呀，話說被擺了一道呢。城塞都市費爾是姆爾納特帝國的要衝。被破壞到這種程度，重建也要花些時間吧。」

「重建工作丟給蓋拉·阿爾卡去做就好，反正這場戰爭到頭來都是我們會贏。」

「請問……卡蕾大人，那份自信是從哪來的？」

「很簡單啊，因為姆爾納特帝國很強。」

這算不上答案。可是被皇帝說出來就好像真理，真不可思議。

「事實上那些傢伙也只能乾瞪眼。恐怕馬特哈德原本要將所有的八英將都派出去，但實際上來這邊進攻的，在八個部隊中只派出四個。肯定是我軍的作戰計畫起作用了。」

「作戰計畫……？」

「我們把總統府炸掉了。」

芙萊特手上的酒杯差點掉下去。對方在說什麼，她一時間沒聽明白。

「是貝特蘿絲幹的。現在蓋拉·阿爾卡的首都亂成一團。根據斥候帶回來的消息，好像有幾個八英將都被叫回首都，去那邊鞏固防衛網。大總統八成也沒猜到自己的大本營會遭人進攻。照這樣下去，我們大可把阿爾卡滅了。」

「把、把那個國家滅了似乎不太好。」

「朕也明白。可是朕想藉這次事件改革阿爾卡。其中的關鍵應該已經動身前往夢想樂園了。」

「關鍵……喔喔。」

芙萊特聽出皇帝話裡的弦外之音。這個人對黛拉可瑪莉・崗德森布萊德給予異常高度的評價。可是前往城塞都市費爾的「攻擊小組」受到敵人襲擊，因此被截斷。黛拉可瑪莉・崗德森布萊德和天津・迦流羅這兩人因為納莉亞・克寧格姆發動【轉移】的關係，不知道被帶到哪去了，德普涅和佐久奈・梅墨瓦正在尋找她。

芙萊特覺得那個運動神經不行，只剩家世可取的劣等吸血鬼不至於是改變阿爾卡的「關鍵」。皇帝似乎看出芙萊特在想什麼，臉上頓時浮現充滿魄力的笑容。

「可瑪莉是其一，但更重要的是納莉亞。」

「納莉亞……？」

「那個翦劉種跟馬特哈德這種蠢蛋不同。如果要從內部破壞阿爾卡，她會是關鍵人物吧。眼下她不就跟可瑪莉聯手，朝著阿爾卡進軍？」

「陛下，恐怕那些關鍵人物身邊沒有帶太多人。如果遭遇阿爾卡的部隊襲擊，也許沒辦法撐太久。就讓我的部隊撥出一些人馬展開搜索吧。」

「不用了。佐久奈和德普涅已經出動，而且我另有打算。」

「打算？凱拉馬利亞小姐是嗎？交給她做是不是有點危險。」

「那傢伙累了，好像在睡覺。但姆爾納特這邊還有其他部隊啊。例如某個少了將軍的部隊。」

是不是在說第五部隊？芙萊特不太懂皇帝的意思。

這時皇帝拍拍芙萊特的肩膀，還笑了一下。

「來吧，今天先休息。明天蒼玉種、獸人和夭仙將會大軍壓境。要靠你們努力迎戰，否則姆爾納特和天照樂土都會被列國占領。」

☆

黛拉可瑪莉・崗德森布萊德消失之後，戰場上頓時騷動起來。

首先第七部隊的成員開始抓狂暴走。全世界最強、受他們愛戴的可瑪莉閣下被納莉亞・克寧格姆帶走了。這些怒火和不滿改為找遺留在現場的敵軍發洩——也就是克寧格姆小隊的翦劉種們，長途跋涉遠道而來的鐵鏽才過了短短幾分鐘就被殺個精光。這樣第七部隊還不滿足，一群人開始做起無謂的議論——「閣下被人帶走是誰該負責」，這樣的議論很快變成爭論，爭論再發展成互相廝殺，然後隊伍中一半的人都死了。可瑪莉小隊剩下的人數只有百人左右。

眼見情況如此，德普涅不由得發出傻眼的嘆息。

人們都在傳第七部隊是最爛的貶職去處，但她沒想到有這麼爛。幸好自己指揮的第四部隊還算正常，她打心底感到心安。

這些姑且不談。

「陛下已經下令了。我們要朝夢想樂園前進，沿途搜索黛拉可瑪莉。」

「好、好的，我們加油吧。」

這名同僚原本還在一旁抬頭仰望傍晚夜空中的星斗——當她跟佐久奈・梅墨瓦說話後，對方嚇到全身都震了一下，兩手拳頭跟著握緊。

看來她好像被自己嚇到了。

「……但那個吸血鬼這麼強。為她擔心也許是多餘的。」

「但我還是會擔心。聽說蓋拉・阿爾卡那邊的人會做些過分的事情。」

「那我們就要盡快把她找回來。」

「是，一定要把她找回來。然後……我們來打倒阿爾卡吧。」

德普涅有點訝異。

世人都說第六部隊隊長佐久奈・梅墨瓦是個「懦弱的美少女」。她平常的舉動看起來都是屬於意志薄弱的那種，身為將軍的使命感八成小到跟西瓜種子一樣，德普涅之前都保持這樣的個人觀感，但沒想到她還滿有幹勁的。可能骨子裡是個認真的人吧。雖然曾經有過地雷一般的經歷，以前是逆月的成員，但也許這個蒼白的少女是正經人也說不定。其他七紅天全都是怪人。

「我很擔心可瑪莉小姐。我們趕快出發吧，德普涅君。」

「看樣子妳跟黛拉可瑪莉關係不錯。」

「是的……所以我才會坐立難安。雖然大家都說可瑪莉小姐是最強的七紅天，可是她也有令人意外的一面，有的時候容易身陷危機。如果我不跟在身邊……」

「這樣啊。」

「我是可瑪莉小姐的妹妹，可是最近立場好像逆轉過來了。我必須守護可瑪莉小姐才行。剛才白極聯邦攻過來的時候，若是我不在，可瑪莉小姐就慘了。」

「是、是嗎？」

「不能交給薇兒海絲小姐。那個人對可瑪莉小姐帶有一些邪念，所以我要一直跟在她身邊。說真的我是希望連睡覺都能睡在一起，可是那樣會嚇到對方，所以我就忍住了。但我最近在想，或許可以邀她參加睡衣派對。」

「………」

那樣算正經嗎？這個吸血鬼。

「總之我們快出發吧。妳會使用具備探索功能的魔法嗎？」

「不會，可是可瑪莉小姐身上有裝發信器。」

話說到這邊，銀白色的吸血鬼拿出魔法道具，大小大概跟手掌一樣。這個道具如果裝在某人身上就能鎖定他的所在位置，而且用這種東西是違法的。

「妳準備得還真周到，好像早就猜到她會被人抓住一樣。」

「欸嘿嘿，這個平常就裝在她身上了。」

「…………」

看來她不是什麼正經人。

七紅天這邊似乎都是一些怪咖。

☆

馬特哈德還活著。

突然發生的大爆炸將總統府炸個粉碎。一般人早就死了吧——可是馬特哈德從前是八英將，不對應該是二英將，更是一度叱吒風雲的武將。怎麼可能因為這點程度的突襲就掛掉。

問題在於總統府爆炸使得民眾的集體意識開始產生變化。

那些彈劾政權的傳單八成出自姆爾納特帝國之手，受到感化的民眾開始對馬特哈德政權高喊不滿。他嘗試用警備隊鎮壓，但這反而成了導火線，導致潛伏在首都的反政府組織如蟑螂般現身，開始主張「打倒馬特哈德！」。這樣下去民眾遲早會出來示威。

「……嗯，竟然敢這麼肆無忌憚。」

淡淡地說完這句話，馬特哈德拿出通訊用的礦石。

既然對手要這麼幹，那就要徹底對他們迎頭痛擊。蓋拉・阿爾卡以外的所有國家都應該要成為他們的奴隸，所有的種族都要臣服於翦劉種。

『總統大人！您沒事吧！』

礦石另一頭有聲音回傳。對方是帕斯卡爾・雷因史瓦斯。

「我沒問題。先別管那個了，我要對你下個命令。」

『是，但……』

「事發經過我都聽說了。繼續追擊納莉亞・克寧格姆和黛拉可瑪莉・崗德森布萊德——同時還要拜託你一件事情。」

『請您儘管吩咐。』

馬特哈德彷彿看見如忠犬般待命的雷因史瓦斯。

當他再度開口時，嘴脣略為歪曲。

「接下來要出動『樂園部隊』。等到把克寧格姆和崗德森布萊德放進夢想樂園後，部隊就讓你指揮。先做好準備吧。」

納莉亞說了，我們透過【轉移】飛到核領域的東邊。

剛好有馬車路過，我們塞了一些硬幣給他，順路搭便車。照這樣下去前進一天左右就可以抵達夢想樂園，但我們不可能徹夜行軍，於是就去中途發現的城鎮住一晚，城門上面掛著寫了「卡拉奈特」的看板。我一直坐在馬車上，感覺好累，屁股又很痛，很想去床鋪上睡覺。

可是在我們進城之前，納莉亞拉住我們，對我們這麼說。

「先等一下。我剛才跟出城的人打聽一些事情，發現現在好像有這種東西四處流竄。」

她拿了一張紙給我們。不知道為什麼，上面有我跟迦流羅的照片。

照片下面寫了一段文字，那個字體很像用手指沾血去寫的。

『通緝要犯：十惡不赦的大將軍天津・迦流羅和黛拉可瑪莉・崗德森布萊德，如果看見這兩個人要跟警備隊報備！』

「「……這是什麼？」」

我跟迦流羅同時出聲。

凱特蘿一臉「妳們活該」的表情，對我們笑咪咪地解釋。

「這個叫做卡拉奈特的城鎮是蓋拉・阿爾卡共和國直轄地。妳們要去夢想樂園的事情已經穿幫了，看來正遭到通緝！」

「「怎麼會有這種事——————!?」」

我跟迦流羅的聲音再度重疊。有那麼一瞬間，我感覺身旁這個和風少女似乎散發同類才有的氣息。單論愛好和平這點，我們或許是滿像的——不對，這件事不重要啦！

「原來這裡是敵人的地盤!?那我們就不能悠悠哉哉入住啦！」

「說得沒錯！我要回去了！小春～！妳在哪，小春～！我做日式餡蜜給妳吃，妳快回到我身邊～！」

「用不著擔心——凱特蘿，把那個準備好。」

身為翦劉種的女僕面帶笑容來到我前方。

還拿一疊摺好的衣服給我，我拿過來攤開看。

這是蓋拉・阿爾卡的女僕裝……啊？

「妳好像很納悶呢。但只要換穿這個，什麼問題都沒有了。任誰都不會想到威震天下的大將軍會穿著女僕裝在城鎮上走來走去。」

「好、好像……是有那種可能啦……」

「我不適合穿這種異國風服飾，讓我用別的方式換裝。」

迦流羅說完就從懷中拿出太陽眼鏡戴上去。

有點潮的和服少女誕生了。

「妳們看，很完美吧？」

「薇兒！我也想用太陽眼鏡就好！」

「請您仔細看，可瑪莉大小姐。那個不管怎麼看都很蠢吧。」

哪裡蠢了。不是很帥嗎？我也不想當女僕，戴太陽眼鏡比較好！——我極力陳情卻得不到納莉亞的認可。只見她開開心心握住我的手……

「聽好囉，妳接下來會用我家女僕的身分進入城鎮喔！要叫我『主人』或『納莉亞大人』。否則穿幫就糟了呢！」

「唔，可是……就沒有女僕以外的選擇了？」

「沒有！妳就乖乖當納莉亞大人的僕人，趴在地上磕頭吧！」

「請先等一下，可瑪莉大人，雖然戴上太陽眼鏡極度愚蠢，但對這個女人的話言聽計從更蠢。」

這時薇兒將女僕裝搶過去，開口大喊。

「可瑪莉大人是將要稱霸全天下的人。雖然只是在『做樣子』，但要她對他國將軍跪拜，即便老天爺允許，本人薇兒海絲也不會放行。還是請您來當我的女僕好了。」

「誰要當妳的女僕！對了，薇兒，妳應該有帶其他的衣服來吧。」

「這是要我脫下衣服嗎？」

「誰說要拿妳身上穿的那套！」

「開玩笑的。這裡有用來替換的軍裝和泳裝。您比較喜歡哪一套？」

「………………………………………………………………………………沒辦法，還是穿女僕裝好了。」

「謝謝！這樣可瑪莉就是我的僕人啦！」

「我才不是妳的僕人！」

於是我就被迫成了納莉亞的女僕（假的）。

雖然在外面換衣服很討厭，但是有總比沒有好。我躲到樹木後面，確定變態女僕沒有跟過來，接著就開始換穿女僕裝。感覺好像有點大件，但這不是什麼大問題。如此一來就不用擔心被人認出——

不對等等。先別提通緝令了，我的長相早就透過六國新聞宣揚到全世界去。

看來需要再多動一點手腳。我看連髮型也變一下好了——於是我就將頭髮綁成一束，弄成單馬尾。做到這種地步應該就沒問題了吧。再來若是有太陽眼鏡就更完美了，但不能去寄望不存在的東西。

我用手拿著小鏡子確認自己的樣子。

……穿這樣好害羞喔。

「可瑪莉，已經換好衣服了嗎？」

「呀啊啊啊啊啊啊啊啊!?」

突然有人跟我說話，害我差點嚇到整個人翻倒。

只見納莉亞用感興趣的表情看著我。

「哎呀！好可愛喔。看來一億年難得一見的美少女確實是貨真價實呢。」

「是真的啊！別、別這樣，不要看我啦，那樣會很害羞耶……」

「可是不穿成這樣沒辦法進入城鎮喔，不能去旅館裡面放鬆一下喔。」

「唔……或、或許是那樣。」

「記得用『主人』來稱呼我。」

「用不著做那種事吧！我只是在假裝女僕而已！」

「也不知道有沒有其他人躲在某個地方偷聽。假如妳是黛拉可瑪莉・崗德森布萊德的事情穿幫，有人會向上通報，然後妳會被殺死，這樣也沒關係？來吧，這是在練習。」

為什麼非得做這麼白痴的事啊。妳身邊明明就有厲害的女僕凱特蘿了。可是拿羞恥心跟生命來衡量未免太過愚蠢……好啦沒辦法！

我站到納莉亞前方，透過鋼鐵般的意志壓抑那份害羞，用細小的音量說道。

「主、主人……」

「唔——！對、對了。我有點累，可不可以幫我揉揉肩膀？」

「什麼⁉自己揉啦！」

「我、我想讓妳揉嘛！這也是在練習。難道妳希望有人報警？」

我現在反而希望別人報警，但我不能違抗納莉亞。

納莉亞透過空間魔法之類的拿出木頭椅子，優雅地坐上去，再翹起二郎腿。我逼不得已站到她背後，開始揉那纖細的肩膀。

「……覺、覺得怎樣，舒服嗎？」

「完全不行，用字遣詞不像樣。」

「您、您覺得舒服嗎？主人……」

「……我看妳真的來當我的僕人好了？」

「怎麼可能真的當——我、我沒辦法當您的僕人！主人！」

「我不會要妳做到像凱特蘿那樣，對妳提出超乎能耐的要求。可瑪莉妳只要做自己擅長的就好囉？我覺得這條件還不差。」

「擅長的事情？」

「可瑪莉擅長什麼呢？果然還是殺人嗎？」

「應該是……做點心之類的……」

「那妳就為我做點心吧。除此之外不用做其他事情沒關係。如果妳突然沒那個心情，也可以隨意休假。」

「咦？」

「可以盡情看書盡情玩樂，想要的話也可以上戰場虐殺敵人。如果還有其他想要的東西，全都可以說出來。我會買給妳。」

「可以不用工作嗎？我可以當家裡蹲？」

「家、家裡蹲？……那好吧。若是我想吃妳親手製作的點心，再把妳叫過來。」

「…………」

「再叫我一次『主人』看看？」

「……………………主人。」

「唔!?!?好、好孩子！從今天開始妳就是我的女僕了，可瑪莉！」

對方摸摸我的頭。我一不小心就叫了「主人」，這麼不經大腦真是欠揍。

但仔細想想，這算是最棒的職缺吧？不用跟人廝殺耶？也不用害怕部下以下犯上喔？乾脆真的來當女僕好了——才剛想完這些。

「可瑪莉大小姐，您不要被騙了！我現在就殺了那傢伙！」

「站住，吸血鬼女僕！我不會讓妳碰納莉亞大小姐一根指頭！」

就在不遠處，兩個女僕開始互殺起來。薇兒跟凱特蘿都殺紅眼了，拿著武器毫不留情揮砍——這是為什麼啊!?妳們不是同盟嗎!?

「主人……不對，納莉亞！不阻止她們兩個，事情就糟了啊！」

「不該叫我納莉亞，應該是主人才對吧！真是的！……哼，這麼說也算有道理。繼續拖拖拉拉的，等到日落城門就會關閉——好了凱特蘿！遊戲時間結束了！」

納莉亞用魔法將椅子收起來，拉住我的手邁開步伐。

而且還抓住凱特蘿的頸根，靠蠻力制止戰鬥。

我也好希望自己擁有足以制止變態女僕的腕力。今天開始練伏地挺身好了，可是做個兩遍就會肌肉酸痛吧。還是不要好了。

城裡的衛兵似乎沒察覺納莉亞是何人。她也採取戴上太陽眼鏡這種天才變裝術。至於她為什麼要變裝，那是因為納莉亞也被蓋拉・阿爾卡政府通緝了。她要去夢想樂園的事情已經被馬特哈德發現了，因為雷因史瓦斯告狀，就跟我和迦流羅一樣，到處都能看見她的通緝令。

衛兵先看看納莉亞的臉，接著看看迦流羅的臉，然後仔細端詳凱特蘿和薇兒的長相，最後不屑地觀察我的臉。然後他的眉毛抖了一下。

「嗯？這位小姐，好像在哪裡見過妳……」

我趕緊躲到薇兒背後。果然行不通耶！早知道就不要綁馬尾，應該弄成雙馬尾才對！——我正在為自己的膚淺懊悔，納莉亞卻突然從口袋中拿出金塊，「咚！」地放到衛兵面前。

「這女孩很容易害羞。你可不可以不要一直看她？」

「但、但是……那個女僕——」

「你想太多了。如果不想被殺，就把這賄賂收下。」

這下衛兵沉默了。我好像看到不得了的黑暗交易。

總而言之，我們被當成「三名女僕加謎樣太陽眼鏡少女外加帶著她們的謎樣太陽眼鏡富豪千金」，成功進入城鎮。

☆

日落後的卡拉奈特擠滿了各式各樣的種族。話說這裡真不愧是蓋拉・阿爾卡共和國的直轄都市，翦劉種果然特別多。街道上處處都有刀劍形狀的石像裝飾，顯然那個國家特別偏好此道。

我們來旅館訂好房間後，一行人決定去吃晚餐。

這鎮上擠滿人潮，全都充分發揮「工作結束來去喝一杯！」的精神，我們這種「像是來觀光」的女子團體實在很容易變成注目焦點。每次跟人擦身而過，人們總會投來好奇的目光，某些人甚至還說「妳們幾個要不要跟我們一起玩啊～？」明明不是好朋友卻過來邀我們一起玩，結果他們就被薇兒和凱特蘿殺了，就此引發殺人事件。想也知道我們全力逃跑。

歷經一番波折，我們來到納莉亞很推薦的餐廳。

這是一間低調佇立在小巷子裡的隱密店鋪。如果是在這裡，我們不會被人看見吧，原本還在打那種算盤，沒想到店裡的客人很多。可是納莉亞說「沒問題」。是哪裡沒問題，我也不懂，但是當我看到菜單上有蛋包飯，我就覺得那些都無所謂了。

「——那接下來，我們先來把狀況整理一下吧。」

一坐到桌子前，納莉亞就先開第一槍。

但我沒空管那個。這間店裡的蛋包飯有將近十種。例如經典的番茄醬蛋包飯，另外還有夏季蔬菜法式濃醬蛋包飯、白醬蘑菇蛋包飯——啊，居然還有漢堡排蛋包飯！

「夢想樂園已經近在眼前，只要再走一下子就到了。老實說來，到這個地方都還沒遇到敵人襲擊，只能說我們運氣很好。今後還是要細心一點，多加留意。」

「納莉亞大人，等我們到了夢想樂園，應該要做些什麼呢？」

「當然是把地底下的祕密抖出來啊，那裡聚集了蓋拉・阿爾卡所有的黑暗面。」

「那些黑暗面究竟是什麼？」

「那幫人在做慘無人道的人體實驗。」

「對了薇兒，點哪種都可以嗎？」

「您喜歡什麼就點什麼——人體實驗是嗎？話說天津大人有說過，他們將一些神具運進夢想樂園。是不是跟那個有關？」

「是啊——很可能有關。但我沒有進入夢想樂園地底的權限，不清楚確切情形。但他們肯定在用神具做些什麼。對吧，凱特蘿。」

「是……我過去偵查好幾次了，曾經聽見過。聽到夢想樂園地下傳出人們的慘叫聲……聽起來好像很痛苦……」

「我對蘑菇蛋包飯有興趣，但又沒辦法捨棄經典款。點漢堡排蛋包飯有點太奢侈……可是我們來都來了……」

「那很不尋常。話說不知道他們的神具是跟誰拿的？」

「不曉得。不過他們很有可能跟非法恐怖組織掛鉤，這點無法否認。」

「對了，薇兒，我可以點兩個嗎？要不要跟我對半？」

「也可以，就對半吧——但這說來奇妙。那可是國家機密，馬特哈德為什麼要在上面建造度假設施？」

「因為天照樂土和夭仙鄉已經對那起疑了吧。他才會打造成觀光勝地，用來當作偽裝吧？雖然這看起來實在是很扯。」

「是……」

「總之馬特哈德是個畜生。只要有人對他稍微反抗一下，他就會立刻將對方送進樂園。警備隊和祕密警察都任他差遣，因此民眾都沒辦法公開批評政權。」

「原來如此。蓋拉・阿爾卡是空有共和制的獨裁國家，是這樣說的吧。」

「沒錯，為了拯救翦劉種脫離馬特哈德的魔爪，必須有人出面做些什麼。要將夢想樂園的祕密對外公開，逼馬特哈德退位，但只靠我一個人拚命沒辦法改變什麼——雖然不甘心，但是敵人太強了。所以我才需要藉助妳們的力量。需要黛拉可瑪莉・崗德森布萊德，還有天津・迦流羅的力量。」

「決定了！我要點蘑菇蛋包飯跟海鮮蛋包飯！薇兒，這樣可以吧？」

「……我說可瑪莉，妳有在聽我說話嗎？」

「咦？對、對不起，我忙著選蛋包飯……」

「妳真是誠實！其實這樣的特質也很棒！薇兒海絲，晚點妳再跟可瑪莉說明吧。」

「雖然被妳命令不是很爽快，但我知道了。」

「很好，那迦流羅妳有在聽嗎？應該都有聽到吧——」

納莉亞的話說到一半就停了。

我跟著看向坐在對面的迦流羅。因為她戴著太陽眼鏡，很難看出來，但眼下她明顯已經睡著了。還有口水從嘴角流下，整個人靠在椅背上。

這時凱特蘿帶著冷酷的眼神，用力打迦流羅的頭。

啪咚！——那些黑髮都彈起來了。

「咦⁉怎、怎麼惹⁉已經早上了嗎⁉」

「妳這顆和菓子只知道裝傻！剛才納莉亞大人在講很重要的事耶！」

「咦？咦？——喔喔我懂了。在講今天晚餐的事嗎？不嫌棄的話，我來煮吧？味噌湯濃一點沒關係吧？」

「這裡就是餐廳了！」

這次換納莉亞用拳頭敲迦流羅的頭，還敲出「咚」的一聲。

我開始隱約有種感覺，莫非迦流羅跟我其實是同類型的人，而且還很像？話雖如此，我們的戰鬥能力應該有著天壤之別吧。

總而言之，由於現場有兩個人都沒在聽，於是納莉亞再挑重點說明一遍。我心裡覺得好歉疚。可是——知道蓋拉・阿爾卡共和國的實際情況後，我有點驚訝。因為馬特哈德做的事比想像中更壯大。

不過我從一開始就知道他們的志向都朝著惡毒的方向發展。

例如——八英將雷因史瓦斯說話都很瞧不起人。

之前跟皇帝對話時，馬特哈德的態度很高壓又好戰。

國家被這樣的一幫人領導，那裡一定苦悶又無趣吧。

「——可瑪莉大人，蛋包飯送過來囉。」

「真的嗎!?太棒了！——啊，不過……」

我們點的餐點陸陸續續送上桌，熱騰騰的蒸氣不停向上冒。看看那鬆軟的雞蛋，絲滑的白醬，還有柔軟的蘑菇……光看就覺得好好吃。

可是我卻握住湯匙沒有半點動作。

現在好歹還在跟人作戰，而且這次不是娛樂性戰爭，是真正的戰爭。

「……留在費爾那邊的防禦小組成員可能都在努力作戰，就只有我一個人在這邊吃美味的餐點，感覺有點過意不去呢。不知道第七部隊裡的人是不是都平安無事？」

「梅拉康契大尉有跟我聯絡。說他們已經跟梅墨瓦小隊和德普涅小隊會合，過來追我們了。聽說還跟敵軍交手好幾次。」

「是喔……好像有點對不起他們。」

「您何必那麼說。趁還能吃的時候不吃，小心關鍵時刻餓到倒下。」

「好吧，今天的確有好幾次都差點丟掉小命，現在肚子很餓。」

「可瑪莉大人明天肯定也是要跟敵人來場殊死戰的，如果不把這個當成最後的晚餐好好品嘗，那可是一種損失。」

「……我可以回去嗎？」

「您覺得還有地方可以讓您回去？姆爾納特可是正面臨國難危機呀。」

這實在太扯了，為什麼事情會鬧到那麼大。

我現在就想辭退將軍職位。我想辭職，去當納莉亞的女僕。對了，假如明天要跟人戰鬥，我就來負責支援吧。要適才任用。

「……對了。其實我不久之前就覺得納悶，可瑪莉妳是不是對自己的力量毫無自覺啊？」

「毫無自覺？或許是吧。如果將沉睡在我體內的力量激發出來，我應該能寫出更有趣的小說。我平常都是帶著這樣的信念寫文章的。」

「……小說？不，我不是在說那個——」

納莉亞原本還想說些什麼，就在那瞬間——

「砰！」的一聲，餐廳的門被人用力打開。我嚇了一大跳，原本放在湯匙上的蛋包飯還掉到地面上，害我覺得好悲慘好想哭。但還是先把地板弄乾淨好了，於是我抓住餐巾紙蹲下，但突然有人對我發出怒吼，害我整個人定格。

「所有人都別動！我們是警備隊！」

現場氣氛頓時緊張起來。客人全都不敢出聲，看向那些不速之客。

出現在那個男人們都穿著蓋拉・阿爾卡的官服。警備隊——他們是負責取締罪犯的公家組織。我有種不好的預感。該不會我們的真實身分穿幫了吧。我懷著害怕又恐懼的心情僵在原地，那些警備隊人員大剌剌地進到店內，直接走到我們身邊。薇兒暗中抓住暗器，凱特蘿將手放在背後擺弄短刀。納莉亞用手撐著臉頰，一直在觀察敵人的動作。奇怪的是迦流羅跑去桌子下躲起來，屁股還露出來。

「就是你們幾個吧！想要挑戰馬特哈德政權的宵小之輩！」

啊，糟了。看來我們徹底穿幫了——想歸想。

「——不、不是！那是誤會！我們沒那個意思啊！」

結果隔壁桌的人在那時慌慌張張站了起來。

可是警備隊人員不給他辯駁的機會。當隔壁桌的人嘴裡「嘖」了一聲，正想邁開步伐跑掉，某種魔法就發動了，讓他們摔了好大一跤。接著警備隊就用魔力繩索在他們身體上捆了好幾圈，把他們綁起來。那手法有夠漂亮。

「別這樣！我們什麼都沒做啊！」

「少裝蒜。你們幾個傢伙在市面上散播誹謗中傷馬特哈德政權的傳單，我不會給你們辯解的機會。按照阿爾卡法第二萬五百零三條，你們要被判處送進樂園的刑法。」

「開什麼玩笑！這裡又不是阿爾卡，是核領域！你們是有什麼權限——」

這時那個男人的身體彈了一下，看起來很像被電流電到的樣子。然後他好像就失去意識了，無力地倒在地上，變成不會說話的屍體。

被人用繩索綁住的那幾個人遭人拖走，很像在拖垃圾一樣。其他客人都投以畏懼的目光，但那幫人連看都不看，這些蓋拉・阿爾卡的警衛就此消失在夜晚的道路上。

我目瞪口呆連話都說不出來。納莉亞則是嘴裡發出一聲「嘖」，將雙手盤於胸前。

「……如今的阿爾卡都是這樣做事情的。我不方便多說，但那些被抓起來的人應該都沒有犯太大的罪，只不過做的事情剛好受到蓋拉・阿爾卡法律禁止，警備隊才會過來。他們最後會被抓進夢想樂園的收容所。」

「這個國家是不是想法太迂腐啊。」

迦流羅這時從桌子底下爬出來，嘴裡說了這麼一句。她說得沒錯，大家一定都這麼認為。那些人腦袋有夠迂腐的。馬特哈德的想法，我實在不能理解，或許他也有他的想法，才會打造那種（疑似）反烏托邦的地方——可是，我還是強烈覺得蓋拉・阿爾卡的行事作風大錯特錯。

「……決戰的時刻近了。我們今天早點歇息，養精蓄銳吧。明天早上五點要出發。」

納莉亞在說這話的時候，臉上表情很認真。她眼中搖曳著火光，那把怒火燒得光亮，像是在說無論如何都要毀掉蓋拉・阿爾卡。

☆

隔天早上一起床才發現時間已經來到早上十點。

「——怎麼會這樣!?」

我趕緊從床鋪上跳起來。納莉亞說五點要出發。我完全睡過頭了。搞不好大家已經丟下我先走了——感到不安的我東張西望，結果看見變態女僕用手撐著臉頰眺望窗外。

「夏日的風好舒服啊……」

「我知道很舒服啊，但妳好歹叫我起床吧！我都睡過頭了耶！」

「可瑪莉大小姐要不要也來這邊？窗外的景色挺有趣的。」

「現在沒空看那個吧！我要趕快跟納莉亞道歉……」

「您要做的事情才不合時宜，總之請您先看看吧。」

「什麼啦，是不是在辦慶典之類的？」

感到狐疑的我看看窗外。

還真的在辦慶典。穿著蓋拉・阿爾卡共和國軍裝的軍人全都在旅館前方的道路上駐足。我馬上將頭縮回來，飛撲到床上用棉被包住自己。我看我大概是睡傻了吧，不然就是在做夢。我不想接受那種現實。

「可瑪莉大人，我們被敵軍包圍了。」

「其實這是一種夢吧。」

「看來雷因史瓦斯將軍已經追查到旅店這邊了。開始搜索我們的下落。啊，剛才好像有房間的門被弄破了。」

「啪鏗！」——伴隨這陣破壞聲響，慘叫和怒吼聲傳入我耳中。

眼下已經不能再繼續逃避現實。我像被彈簧彈起，整個人跳了起來，衝到女僕那邊大叫。

「這下該怎麼辦啊!?怎麼會被發現!?我們要趕快逃走……！」

「早就猜到您會這麼說，已經替可瑪莉大小姐換好軍裝了。」

「妳應該那時就先藉機帶我逃走吧!?是說還真的替我換裝了啊！」

這個時候門被人「砰！」地打開。我發出恐懼的慘叫，躲到薇兒背後。啊啊完蛋了——原本都做好赴死的心理準備了，進到房間裡的卻不是阿爾卡那幫人。

那是身上整整齊齊穿著和服的少女，花樣還跟昨天不一樣，她就是天津・迦流羅。

「崗德森布萊德小姐！往窗戶外面看會看到好多敵人……！」

「我知道啊！該怎麼辦，薇兒！」

「我覺得靠天津大人壓倒性的力量將他們一舉掃蕩是最佳首選。」

「請、請等一下。若是我拿出真本事，別說是敵人了，連整個城鎮都會消滅。這種時候應該讓崗德森布萊德小姐出戰才對。」

「說什麼傻話！要是我認真起來，別說是這個城鎮，連整個核領域都會不見喔！」

「我說錯了！若是我拿出真本事，不只是整個核領域，連全世界都會消失！」

「哎呦我也弄錯了～！如果我認真起來，全世界算什麼，整個宇宙都會變成焦炭！再也沒有比整個宇宙更大的地方了，妳死心吧！」

「哈！妳說全宇宙？可笑至極！如果我拿出真本事，還管什麼全宇宙，連時空都會破壞，這個世界上的法則也會毀滅！怎樣，認輸了嗎！」

「妳們想表達的只是不要施展全力吧？」

「「…………………」」

這時又傳來「啪鏗！啪鏗！」的聲音，下方樓層那邊好像有人在作亂。是雷因史瓦斯那幫人正肆意破壞旅社，他們遲早會往上來到這個樓層。

這個時候鈴鐺發出鈴鈴聲，迦流羅臉上的神情彷彿在說「沒辦法了」。

「在這邊爭論沒什麼建設性，我們先去跟克寧格姆小姐商量看看吧。」

「對、對喔！納莉亞那邊怎樣了!?」

「她還在睡。」

「那傢伙也睡過頭喔——！」

「我們五點出發。」——說這句話的人是誰呀！我聽說她早上容易爬不起來，但一般人會連攻入敵人陣營都睡過頭嗎！凱特蘿在做什麼啊！——不對，現在不是吐槽的時候。我跟迦流羅趕緊跑到納莉亞的房間去。在她的門上咚咚敲了幾下卻沒回應。看樣子她真的在睡。可惡，該怎麼辦！

「請您讓開，可瑪莉大人！」

「咦？哦哇——!?」

這時薇兒突然拿出巨大的錘子敲打門板。「咚哐！」一聲後——伴隨這陣破壞聲響，木頭做的門整個凹掉彈飛。這下誰要賠償。是不是推給蓋拉・阿爾卡那幫人就好。嗯，就那麼辦。

踏進房間後，不出我所料，令人驚訝的景象竄入眼簾。

凱特蘿正在床上呼呼大睡。

納莉亞也在床上呼呼大睡。

我發出悲鳴，撲向正在睡大頭覺的納莉亞。

「喂納莉亞！現在沒空呼呼大睡啦，敵人打過來了！」

「嗯……吃香蕉要剝皮喔……」

「我聽不懂啦！妳快起來！」

我抓住納莉亞的肩膀用力搖晃她，這時她的眼皮才慢慢向上抬。

「……咦？可瑪莉？妳、妳怎麼會在我床上!?」

「糟糕了啦！我們被蓋拉・阿爾卡的軍隊發現了！」

「啊、啊啊!?」對方一股腦地起身，接著稍微思考了一下，「……不，那不可能！應該沒人知道我們在這！再說也已經變裝了。」

「過了一晚冷靜下來想想，我才發現那樣變裝根本漏洞百出！一定有人去通報！不快點逃跑會被殺掉！」

「我們不只是變裝！其實凱特蘿還下了用來擾亂認知的魔法——」

「——哎呀看看！納莉亞，妳這是什麼打扮？」

這時有個男人的聲音傳入耳中，我嚇了一跳並轉過頭。那個臉長得像蜥蜴的男人就站在門口處。他就是帕斯卡爾・雷因史瓦斯，昨天跑去襲擊費爾的八英將。

「妳穿連身睡衣也很可愛嘛。但我覺得比起水藍色，粉紅色更適合妳。」

「你這個變態廢話少說，我看我把你的嘴巴削下來好了。」

「嘴巴還是一樣壞呢。就不知道妳能夠虛張聲勢到什麼時候？妳已經被馬特哈德總統通緝了，因為有與人共謀顛覆國家的嫌疑，妳已經無處可逃了。」

「那又怎樣？我不會再回到馬特哈德身邊。」

「但妳會回到我身邊——總而言之，妳已經是罪人了，用武力讓妳屈服是合法的。就趁這個機會讓妳見識我們雙方的力量落差有多大吧。」

有沒有其他的突破口——我轉頭看看四周，就在那瞬間。

納莉亞憑空變出短刀丟出去。那刀刃從我的臉頰旁驚險飛過，朝著雷因史瓦斯飛過去。可是他用流暢的動作迅速揮劍，將那把短刀打落。

雷因史瓦斯接近我們。納莉亞拔出腰上的雙劍，從床鋪上飛越而下。

當下一陣高亢的聲響響起，還有火花四散開來。

我的動態視力都追不上了。等到我回過神，納莉亞和雷因史瓦斯已經開始用劍激烈戰鬥。那些劍互相碰撞一次、兩次，我周遭的床鋪、衣櫃、家具擺設和花瓶以及掛在牆壁上的畫全都變得慘不忍睹。

「哈哈哈哈哈！以剛起床來說，這樣還滿威的嘛！」

「凱特蘿快起床！我們要暫時撤退！」

納莉亞拉著還在睡覺的女僕手腕向後退，然後直接「鏗噻！」一聲撞破窗戶，跳到旅館外面——這裡是三樓耶!?

「可瑪莉大人！我們也逃吧。」

「咦？——等等……」

薇兒跟著丟出煙霧彈。那在上次的七紅天爭霸戰中曾經看過，是「只會毒殺男人的毒氣」。

「澎噗！」一聲，一些煙霧將整個空間迅速灌滿。

前方咫尺處，黑暗中傳來幾聲怒罵，例如「這是什麼。」「混帳！」「真卑鄙！」。

我不曉得該怎麼辦才好，在那邊原地踏步踏到一半，薇兒突然把我打橫抱起，然後從窗戶跳下。

「請、請別把我丟下，各位！那邊是出口對吧!?」

迦流羅也一起跳了下來。

我都還來不及發出悲鳴，耳邊只聽見「咚嘶！」一聲，薇兒用像是違反重力法則的動作華麗著地，緊接著又聽見一聲「啪嘰！」，伴隨著一陣滑稽的聲響，迦流羅墜落到地面上。

……咦？那樣沒問題嗎？她是臉部著地吧？而且人都沒有任何動靜了。

「我們走吧，可瑪莉大小姐！跟上克寧格姆大人的腳步！」

「先等一下！不可以把迦流羅丟在這裡了！」

「她已經死了，直接扔了吧。」

「已經死掉了喔!?」

那傢伙跟過來到底是幹麼的。不是世上最強的五劍帝嗎？——這樣的疑問立刻煙消雲散。沒有被毒氣毒死的雷因史瓦斯和幾名部下全都殺氣騰騰地跳了下來。糟了，那些傢伙腳程好快！

早上的卡拉奈特沒什麼行人。可是我們突然展開這場捉迷藏，好像把居民都吵醒了，他們從家中的窗口看著我們，開始變得鼓譟起來。

「是可瑪莉閣下！」「納莉亞將軍也在耶！」「加油～！」「快逃啊～！」

你們的反應太奇怪了吧，現在在做的事情可沒那麼輕鬆愉快啊。

「真奇怪。」

「哪裡奇怪了，是在說他們可能不是男的嗎!?」

「沒有被專門毒殺男人的毒氣毒死，單純是他們生命力太旺盛吧。重點不是這個——是蓋拉・阿爾卡的軍隊這麼快就找到我們，實在太奇怪了。」

「誰知道啊，可能用了某種探索魔法吧！因為魔法那種東西什麼事都有可能辦到，根本就是要什麼有什麼的力量啊！」

「這個世界上沒那麼方便的魔法——昨天晚上凱特蘿小姐有對我們加上妨礙認知的魔法。我確定魔法都有發動，他人要去跟軍方打我們的小報告是不太可能的事情。」

「咦？意思是說我們根本不需要變裝？那我還當女僕幹麼？」

「那只是克寧格姆大人的變態嗜好，再加上我也想看。」

「她跟妳果然都是變態！」

說時遲那時快，有個火焰魔法用極快的速度朝背後逼近。

薇兒在緊要關頭避開。昨天我們去買過彈珠汽水的店發生大爆炸，就這樣燒了起來。

總覺得最近好像常常看到某種東西爆炸的畫面。這是為什麼？答案很簡單，因為我身邊有太多炸彈客。

「可瑪莉！就我們這點人，沒辦法應付雷因史瓦斯的第四部隊！我們散開！」

跑在前面的納莉亞突然對我大喊。就算她要我們散開，我也不知道該怎麼散。

雷因史瓦斯的軍隊正在後頭帶著瘋狂的眼神追趕。恐怕是想抓到我們，把我們關進夢想樂園。

「接招吧！上級劍魔法【劉擊之雨】。」

有股濃厚的魔力氣息。我驚訝地轉頭，幾乎就在同一時間，雷因史瓦斯的劍也劈出無數斬擊。薇兒立刻扭身改變前進方向。那一大群魔力刀刃密密麻麻澆灌而下，但原本要打的目標沒了。改為刺中這一帶的房舍、街燈和店鋪，不然就是行人，接著炸開。但我們沒能完全避開，其中一把擦到薇兒的腳踝。

「唔！」

「哈哈哈哈哈！去死吧吸血鬼！你們根本不是翦劉種的對手！」

薇兒一時間重心不穩。我被薇兒放手拋了出去，在平整的道路上轉了好幾圈。好痛。雖然很痛，但我的事情不重要，不知道薇兒有沒有事——

才準備要出聲，雷因史瓦斯的魔法卻再度來襲。

薇兒就這樣跪在地面上，揮動暗器打落那些魔力刀刃。雷因史瓦斯趁機靠近我們。察覺危險的薇兒準備站起來向後退——可是腳踝的痛楚讓她難以隱忍，當場向後跌。

「臭吸血鬼，先殺了妳這一隻——！」

那把長劍舉起來了。

薇兒會被殺掉。

那我——我……

「你休想！」

「喂可瑪莉！妳在做什麼啊！」

遠處傳來納莉亞的怒吼聲。可是我的身體擅自行動了，而且還做了蠢事——就算我跑到前面，也無法改變什麼。這點我明明很清楚，卻不能眼睜睜看著那個女僕被人劈成兩半。

為了保護薇兒，我站在她身前。

眼前有個表情酷似惡鬼的男人舉起劍。

薇兒不知道在叫喚些什麼，可是我都聽不見了。啊啊——終於要在這裡迎來第一次死亡，在我腦中打轉的，盡是那些不真實的感受。

但不管過多久，那股痛楚都沒有到來。

「唔……這是、什麼……!?動不了……！」

此時雷因史瓦斯發出呻吟。

這一看才發現他那把長劍被看似紅色鞭子的東西捲住。

這種東西看過就忘不了。能夠使用那種驚悚魔法的人，就只有她吧。

「——你們這些鐵鏽，我不會讓你們繼續胡作非為。」

「德、德普涅——!?」

我好震驚。有人站在賣武器的攤販上方，是戴著面具、一身神祕氣息的吸血鬼——七紅天德普涅。而且連她率領的第四部隊都來這了。就跟往常一樣，他們依然還是那個全員戴著面具的謎樣馬戲團。就在他們後方，和魂種的軍隊也來了。應該是迦流羅的部下吧。

「這些狗東西！跟蛆一樣，沒完沒了……！」

「你才是蛆。去死吧。」

德普涅從手部傷口射出大量的血刀。

她還是愛用看起來很痛的攻擊手段——不過小刀的威力和速度都很驚人。雷因史瓦斯光是要處理這些射向他的凝血魔法就很忙了，沒空管我。他反倒狠瞪那些亂了陣腳的部下——

「你們這些傢伙，還在做什麼！快點把黛拉可瑪莉．崗德森布萊德殺了！那傢伙可是姆天同盟的盟主！哪個人抓到她，就給他獎賞！」

這時翦劉種們紛紛發出怪聲襲擊過來，可是他們的動作瞬間受到阻擾。有另一群人瞄準雷因史瓦斯的部隊，如暴風般橫掃而過。看來援軍不是只有德普涅他們。

就在下一刻，對我來說是種困擾——但聽起來又令人安心的歡呼聲響起。

「閣下！」「可瑪莉閣下！」「總算追上您了！」「殺戮的時刻到啦！」「呵哈哈哈哈我的手在鳴叫了！」「把那些鐵鏽全都殺了，弄成特製的筷子吧。」——是第七部隊的笨蛋們。他們的眼神都很瘋狂，開始屠殺雷因史瓦斯軍的士兵。一場血腥的大亂鬥在我眼前展開。感覺不小心踏進一步都會馬上死掉。

「閣下！您沒事吧？」

緊接在那句話之後，貝里烏斯和卡歐斯戴勒出現在我面前。他們很快就被敵人的血噴到身上紅通通的，這還在可以接受的範圍內，但拜託你們不要拿著敵人的手和頭過來找我。

「閣下，蓋拉・阿爾卡政府已經對外發表了，說閣下您和納莉亞・克寧格姆要互相合作，企圖顛覆國家。那我們之後是要採取這樣的方針吧？」

「嗯、嗯嗯，就是要採取那樣的方針沒錯。」

「遵命，那接下來要大開殺戒了——貝里烏斯！要不要來比比看誰殺得比較多？」

「哼，偶爾比一下也不錯。要是我贏了，你要請我喝一杯。」

那兩人說完就投身於戰亂的漩渦中。這幫人還是老樣子，血氣方剛。話說約翰怎麼了，是不是死了啊？啊啊對喔，他早就死了。

「可瑪莉小姐！妳還好嗎!?」

不只這些，我還聽見令人熟悉的聲音。

感到驚訝的我看向遠方。有人就站在第七部隊後面——是銀白色的吸血鬼。還是我的學妹，同時也是七紅天大將軍佐久奈・梅墨瓦。她手上抱著自己愛用的巨大魔杖，踩著小巧的步伐跑向我。

「佐、佐久奈……！妳怎麼在這!?」

「我一直在趕路追妳。因為我跟德普涅君都是攻擊小組的。」

「嗚、嗚嗚嗚嗚，謝謝妳——佐久奈——！」

「呀——那、那個……可瑪莉小姐……!?嗚哇……」

我當下感動不已，過去抱住佐久奈。天底下還有比這更讓人開心的事情嗎!?我真的不用死了。就差那麼一點！差點就死了！人果然要交些值得信賴的朋友——當我自顧自感動到一半，突然感覺背後有道絕對零度的視線刺向我。

原來是薇兒一臉不開心地盯著這裡看。

「……可瑪莉大小姐，您是不是也有話要對我說。」

「對、對喔！薇兒，妳的腳還好嗎!?」

「是，不對，應該是說被魔核治癒，現在才沒什麼大礙。但更重要的是這位女僕拚了命也要守護主人，以免她喪命，不覺得也該給她個擁抱當獎勵？」

「唔……說、說得也是，沒辦法。」

「可瑪莉小姐，現在可能不是做那種事的時候。」

薇兒當下整個人石化，佐久奈繼續吞吞吐吐地說道。

「四周都還在打仗……而且可瑪莉小姐還有該做的事情。」

「該做的事情？」

「就是去夢想樂園。這裡就交給我們，妳先過去吧——欸嘿嘿，只有一次也好，我一直都很想說說看這句話。」

臉上堆滿笑容的佐久奈重新握緊魔杖。

我覺得妳說那些話，從某個角度來看很像在預告妳會死喔。

話說佐久奈說得沒錯，我要跟納莉亞一起過去才行。去那個堪稱人間煉獄的旅遊勝地——夢想樂園。

※

六國新聞　七月二十六日　早報

『蓋拉・阿爾卡共和國　身陷危機』

【帝都——蒂歐・費列特】二十五號當天，姆爾納特政府對外發表消息，宣稱偷襲城塞都市費爾的蓋拉・阿爾卡共和國軍第二部隊、第三部隊已經遭到殲滅逮捕。在費爾裡，卡蕾・艾威西爾斯皇帝陛下暨各國將軍全都有威武勇猛的活躍表現。跟阿爾卡共和國聯手的白極聯邦、拉貝利克王國軍亦陷入苦戰……（中略）……由於總統府遭人爆破，馬特哈德總統收回部分派往核領域的部隊，讓他們回首都防衛。在阿爾卡國內外，人們對馬特哈德政權的質疑逐漸浮上檯面，激進派分子在首都的示威行動越演越烈。負責保衛首都的索爾特・艾克納斯將軍出面指揮警備隊鎮壓民眾，但任誰都能看出這是在自損政權壽命。若情況持續惡化，蓋拉・阿爾卡很有可能滅亡，請多多加油。

※

首都這邊的人民群情激憤。

那些傳單不停鼓吹人們打倒馬特哈德，過了一夜，翦劉種們原先遭到壓抑的情感再度死灰復燃。再加上人們得知消息，說蓋拉・阿爾卡的軍隊敵不過姆天同盟，而且還有謎樣的恐怖分子出現，將總統府炸個粉碎。事情都變得這麼嚴重了，總統卻不見蹤影。

人民的不滿一口氣爆發。他們大舉衝向被炸掉的總統府，高聲批判馬特哈德。

——馬特哈德退位！

——沒必要打無益的仗！

——別再用過當的法律管束人民！

「——太壯觀了。搞不好我們真的有幸目睹蓋拉・阿爾卡毀滅。」

銀白色的新聞記者梅露可・堤亞在遠方眺望那些警民衝突，邊喝著咖啡。但眼下時局動盪，咖啡廳這邊沒什麼客人。是說原本就沒有在營業。是她自行入侵、磨豆，然後自顧自喝起來。

這樣算不算小偷啊？——邊偷吃冰箱裡的起司蛋糕，蒂歐邊在心裡想著。好好吃。是很好吃，但罪惡感也很重。真想在被抓之前快快回家。

「對了，梅露可小姐，我們為什麼要來阿爾卡？那不是姆爾納特分局該做的嗎？我們吃完炸蝦就回去吧。」

「只要跟姆爾納特有關，就是我們的工作。蓋拉・阿爾卡分局那邊的人都很沒用，連點像樣的文章都寫不出來，就讓我們出面弄些可以讓世界陷入混亂的獨家新聞。」

「……梅露可小姐妳的目的是什麼？」

「我要用筆創造世界。就只有這個！」

創造世界的人不該是記者，而是當事人吧，想歸想，蒂歐卻說不出口。說出來會有百分之五十的可能性讓對方出聲說「嘖！」，另外百分之五十的可能性是被痛扁。

她很想快點辭掉這份工作，回到故鄉。回去以後隨便創業一下，這樣她就可以當老闆，讓底下的員工賣命，輕輕鬆鬆賺錢。

「我告訴妳，我們要做的事情就是做記錄，記下世界改變的瞬間。要讓全世界都看見蓋拉．阿爾卡共和國毀滅的影像。」

「那沒辦法啦。有些人覺得我們六國新聞都會參雜假新聞……」

「放心吧。平常我們都隨便寫些毫無根據的新聞稿，但這次不一樣。總公司那邊給了我們祕密武器。」

梅露可說完就「咚！」的一聲，將一個超巨大相機放到桌子上。

這是什麼啊？蒂歐頓時睜大雙眼。

「這是性能超棒的相機『電影箱』。六國和核領域的主要都市都有設置一些螢幕，使用這個就能將實況轉播畫面投放在螢幕上。是全世界只有一個的超稀有神具。」

母公司沒道理將這麼稀有的東西出借，給她們這些小角色用。六國新聞果然是很誇張的企業呢——蒂歐好傻眼。

然而她不知情。

單看「行動力」，在六國新聞的記者中，梅露可和蒂歐雙人小組頗受好評，公司老闆有在公司內部的公告欄上張貼莫名其妙的榮譽排行榜——「次世代新星排名」，她們兩個堂堂登上第一名和第二名。

「……這個要怎麼用？弄壞了應該要賠吧。」

「要這樣用。」

梅露可將「電影箱」扛在肩膀上，灌注魔力。鏡頭邊緣開始發光。

接著銀白色的記者笑咪咪地開口。

「我要將妳偷吃蛋糕的證據傳送到全世界！」

「哇啊啊啊啊啊啊啊啊啊啊啊妳在做什麼啊梅露可小姐——————！」

就在那瞬間，設立於全世界街道上的螢幕可能都會高調播送貓耳少女吃蛋糕吃到臉頰都鼓起來的臉部特寫。蒂歐趕緊抓住「電影箱」，讓它轉向別的方向。只見梅露可哈哈大笑，不再灌注魔力。鏡頭散發出來的光芒也消失了。

「這樣我會嫁不出去啦！會被關進監獄耶！」

「嫁人就跟關監獄一樣——好啦，差不多該來工作了。」

「不好意思，請等我吃完蛋糕再談那個。」

「現在還吃什麼吃！當小偷還那麼理直氣壯啊！」

「啪鏗！」一聲，蒂歐的頭被打了。好過分，她自己明明也在喝咖啡。

「接下來我們要去尋找決定性證據！蛋糕那種東西晚點再吃！」

「如果要找示威活動，那邊就有了啊。我們趕快拍一拍回去吧。」

「那種東西任誰都能拍，我們要找更勁爆的。」

梅露可話說到這邊拿出一張紙。那是姆爾納特特工朝首都全域發放的傳單。印象中上面好像有用聳動的文體寫著「馬特哈德是垃圾」等批判性字眼。梅露可指著其中一段文字開口。

「『無辜的人都被抓進夢想樂園』——不覺得應該要去探探？」

「我覺得可以不用去。」

「最好是！」

蒂歐再度被人「砰鏗！」一聲狠狠打頭。

她果然很不講道理，蒂歐決定今天要把辭職信寫一寫。

※

「——今天敵人狀況也非常好，好到令人可恨的地步。」

待在城牆頂端俯瞰戰場，姆爾納特帝國皇帝看似無言地輕語。

戰爭已經開打一天多，他們滅掉兩支蓋拉・阿爾卡部隊。可是姆爾納特這邊的損傷也很大。天照樂土的部隊在阿爾卡刀劍魔法摧殘下，有半數人都被刺死，芙萊特和海德沃斯的軍隊也開始出現部分傷兵。

「陛下，這是天照樂土大神給您的親筆信。上面似乎記載了敵方部隊的情報。」

身為護衛的吸血鬼將一封信交給皇帝。打開就看見裡面是充滿異國風味的信件，上面寫滿毛筆字。花不到三秒鐘就把內容確認完的皇帝發出一聲「嗯」，雙手交疊於胸前，抬頭仰望天際。

看來在蓋拉・阿爾卡首都引發的騷動帶來意料之外的影響。

蓋拉・阿爾卡軍的狀況統整起來如下所示。

第一部隊　納莉亞・克寧格姆小隊　↓　背叛共和國改與可瑪莉共同行動（部隊全滅）

第二部隊　尼爾森・凱茲小隊　↓　襲擊費爾（全滅）

第三部隊　奧德謝斯・葛雷姆小隊　↓　襲擊費爾（全滅）

第四部隊　帕斯卡爾・雷因史瓦斯小隊　↓　在卡拉奈特和攻擊小組對戰

第五部隊　阿貝克隆比小隊　↓　去保衛夢想樂園

第六部隊　梅亞利・菲拉格蒙特小隊　↓　襲擊費爾（戰鬥中）

第七部隊　索爾特・艾克納斯小隊　↓　為了保衛首都回到母國

第八部隊　調查中（保衛首都？）

除了以上列出的蓋拉・阿爾卡共和國軍隊，還有幾支白極聯邦和拉貝利克王國的軍隊都在突襲費爾。情況有點嚴峻——但其他國家的人一旦聽說與馬特哈德有關的可疑傳聞後，便不會進一步發動更猛烈的攻勢。事實上天仙鄉的仙人就沒去搭理蓋拉・阿爾卡的邀約，而是保持中立。再來只要等可瑪莉、納莉亞和天津・迦流羅向外抖漏夢想樂園的祕密，情勢或許就會逆轉。

「陛下，我軍是否能挺得住？」

「能，雖然敵人增援會很麻煩，但他們不可能增援。」

眼下貝里烏斯正在用拳頭虐殺那些獸人。芙萊特也毫不留情發動她擅長的黑暗魔法，將敵軍盡數掃蕩。五劍帝率領的和魂種部隊是有人受傷，但他們正如鬼神般奮勇殺敵。

「——看來沒問題，應該是說完全沒問題。佐久奈和德普涅若是擊敗雷因史瓦斯的隊伍，去跟可瑪莉她們會合，馬特哈德就沒招可出了。」

※

姆爾納特帝國皇帝的預測可以說有些失準，局勢其實更加惡劣。

蓋拉・阿爾卡是碰到想要的東西就要透過戰鬥來獲取的刀劍民族。跟容易為了取樂犯下殺人罪的吸血鬼不一樣，同時有著鋼鐵般的理性和野心，據此出手殺人才是他們的傳統。

換句話說，翦劉種比吸血鬼更專精於「殺害」。

城塞都市卡拉奈特籠罩在一片寂靜中。

原本在住宅窗口那歡聲四起的看熱鬧群眾也沉默下來，彷彿剛才那些都是假象。

四周充斥著令人作嘔的屍體臭味。

平整的道路上沾滿紅色血液，已經看不出原本的色彩了。到處都堆滿屍體，除此之外再也沒有別的。不管是吸血鬼、翦劉種或和魂種，所有人都死了。戴著面具的七紅天、銀白色的七紅天和部下們全都倒臥在血泊中。

不過在這樣的慘況下，唯有一名男子佇立著。

「害我多浪費時間處理……這些臭吸血鬼！」

這個男人——帕斯卡爾．雷因史瓦斯擦拭被血液弄溼的劍，將之收回刀鞘中。

他的雙眼已經變成駭人的赤紅色。

那不是血液，而是烈核解放——可以無視這世上一切的物理法則，是一種超乎常理的特異能力。

雷因史瓦斯嘴裡輕聲「嘖」了一下，接著拔腿走動。蓋拉．阿爾卡第四部隊遭受吸血鬼猛攻，已經全滅了。活下來的人只有雷因史瓦斯——可是他身上連一點擦傷都沒有，在毫髮無傷的情況下贏得勝利。

雖然稍微花了點時間，但他接下來只要去追殺納莉亞和崗德森布萊德就好。

據說那兩個小丫頭要前往夢想樂園。可是那邊已經有八英將阿貝克隆比的部隊坐鎮。就憑她們區區幾個人，不可能突破重圍。

這時通訊用的礦石突然間發光，應該是例行性報告吧。雷因史瓦斯灌注魔力，出面回應。

「發生什麼事了嗎？」

『沒有。只是再過一小時左右，納莉亞・克寧格姆就會抵達夢想樂園。』

「知道了。我很快就會過去追擊。」

說完這些，他將通訊切斷。

要做的事很簡單。就是阿貝克隆比的軍隊會出面迎擊，他則會從敵人背後偷襲。那樣納莉亞就完蛋了。將會失去一切的希望，沒有力氣再活下去吧。只要他把握那瞬間，對她說些甜言蜜語，想必輕而易舉就能融化她的心。

之後他們再重整軍隊朝姆爾納特帝國進攻。

雖然首都那邊一直有民眾出來示威遊行，但他們只要靠武力鎮壓這些愚民就行了。人民之所以會起來反抗馬特哈德——當然有很大一部分是受到姆爾納特的傳單影響——但眼見總統府被炸掉，人們會覺得這個政權已經搖搖欲墜。

那麼他們只要再度讓人民見識其「強大」，就沒有任何問題了。

要征服姆爾納特帝國和天照樂土，展現他們蓋拉・阿爾卡的強韌，如此一來——

這時雷因史瓦斯的腳踝被人緊緊抓住。

不知道是什麼時候的事，渾身是血的白髮吸血鬼已經在向上仰望他了。這是七紅天的佐久奈・梅墨瓦。以前明明是逆月的一員，犯下罪孽卻受到寬恕，現在還在當將軍，就是個骯髒的小丫頭。

「……我不會讓你去的。不讓你、去找可瑪莉小姐……」

「真煩人。」

「不讓你去。我要……在這裡……」

「都說妳煩人了！」

雷因史瓦斯拔出刀劍刺進少女的腹部，對方口中流出大量的鮮血。然而少女眼中的鬥志並未消退，這讓雷因史瓦斯更為火大。

「你們已經沒希望了！因為黛拉可瑪莉・崗德森布萊德很快就會被殺掉！夢想樂園那邊已經安排阿貝克隆比的軍隊等著她們了！吸血鬼都會變成翦劉種的奴隸，這是必然的結局！」

「阿貝克隆比……？呵呵，我有聽說過。」

「那當然，他是僅次於我和納莉亞的優秀八英將。」

「或許是吧。因為他很強。雖然很強……但是我……贏了。」

「什麼……？」

「或是不會輸的。就算會死也要拚一拚。」

雷因史瓦斯覺得背後有某種冰冰涼涼的東西流下。

一種謎樣的詭異感受搖晃著雷因史瓦斯的腦袋。

就那麼一下子——真的只有一下子——他感覺佐久奈．梅墨瓦的眼睛好像發出紅光。

雷因史瓦斯的手立刻動了起來。狠狠揮下刀劍，將吸血鬼的右手砍飛。

她發出痛苦的慘叫聲，雷因史瓦斯沒空管這個。

雖然心中留下了一塊疙瘩，雷因史瓦斯還是選擇從卡拉奈特離開。

「我絕對……不會放過你。」

少女口中流露出的呢喃在夏風吹拂下隨風飄散。

還有一樣東西，他漏看了。好像從一開始就把對方當成屍體，導致她一直被遺忘。可是她並沒有死掉，而是靠著魔核的力量勉強維持生命。

她就是倒在旅館入口處的和服少女。

此時少女撐起身體。

雙眼無神，很像沒有星星的夜空。全身都很痛，頭還重重的，眼前一片霧濛濛，好像在做夢一樣。周遭都是血海。人們怎麼會染上這麼汙濁的色彩。若是使用我的力量，他們就可以變得更乾淨。讓他們變乾淨吧。

就在這時，少女——天津・迦流羅身旁出現一道嬌小人影。

她就是聽命於迦流羅的忍者集團「鬼道眾」之首小春。

「迦流羅大人，鈴鐺掉了喔。」

「鈴鐺？……鈴鐺。」

聽到小春那麼說，迦流羅總算發現了。兄長給她的鈴鐺和手環分家，掉在地面上。好險好險。怎麼會這樣。若是沒有那樣東西，我就無法活下去。

迦流羅從小春手中接過鈴鐺裝上去。

叮鈴——清涼的聲音跟著響起。

整個世界頓時改變，漆黑的眼眸又恢復光明。

「……咦？咦？這、這是怎麼一回事!?討厭，和服都沾到血了……！」

「阿爾卡的將軍好像把大家都殺了，到處都是血。」

「小、小春!?妳之前都跑去哪了!?」

「我在找迦流羅大人。」

「妳太慢了啦～！可是謝謝妳！愛妳喔。」

迦流羅用力抱緊小春。那嬌小的忍者說了一句「好悶熱」，臉上神色不是很好，看起來很困擾的樣子。

「大神大人下令了。要您跟黛拉可瑪莉和納莉亞合作，一同前往夢想樂園。」

「咦？」迦流羅的臉瞬間板起。「……還要繼續執行任務嗎？我之前可是拚命到都快死掉了。話說我沒有死啊？」

「沒死……迦流羅大人，執行大神的命令，這是武士的義務。再說天照樂土的人也在夢想樂園裡。一定要救他們。」

「…………」

「求求您，迦流羅大人。」

那雙純真的眼眸看著迦流羅。人家都這樣請求了，迦流羅怎麼可能無動於衷。天津家是士族。無論她有多麼不擅長戰鬥，都已就任成為將軍了，那履行職責就是她的義務。再說——迦流羅是和平主義者，她覺得蓋拉・阿爾卡的做法不可原諒。對付那樣的惡鬼羅剎，必須由神佛降下制裁。

伴著鈴鐺的聲響，迦流羅慢慢站了起來，將手放到小春頭上，嘴裡這麼說。

「我知道了。身為五劍帝，我會盡力去做的。我還能夠動腦。不需要動手跟人家作戰也能戰鬥——但要是真的打起來了，請妳要救救我，小春。」

☆

向前走了一陣子，耳邊能夠聽見平穩的海浪聲。

我眼前出現一片遼闊的大海景致，還有耀眼的太陽，加上海潮的味道。現在都什麼情況了，我還覺得心情雀躍，這樣實在太不成熟了。

但我還沒有蠢到在這說「要不要順便來趟海水浴？」

接下來我們必須潛入名為夢想樂園的軍事設施。究竟是為什麼，事情會演變成這樣，我也不曉得，但納莉亞說只要找出夢想樂園的祕密，暴露給六國知道，這個世界就會得救。

「妳說要爆料，該怎麼做啊？拍照嗎？」

「照片會拍，可是主要目的是要救出被抓起來的人。他們會是活生生的證人。」

「如此一來，馬特哈德政權免不了會遭人非議吧。」

「就是那樣。之後再來威脅他們就可以了。如果不想讓夢想樂園的真相對外公開散布給世人知曉，他們就要退兵。等到撤退之後，我們再將真相昭告天下，讓馬特哈德走投無路。」

走在最前方的納莉亞信心十足地說了這番話。她沒把大海當一回事，選擇走上林木比較稀疏的野獸小徑。我覺得這條路應該是第七部隊成員玩沙灘搶旗（？）失控暴走弄出來的。

「——克寧格姆大人，夢想樂園前面似乎有基地。蓋拉・阿爾卡的部隊會不會在那邊等著我們。」

「有可能。來守衛樂園的恐怕就是八英將阿貝克隆比。人們都說被那傢伙砍到會變得跟切碎的洋蔥一樣。」

「可瑪莉大人，那邊是草叢。」

薇兒拉住我的手，幫我修正行進方向。

「但用不著擔心。如果要一對一，我不會輸給他，再說我們也沒必要正面對決。只要找機會學忍者偷偷潛入就好。」

在這一連串樂觀對話的陪伴下，我們向前邁進。

突然間我感覺風裡好像混雜一股奇妙的味道。

「……是不是有血的味道？」

「嗯？完全沒聞到啊。」

「我們是吸血鬼。對血液很敏感——啊，看到了。看樣子阿貝克隆比的軍隊已經全滅了。」

「「啊？」」

除了薇兒，另外那三個人聲音都重疊了。穿過林地後，蓋拉．阿爾卡共和國的基地出現在眼前。原本那個叫阿貝克隆比的人好像會帶隊在這布陣，不知道為什麼，這幫人已經變成渾身是血的屍體，倒在土地上。

我不明白，可是薇兒好像知道發生什麼事。

「他們剛才自相殘殺了吧。這恐怕是梅墨瓦大人做的。」

「是佐久奈……？她有來過這裡？」

「不，因為前陣子那件事情的關係，第六部隊受到處罰，要和其他國家頻繁作戰。據說幾乎都是跟蓋拉．阿爾卡對上，梅墨瓦大人就是在那個時候殺掉阿貝克隆比的。接著發動烈核解放，弄成隨時方便她操控的樣子。」

「…………」

真是心狠手辣。我對佐久奈的可怕之處有了新的體認。

就在那時，我突然發現一件事。有那麼一瞬間，真的就只有短短一瞬間。凱特蘿臉上出現奇妙的變化，她看起來好像很不爽。感覺不像看見那堆屍體覺得厭惡或恐懼，更像是事情進展不順，覺得煩躁——

「算我們運氣好！這樣我們可以不費吹灰之力進入夢想樂園。那個叫做佐久奈．梅墨瓦的女孩，我都想收來當僕人了。」

「我不會把佐久奈交給妳。那是我的朋友。」

「既然是妳的朋友，那不就等同我的僕人了。」

這話聽不出是在開玩笑還是說真的。總之沒必要跟人戰鬥，暫時可以放心。那位阿貝克隆比有點可憐就是了。

納莉亞跨過屍體，勇猛果敢地前進。通過無人的基地後，度假設施出現在眼前。不過幾天前因為第七部隊大肆作亂，那裡已經變成廢墟了。那棟旅館都倒塌了，剩下一堆瓦礫。看來對方還沒收拾好。

「……凱特蘿，妳覺得通往地下的路口在哪？」

「唔欸？就、就算問我——啊，這裡有階梯。」

凱特蘿說完就赤手空拳將瓦礫拿開，一段通往地下的階梯出現在眼前。好強大的怪力——不對，先別管怪力了，還有更讓人納悶的部分。她怎麼會發現瓦礫堆下有樓梯？是不是用了某種透視魔法？算了，想太多也沒用。

「做得好，凱特蘿。這樣就不用在地面上爆破。」

納莉亞毫不猶豫地走下階梯，我只覺得心裡毛毛的。凱特蘿也沒有一絲一毫的猶豫，就這麼跟在她後頭，於是我也只能跟上。

那個階梯很狹窄。納莉亞、凱特蘿、我和薇兒依序排成一排前進。

這裡好幽暗，感覺好像都沒其他人在。從黑暗深處吹來詭異的風，有種東西腐敗的味道。我感到恐懼，這是出自本能，並過去抓住薇兒的手。丟不丟臉已經不重要了──因為眼下這氣氛真的很恐怖。

「我說薇兒，要不要來聊些開心的事情？」

「等到事情都辦完了，我們去海邊吧。這次要練習游泳。」

「嗯、嗯嗯……話說……這樣的回答會不會太嚴肅啊？可以多講一些笑話啊。」

「我會妥善分配。」

「……對了，妳有用能夠看見未來的那個嗎？」

「找不到時機用。而且我們的血液不能拿給翦劉種喝。吸血鬼的血液對他們來說是毒藥，他們的身體會生鏽。」

「這種事情還是第一次聽說……那不然……我來喝好了。雖然很怕喝血……」

「請別那樣。」

薇兒二話不說拒絕。我受到好大的打擊，都快哭出來了。

這時薇兒換上凝重的表情，開始對周遭戒備起來。

可是我腦子裡只剩下被拒絕吸血帶來的衝擊。

她都願意讓佐久奈吸血了。為什麼啊。就不能讓我吸嗎……？

「……很抱歉。可瑪莉大小姐討厭血液，我不能強迫您。並不是討厭讓您吸血，請您別哭。我可以吸您的血來代替。」

「我、我才沒哭！喂別真的過來吸啦，妳走開一點！」

只見薇兒面無表情回應「不好意思」，再次跟我道歉。我好像比較放心了。

不對，我有什麼好放心的啊。只是不能吸這傢伙的血而已，又不會死掉。完全沒問題呀——想是這樣想，若是不能讓她看見未來，我的死亡率會提升，這個問題可大了。於是我下定決心張口去咬薇兒的手腕，嘴唇卻被人用食指擋住。

「不可以喔。」對方制止我。那讓我好羞愧，臉頓時變得滾燙起來。青椒都會試圖讓我吃了，吸血卻不行。真搞不懂。

走著走著，我們來到地下室。

這時納莉亞突然說了一句。

「有人在。這裡……就是夢想樂園吧。」

「嗚……」

那對我來說太震撼了，害我過去抓住薇兒的手。

這是占地很廣的牢獄。雖然我已經猜到一半了——但這個廣大的空間比姆爾納特宮殿的庭園更大，設置了無數的監牢，各個角落都有。

然後裡面還關了無以計數的人。

大部分都是翦劉種。但也能看到其他的種族，為數不多。

他們都有氣無力地蹲坐在監牢中。可是一發現有人闖進來，某人就一臉驚訝地抓住牢籠欄杆。

「是妳！妳是納莉亞……是不是納莉亞．克寧格姆!?」

各個角落開始騷動起來，人們的視線聚集到我們身上。

這時納莉亞換上緊張的表情，靠近其中一個牢房。

「我是納莉亞。放心吧，我來救你們了。」

「妳快逃吧！待在這種地方會死的！」

「你是……是上個月批評馬特哈德被抓起來的演講者吧。這裡都在做些什麼？夢想樂園到底是什麼？」

「這……」此時男人神色凝重地瞇起眼睛，同時低下頭。「詳細情況不是很清楚。因為這個樓層關的都是剛抓來的新人。可是那些人會肆意凌虐抓來的人。不是讓人強制勞動就算了，沒那麼簡單……而是人體實驗。看看這個。」

男人說完將自己的手伸出去，上面有著怵目驚心的切傷痕跡。

「這好像是測試魔核恢復速度的實驗。這裡的人每天都會被那些人凌虐，之後扔著不管。只能一直忍受傷口帶來的疼痛，同時等待……等待恢復。」

這一看才發現其他人的樣子看起來也很慘。有人的身上全都是撕裂傷，還有渾身是血倒在地上的人，甚至是心臟被弄爛，已經死掉的人——我突然覺得好想吐。

自從當上將軍後，人們變得血肉模糊的景象都已經看到厭煩了。可是這次的不一樣。那可不像戰爭那麼簡單，而是出於惡意留下的血證。

「我的父親——前任國王在哪？」

「不曉得。應該在更深處……最好別抱太大的期望。」

納莉亞的表情看起來有點動搖，但她用力握住雙劍的刀柄。

「我會把你們救出去，將雷因史瓦斯和馬特哈德趕跑。」

「別那樣……！雷因史瓦斯的眼睛會發出紅光！就算是妳……」

「不能那麼懦弱！我會改變阿爾卡！所以你們不用多說，只要追隨我就好！」

接著納莉亞轉頭看我。「可瑪莉！我要去看看其他樓層。必須將蓋拉．阿爾卡的惡行惡狀看個仔細——我們走，凱特蘿。」

我根本來不及阻止她，納莉亞帶著凱特蘿衝向大廣場深處。

我什麼都做不到，變得渾身僵硬，這時薇兒握住我的手。

「可瑪莉大人，在敵人的地盤分頭行動很危險。我們過去追克寧格姆大人吧。」

「嗯、嗯嗯……」

來到地下二樓後，那裡的景色更嚇人。

牆壁上掛著無數的武器，那些並不是普通的武器——而是神具。

走廊的左右兩側都設置了牢房。被抓來的人看上去大多都是年輕人，幾乎全是十幾歲、二十幾歲的男男女女。他們渾身是傷，氣息微弱。但跟被囚禁在上一層的人不一樣，他們身上的傷痕很不尋常。

感覺都沒有因為魔核的力量恢復，那是神具造成的傷口。

「搞什麼鬼——開什麼玩笑、開什麼玩笑、開什麼玩笑！」

氣急敗壞的納莉亞放聲咆哮，這的確只會讓人直呼誇張。

薇兒邊觀察周遭的樣子邊開口。

「……看來這邊都在用神具做實驗。」

「做什麼實驗啊。傷害人們的身體有什麼意義嗎？」

「被神具凌虐的人，偶爾會出現精神層面的進化，獲得『烈核解放』，好像有這樣的說法。印象中梅墨瓦大人有說過。」

「為什麼要逼出那種東西……」

「——很簡單。只要發動烈核解放，就能獲得足以貫穿大地、撼動星辰的力量。馬特哈德會想要那樣東西，是因為靠這股力量才能獨霸世界……總之我們先來找鑰匙吧。要把大家救出來才行。」

恨恨地說完這些，納莉亞邁開步伐走了起來。

我整個人處於渾渾噩噩的狀態。人們身上都是傷，到處都有屍體倒臥。沒想到在這個世界上，有人能做出如此殘忍的行為。我沒有感到義憤填膺——只是覺得很悲哀。到頭來，我對當今世道根本一無所知，只是一個足不出戶的吸血鬼罷了。

「……薇兒，馬特哈德為什麼要征服世界呢？」

「不清楚，畢竟我連可瑪莉大小姐的心思都猜不透。」

我望著納莉亞的背影。她願意挺身而出挑戰巨大惡勢力，我覺得她看起來好耀眼。現在不是說喪氣話的時候——我也要盡我所能做些什麼。想到這邊，我正要過去追她。

卻突然發現一件事。

那就是凱特蘿放在背後的手拿了一串像是鑰匙的東西。

只見她笑咪咪地開口。

「納莉亞大人，這邊有鑰匙喔。」

「咦？……怪了？」

納莉亞顯得相當驚訝，看著女僕手裡拿的那串鑰匙。

「怎麼會有這個!?」

「就掉在旁邊。」

「太好了！這樣就可以把大家救出來……！」

凱特蘿臉上笑意不減，但我就是覺得不對勁。這個女僕對外總是情感豐富——可是如今不一樣。在那迷茫的黑暗中，那虛假的笑容被襯得格外醒目。這時凱特蘿嘴裡發出呢喃。

「——您覺得有必要救他們？」

「在說什麼啊？那還用問。總之先把鑰匙給我吧。」

「他們都是跟阿爾卡作對的人，是觸怒總統的愚蠢賣國賊。」

「什麼？——！」

「這些鑰匙都是要用來關人的。」

那一串鑰匙從女僕的手中滑落，發出「咔鏘！」一聲。

納莉亞的視線定在地面上——接著我看見令人吃驚的景象。

那就是凱特蘿拿著短刀，刺進納莉亞的側腹。

紅色的血液滴滴答答流到地面上。

納莉亞發出惡夢般的囈語，抬頭看著自己的女僕。

「為什麼……？妳怎麼會——」

「我叫凱特蘿。第八部隊隊長凱特蘿・雷因史瓦斯。」

納莉亞這時膝蓋一軟，無力地跪倒。她按住腹部，神情看起來很痛苦，當場軟倒在地。

我一時間沒能反應過來，整個人僵在原地，凱特蘿朝我高速奔來。手上拿著染上血色的短刀。連殺氣都感受不到，那女僕動作流暢地逼近。

「可瑪莉大小姐！」

我眼前突然變得一片雪白，是薇兒拿著暗器擋在我前方的關係。

可是凱特蘿這記攻擊很強烈。那突刺猛烈得有如蜂螫一般，將薇兒的暗器打飛。並趁機放出迴旋踢，命中薇兒的腹部。

「唔！」——就像被風吹跑的樹葉，薇兒整個人飛了出去。地面上留下好幾滴血痕，因為凱特蘿的鞋尖裝了金屬刀具。

我什麼都做不了，只知道呆站在那邊。

納莉亞倒下了。薇兒也一臉苦悶的樣子，沒辦法爬起來。

至於凱特蘿——她還是跟平常一樣笑嘻嘻的。實在太奇怪了。

「黛拉可瑪莉·崗德森布萊德，妳的鮮血將會成為蓋拉·阿爾卡的踏腳石。」

淡淡說完這句話後，她在同一時間毫不留情出拳。「咕嗚！」——我的肚子被人用力打中，瞬間失去意識。即便如此，我還是努力站穩腳步，可是眼前又出現一隻鞋子——

我的腦袋跟著搖晃起來，眼前景色開始天旋地轉。

這副身軀一下子就被打飛了，身體撞上旁邊的監牢鐵柵欄，發出「鏗！」的一聲。這下我才明白臉被人踢中。

好痛。全身都很痛——為什麼會變成這樣……

「——總算追上妳了，納莉亞。」

這時某個男人的說話聲突然傳入耳裡。

在走廊遠方——自夢想樂園的入口處，一名身穿蓋拉・阿爾卡軍裝的翦劉種現身了。

他就是八英將帕斯卡爾・雷因史瓦斯。折磨納莉亞的共和國走狗。

被追上了……不對，等等，這個人會出現在這邊，那表示佐久奈和德普涅、第七部隊的成員都——

「雷因史瓦斯⁉這是怎麼一回事……！」

納莉亞按住肚子蹲在地上。薇兒也因凱特蘿的那記攻擊完全癱瘓，失去意識倒在地面上。我想要鞭策自己站起來，可是腳步搖搖晃晃，當場向後栽倒。不行。太痛了，連動都沒辦法動。

此時雷因史瓦斯臉上帶著詭異的笑容，朝我們靠近。

「——很遺憾，納莉亞。她是我的妹妹，一直在監視妳。」

納莉亞為之屏息。不知這話是真是假——可是雷因史瓦斯那番話一定具有相當威力，足以顛覆她至今以來認知的世界。

前方有八英將雷因史瓦斯，後方有拿著劍的凱特蘿。

這下完蛋了。

☆

城塞都市費爾一片死寂。

剛剛經歷過激烈的市區站，街道都被破壞到慘不忍睹的境地，但敵人已經不見蹤影。翦劉種、蒼玉種和獸人都被吸血鬼的魔法殺光，淪為肉塊，就算靠魔核復活好了，他們也沒辦法作亂，因為已經被抓進牢裡關起來了。

「——看來白極聯邦那幫人的目的是要測試姆爾納特的實力。如果拿俘虜當人質要求停戰，他們十之八九會答應吧。」

人就坐在瓦礫上的皇帝如此說道，一副啼笑皆非的樣子。剛才她還在跟帝國的宰相開會，但現在好像開完了。她還對礦石另一頭那個手忙腳亂的宰相說「五秒內執行。」「不准說些軟弱的話。」「不然朕就要把可瑪莉的監護權奪過來。」剛才威脅人家的那段還歷歷在目，這時芙萊特將咖啡杯拿給她。

「在測試我們的實力……這話怎麼說？」

皇帝回了聲「謝謝」，將杯子接過。

「他們想要確認我們遇到事情會如何處置，真會耍小聰明。」

「但在卡蕾大人適切的判斷下，敵人已經被我們粉碎掉，打到體無完膚。」

「誇過頭了。當作是獎勵，下次帶妳去吃晚餐——只不過，白極聯邦那幫人明顯是在放水。就好比是那個被我們抓起來的小丫頭，名字叫什麼來著？」

「是不是普洛海莉亞・茲塔茲塔斯基將軍？已經把她五花大綁丟進監牢了。明明是俘虜卻厚顏無恥，還敢說她要吃紅菜湯跟餡餅。」

「給她馬鈴薯就好——剛才在戰鬥的時候，那小丫頭都只有做出指示，沒有實際下場作戰。其他將軍也一樣。大概是白極聯邦書記長下了那樣的命令吧。換句話說，蒼玉種從一開始就不打算滅掉姆爾納特。就算要做也不想被蓋拉・阿爾卡主導，而是打算自行動手，這幫人八成是那樣想的吧。」

「原來如此。那麼拉貝利克王國呢？」

「他們似乎受到威脅，說不出兵就不賣香蕉給他們。現在那個王國的草食派和肉食派鬥爭激烈。肉食派主張『不需要香蕉那種東西』，不願對阿爾卡的脅迫屈服，但這招對草食派似乎很管用。像這次進攻費爾的都是草食動物對吧？簡單講，他們這次進軍，並非拉貝利克王國政府的意思，只是某部分草食動物想要香蕉才會擅自行動。只要我們姆爾納特賣香蕉給他們，他們就會收手。」

「我好像在聽另一個世界的事情。」

「那確實是另一個世界啊。」皇帝說完笑了一下。「——那接下來，我們的目標已經達成了。接下來就等可瑪莉揭露夢想樂園的祕密，如此一來馬特哈德就完了。」

「靠崗德森布萊德小姐有辦法嗎？我現在出兵也來得及。」

「沒那個必要。不只是可瑪莉，納莉亞和迦流羅也在——好了，接下來我們悠悠哉哉等候佳音就行了。先來叫宮殿裡的人準備宴會吧。」

皇帝說完伸了一個大大的懶腰。她胸口那邊大大地敞開，讓芙萊特有點心動。不對，那不重要。她開始盤點現況。

幾乎可以確定蓋拉・阿爾卡會輸。八英將打到費爾這邊的可能性非常低，而且那個國家的首都似乎正出現示威行動，人們要求總統退位。敵人那邊已經沒有反擊的餘地了吧——芙萊特的想法在在都很樂觀，碰巧就在這時。

「陛下！有緊急消息！」

負責擔任傳令兵的吸血鬼衝了過來。皇帝神情一凜，從瓦礫上站了起來。

「怎麼了？是阿爾卡投降了？」

「不，是蓋拉・阿爾卡大軍朝我們這邊逼近。」

「是打算戰到最後嗎？但是靠那些僅存的部隊，不是我們的對手。」

「不，對方派來五千大軍……」

「啊？」——芙萊特不由得出聲。傳令兵看起來很恐懼，抖著手繼續說道。

「這點千真萬確。那五千大軍疑似從蓋拉・阿爾卡本土出發，正在核領域的草原上行進。那附近的『門』已經被破壞了，他們應該沒辦法立刻過來。」

「不許撒謊！阿爾卡那邊就只有八個部隊啊！」

「但、但是。姆爾納特和天照樂土已經有好幾個直轄都市淪陷了。」

「你說什麼……!?」

就在這個時候，通訊用礦石發光了。這是來自蓋拉・阿爾卡共和國總統的熱線。

只見皇帝不慌不忙，動手注入魔力接通訊息。

男人的聲音開始在周遭迴盪。

『別來無恙啊，姆爾納特帝國的皇帝陛下，妳也差不多該注意到了吧？』

「哦？你還沒死啊，真是頑強。」

『那種程度的烈核解放殺不了我。貝特蘿絲・凱拉馬利亞這種小角色是奈何不了我的。』

「你到底在打什麼主意？想要我們歸還被抓起來的將軍，先跟我們謝罪吧。就說『抱歉對你們發動戰爭』。」

『用不著把俘虜還回來。這次之所以會聯絡妳，是要勸你們投降。』

礦石另一端的人似乎在笑。

『姆爾納特帝國和天照樂土沒有未來可言。若是戰爭繼續持續下去，你們只會迎來不幸的結局吧——有鑑於此。為了人民著想，最好答應我的要求，把魔核的所在地說出來。』

「別讓朕說那麼多遍，朕不可能告訴你。姆爾納特的將軍會粉碎你的野心。」

『真是可悲呀，皇帝陛下。吸血鬼不過是劣等種族。跟我率領的最強翦劉種比起來，根本不是對手。弱者就應該被強者支配，這是世間真理——你們就乖乖讓我們統治吧。』

這下芙萊特再也按捺不住。將鞋踩踏得高聲作響，先是來到皇帝身側，接著對皇帝拿在手裡的通訊用礦石大聲怒吼。

「這下你露出馬腳了吧，暴君！姆爾納特帝國才不會對你這種卑劣的人屈服！」

「別這樣，芙萊特。若是挑釁過頭，這個男人可是會氣到大爆發。」

「那我就多挑釁一點——我看你的人民似乎很討厭你！首都那邊一直有人示威，有恐怖分子作亂，不曉得你對這件事做何感想啊!?被人民厭棄的執政者根本沒有存在必要！你連卡蕾・艾威西爾斯皇帝陛下的腳跟都比不上！去死吧，這個鐵鏽！」

『哼，妳的部下挺有趣的嘛，但是有點吵。等我們活捉那個芙萊特，就把她關進夢想樂園調教吧。』

「什麼——」

「你想對朕可愛的部下們出手？以為我會放任你那麼做？」

『真是可笑。我看妳連自己可愛的部下變成怎樣都不曉得吧。』

話說到這邊，馬特哈德灌注更多的魔力，將一些相片送過來。

空中映照出某個都市的景象。

在那裡的不是別人，正是皇帝口中那些「可愛的部下」。姆爾納特帝國軍的吸血鬼都沉在血泊中。還有七紅天大將軍德普涅，佐久奈・梅墨瓦。

這景象太具衝擊性，害芙萊特差點抓狂。

至於在她身旁站著的皇帝，臉色則變得越來越難看。

『若是不願意投降，我們就來懲罰這些人。對了——聽說夭仙鄉那邊很久以前有種叫做凌遲的刑罰。會用小刀依序削下身體的某個部分，能夠讓受刑人長時間處於痛苦之中，是很殘酷的刑罰——沒什麼好擔心的，魔核還在，他們不至於死掉吧。』

「卡蕾大人！我現在就過去救大家！」

『就算你們想去救援也沒用。我們的精銳部隊會過去斬殺你們。姆天同盟只剩下一條路可走——投降當我們的奴隸，就只有這個選擇。』

「開什麼玩笑！哪來精銳部隊！一定是在虛張聲勢……！」

『若是要跟人打「真正的戰爭」，自然要在背地裡增強軍隊吧。』

「什麼……難道說——真的有五千大軍……」

『沒錯。蓋拉‧阿爾卡的將軍可不是只有八英將。』

接著馬特哈德用低沉的聲音如此昭告。

『我們有五千八百名英將。』

「噗滋」一聲，皇帝切斷通訊。

在那之後，她沒有說任何的話。街道上有士兵來來往往，耳邊只聽得見那些雜音。芙萊特再也忍不住了，她出聲試探，順便觀察對方的臉色。

「卡蕾大人，接下來要如何安排，是否要讓我出面迎戰……？」

「沒那個必要。」

回話語調非常堅定。皇帝將手放在芙萊特頭上，嘴裡這麼說。

「剛才說的五千大軍，其實也只是剩下的殘兵——只不過，朕要去跟馬特哈德總統討個說法。他到底是什麼樣的人，必須親眼確認一下。」

「請問……您要去哪？」

「我馬上就回來。費爾就拜託妳了，芙萊特。」

就在那瞬間，一股令大地都為之搖撼的劇烈雷鳴閃現。

完全沒有任何徵兆。芙萊特眼前頓時變得一片亮白。有一股熱浪擴散開來，為她全身帶來強大的衝擊。芙萊特不由得跌坐在地，耳邊出現強烈的耳鳴，正在周遭巡邏的瑪斯卡雷爾小隊也為這突如其來的一幕發出悲鳴。

過沒多久，白光消失了。

芙萊特這才發現皇帝也不見蹤影。

「卡蕾大人……？」

這裡只剩下燒成焦炭的瓦礫堆，還有被粉碎的通訊用礦石。

這下芙萊特才恍然大悟。

皇帝是去找敵人的頭頭。至於她最後看見的——有別於平常那個特立獨行卻又泰然自若的皇帝陛下，那雙眼靜靜地燃著怒火。那強大姿態烙印在芙萊特的腦海中，久久不能散去。

☆

也許是我的腦袋拒絕認清事實。

但凱特蘿確實背叛了，感覺並沒有受到操控。刺傷納莉亞的肚子，讓薇兒無法戰鬥，還有把我踢飛，這些全都是那個少女女僕主動去做的，肯定沒錯。

「——沒用的，納莉亞大人。刀刃上塗了毒藥。妳會慢慢喪失行動能力。」

「凱特蘿……！妳……為什麼要做這種事情。」

女僕沒有回答。反倒是雷因史瓦斯臉上浮現邪惡的笑容。

「妳真笨啊，納莉亞。她是負責監視妳的間諜。可是五年來妳居然都沒發現……神經未免太大條了吧。」

「騙人……！她是站在我這邊的！對吧，凱特蘿！」

「……是，我是納莉亞大人的——夥伴。」

「不對吧，凱特蘿。」

雷因史瓦斯將手放到凱特蘿的肩膀上。那個翦劉種女僕的表情略為僵住。但她很快就露出笑容，像是在扼殺自己的情感——

「說錯了。我之前是納莉亞大人的夥伴，如今卻是敵人。」

這時納莉亞發出抽氣聲。

「我是帕斯卡爾‧雷因史瓦斯的妹妹。聽從哥哥的指示，一直擔任納莉亞大人的女僕。後來——總算讓我等到逼納莉亞大人放棄的這天。」

「逼我放棄……？」

「我一直在您身旁看著，不禁有些想法。周遭其他人都在說您的壞話，不管再怎麼努力都沒用，每天都因那份惆悵不得安生……若是這樣的日子繼續下去，納莉亞大人會瘋掉。所以……納莉亞大人應該要捨棄不可能實現的心願，過上安穩的生活才對。」

「唔……！」

納莉亞很想惡狠狠地撲向凱特蘿。可是她卻無力跪倒。大概是毒藥開始起作用了。這時雷因史瓦斯吹起嘲弄的口哨聲。

「喔——可怕可怕。之前看到阿貝克隆比小隊被幹掉，我還在擔心這下不曉得會變成怎樣，這下功勞就變成凱特蘿的了。我也不用特地出手了結妳。」

「我、我……！我才不會輸給你們！我還有留一手！」

「沒有了。很可惜，什麼都不剩了。」

此時雷因史瓦斯大步走向納莉亞。

接著摸摸她的桃色頭髮，用那酷似爬蟲類的目光盯著她的臉瞧。

「妳說的『那一手』，指的是姆爾納特帝國和天照樂土吧？妳覺得他們會粉碎蓋拉・阿爾卡的軍隊，還抱持希望對吧？但這些都不會實現。吸血鬼和和魂種都會受翦劉種的軍隊蹂躪，註定會發生這種事。」

「等、等等……這話什麼意思!?難道說大家……都輸了？」

我在那時不由得出聲，結果雷因史瓦斯厭煩地哼了一聲。

「接下來他們會輸。蓋拉・阿爾卡祕密集結的五千大軍將會前往城塞都市費爾。姆天同盟已經因為接二連三的激戰耗損，他們沒那個能耐迎擊。」

「這種軍隊聽都沒聽過，阿爾卡這邊只有八個部隊！」

「因為那是妳不知道的祕密。另外那五千人都是在夢想樂園受過教育的翦劉種。原本都是反抗當今政權的罪人，如今已經成了乖順的僕人了。」

簡直莫名其妙。五千大軍——怎麼可能有這樣的東西。但那又不像在虛張聲勢。因為雷因史瓦斯的態度實在太過從容了。他深信他們會贏得勝利，充滿不可撼動的自信。

這麼說來。姆爾納特帝國真的會陷入走投無路的絕境……？

「——事情就是這樣，納莉亞，妳已經無計可施了。別想些有的沒的，在馬特哈德總統的治理下享受榮華富貴，這樣不是很好嗎？那位大人要讓翦劉種打造專屬於翦劉種的理想世界。只要我向他進言，納莉亞妳也能夠加入。」

「我、我怎麼可能、答應。我要打倒馬特哈德……」

「總統的目標是創造世界和平，跟妳的理想沒什麼不同。」

「不一樣！我要透過別的方法完成……！沒、沒錯。人在行動時若是為了他人著想，這個世界就會變得和平起來，老師也這麼說過……」

「用不著鑽那種牛角尖。妳可以擺脫所有的痛苦——捨棄那不切實際的夢，成為我的人吧。」

雷因史瓦斯的手指在此刻爬上納莉亞的下顎。

看她那眼神彷彿失去一切希望，再也沒有開口。現在的情況還真是糟透了。馬特哈德企圖派出五千大軍攻陷費爾。假如這都是真的，那防禦小組根本抵擋不了。

我跟納莉亞也會完蛋。

可是——不能因此放棄。

對於納莉亞・克寧格姆的遭遇，還有蓋拉・阿爾卡共和國的事情，我知道的不是很多。但我覺得他們那麼做是錯的。這些人會為了自己的利益面不改色傷害他人，我不想輸給這樣的人。對於他人的努力，他們選擇嘲笑，我才不要輸給那種蠢蛋。

「……姆爾納特是不會輸的。」

「啊？」

雷因史瓦斯轉眼瞪視我，但我現在不能害怕。

「姆爾納特不會輸！納莉亞的夢想也不會破滅！怎麼能讓你們這些笨蛋毀掉！」

「臭娘們，盡說些可笑的話——妳說誰是笨蛋，啊!?」

「我說的笨蛋就是你。媽媽也有說過——只把其他人當道具看待的人沒有未來可言，我就曾親眼看過這樣的人走向毀滅！」

「那又怎樣！翦劉種以外的種族都應該當奴隸！這個世界就該那樣！妳不過是個劣等吸血鬼，憑什麼在那大放厥辭！」

「你這種看不起人的態度真讓人火大！所以納莉亞才會討厭你！」

「什麼——討、討不討厭都無所謂！我要靠我的力量得到一切！不管是姆爾納特還是天照樂土，甚至是納莉亞的心！」

「納莉亞是堅強的女孩，才不會對你這種人屈服——而且想要靠武力讓人屈服，藉此得到對方，那是野蠻人在做的事！你是比大猩猩更差勁的野蠻人！」

「妳說……什麼……？臭丫頭——」

「快點跟納莉亞道歉，然後消失吧！你這個一廂情願的混蛋！」

「妳這個臭娘們————————！」

這時一口空氣從我嘴裡「咕噗」地噴出，因為我肚子被人用力毆打。

這樣還沒完。情緒激動的雷因史瓦斯用拳頭打了我的身體好幾次，那些鈍痛感接連襲上四肢百骸，我的痛覺也逐漸麻痺。

「我……不會……輸。」

「煩死人了，妳這個骯髒的吸血鬼！」

一陣踢擊狠狠踹上我的臉。我的腦袋劇烈晃動，眼前畫面瞬間變暗。

頭在嗡嗡作響，嘴巴跟鼻子都在流血，滴滴答答滴在地面上。過了一會，我全身都變得疼痛不堪。眼淚從眼眶中滑落。好痛。實在太痛了。

可是我不能屈服，絕對不能對這麼卑劣的男人——

「——雷因史瓦斯！不准對可瑪莉出手！」

這時趴在地上的納莉亞大叫。

雷因史瓦斯這才住手，銳利的目光射向納莉亞。

「納莉亞……妳在說什麼啊？這傢伙不僅是吸血鬼，還是跟蓋拉·阿爾卡作對的蠢才。光是殺掉還不夠——必須把她關進夢想樂園，讓她一輩子都當實驗白老鼠。」

「我不會讓你那麼做的！她是我……是我很重要的人！」

「重要的人？別說笑了。吸血鬼只是翦劉種的奴隸。」

「唔——你懂什麼！」

此時納莉亞從懷中拿出小小的短刀，並丟了出去。

可是她手都麻痺了，似乎沒辦法好好控制短刀，於是刀刃沒能貫穿雷因史瓦斯的心臟，但卻在他的臉頰皮膚上淺淺劃過，接著射向後方。

「——啊？」

血液順著他的臉頰流下。大概完全沒料到對方會這麼做吧。那個長得像蜥蜴的翦劉種對這突發事件一時間反應不過來，呆呆地站在原地——等到他回過神……

一陣咆哮隨即從他口中爆出。

「妳——妳搞什麼鬼啊啊啊啊啊啊啊啊啊啊啊啊啊啊啊啊啊啊啊!!」

雷因史瓦斯用力踢向納莉亞，那記腿踢在她腹部炸開。「唔——」納莉亞的身體變得像顆球一樣，滾到監牢的牆邊撞了上去。雷因史瓦斯完全沒有手下留情。那模樣宛如凶神惡煞，靠到納莉亞身邊後，雷因史瓦斯抓住桃色的頭髮向上拉扯，嘴裡大聲怒吼。

「妳是不是也要反抗我！妳是我的！乖乖聽話不就得了——為什麼要反抗！是想被人宰了？啊!?」

「我早就決定了……要改變阿爾卡！也許只靠我一個人辦不到，但是跟可瑪莉在一起，任何事情都有可能！甚至還能將馬特哈德趕跑！」

「煩死人了！就跟妳說那不可能了！」

雷因史瓦斯說完踢了納莉亞的肚子，這下我無法繼續保持沉默。

「快住手！不准再對納莉亞做過分的事情！」

「閉嘴，吸血鬼！」

一把迴旋短劍飛了過來，從我的肩膀擦過，軍裝底下的皮膚就像奶油一樣，被切開還飛濺出血液，肩口那邊傳來陣陣的劇烈刺痛感，過分強烈的痛楚讓我連站都站不好。接著雷因史瓦斯扔下納莉亞，拔出他的劍。

「都是妳的錯。都怪妳給納莉亞多餘的希望……就差那麼一步，她卻不願屈服。這全都要怪妳……就在這殺了妳吧……」

我無計可施。薇兒都沒有起身的跡象，納莉亞也因為被毒藥麻痺的關係，無法自由行動——更要緊的是她整個人都僵住了，臉上帶著絕望的表情。

我不甘心。在這種地方被人殺掉好不甘心——當下我咬緊牙關，就在那瞬間。

「——你在做什麼？」

有個讓人冷到骨子裡的冰冷嗓音傳入耳中。
大家的目光都聚集在一個點上。
一名少女就站在那邊。銀白色的頭髮沾上乾掉的血，變成紅黑色的了。衣服像是被劍胡亂劈砍過，都變得破破爛爛的，不過傷口似乎已經好一半了。
對方是承襲了蒼玉種特徵的吸血鬼——佐久奈·梅墨瓦。
她眼裡有著冰冷的怒火，一雙眼瞪著雷因史瓦斯。
那站姿有如幽靈一般。
「……可瑪莉小姐，妳受傷了吧？是誰做的？是不是那個翦劉種？傷害我們還不滿足，打算再對可瑪莉小姐下手？」
「啪唧」——不知來自何人的血液散落在她腳邊，如今卻已凍結。
那股激情讓她身上湧現魔力。
「佐久奈!?妳怎麼會在這……！」
「我是追著可瑪莉小姐過來的。太好了。有趕上。」

「可、可是妳——不是受傷了嗎!?」

「都是些擦傷，跟可瑪莉小姐的痛比起來不算什麼。」

佐久奈的左手原本拿著右手，如今將右手「滋噗！」地插進右手腕。藉助能夠冰凍物體的冰之魔力和魔核的力量，原本被砍斷的右手逐漸結合。我差點發出慘叫，但出現更大反應的人卻是雷因史瓦斯。

「臭娘們……妳還活著啊！」

「對可瑪莉小姐做過分的事情，這種人不可原諒。」

「凌虐劣等種族哪裡錯了！」

「劣等種族……？」

佐久奈眼眸中的溫暖頓時消逝，從她身上流出的白色寒氣爬上地面。

「我討厭說這種話的人。這個世界上不存在劣等種族。吸血鬼、蒼玉種和翦劉種人人平等。不能理解這道理又自視甚高瞧不起人，這種人必定會破滅。只把其他人當成道具看待，這種自以為是的人——最好都被凍死。」

佐久奈在下一刻襲向敵人。揮動巨大的魔杖毆打對方，這種戰鬥方式不像魔法師會有的，然而她的攻擊沒能傷到雷因史瓦斯。

那是因為凱特蘿介入，用劍擋下了。

「——不許對哥哥出手。」

「讓開！我要打倒那個翦劉種！」

佐久奈和凱特蘿正面交鋒，擦出來的火花如閃爍的星光四散飛濺。武器劇烈碰撞的高亢聲響在監牢中四處迴盪，凝聚的殺意擴散開來。我很開心看到佐久奈來救我——可是她身上那股魄力實在太不尋常了，害我連句話都說不出來。佐久奈非常生氣，看樣子惱怒到了極點。

此時凱特蘿突然抬起臉龐，似乎察覺了什麼。

「唔——哥哥！不是只有這個半吊子蒼玉種，還有敵人打過來！」

就在那一刻，一陣令空間都為之搖撼的地鳴聲轟隆作響。

除了佐久奈，其他人都睜大眼睛。

地鳴聲接連不斷。那些衝擊讓人的腦袋都跟著搖晃起來，還衝擊到夢想樂園內部。這不是一般的地震吧。很像地面上有好幾個炸彈連續爆炸的感覺——

「佐久奈・梅墨瓦！妳究竟幹了什麼好事!?」

這時佐久奈向後跳，跟凱特蘿拉開距離。

如寒冰般冷酷的目光直視著雷因史瓦斯。

「我過來追可瑪莉小姐——然後她們就跟過來了。是天津・迦流羅小姐，還有新聞記者。」

現場氣氛頓時緊張起來，就連納莉亞都瞪大雙眼說「不會吧」。

我還以為迦流羅跳下窗就死了——原來她還活著？

但我現在沒空去想那些。佐久奈背後出現魔法陣，一股強烈的寒氣開始在她四周聚集。那是——佐久奈在戰爭等情境中常用的【流幻彗星】，肯定沒錯。只見凱特蘿舉起劍，站到雷因史瓦斯前方。

「哥哥，這個半吊子蒼玉種和天津・迦流羅就交給我吧。」

「啊!?這個小ㄚ頭就算了，天津・迦流羅很危險！就算妳去也會被殺啊！」

「我好歹是八英將，不會輸給她們的。還有——剛才總統聯絡我了，說有任務給哥哥。」

「——去死吧。」

那些冰凍魔法來勢洶洶地射出。白色的星星撕裂空氣，朝著凱特蘿襲去。這個翦劉種女僕靠著精巧的劍技打掉那些星星。

沒有打到的星星用力撞上我身旁的牆壁，牆壁上被打出凹洞。我心想「這下完了」，已經做好喪命的心理準備。

雷因史瓦斯也同樣用劍擊落那些星星，同時放聲大喊。

「是要我指揮樂園部隊嗎!?等到擊退入侵者再做也不遲吧。」

「那樣可能會錯失先機！那幫人似乎已經開始失控了。照這樣下去，搞不好還會襲擊蓋拉・阿爾卡的直轄都市。」

「都是些沒用的傢伙……沒有我就什麼都做不了。」

「因為樂園部隊都是失去理智的人。如果少了指揮官，他們沒辦法發揮本領。再說——似乎還有吸血鬼部隊接近他們。」

「是姆爾納特帝國軍的餘孽嗎？還耍那種小伎倆。」

那讓我抬起臉龐。

「吸血鬼部隊」指的是誰的隊伍？不是佐久奈或德普涅。芙萊特和海德沃斯應該待在費爾那邊。是不是那個第一部隊的，好像叫貝特什麼的。

雷因史瓦斯臉上的神情跟著扭曲起來，他踩著強而有力的步伐靠近納莉亞。

「——納莉亞！在我回來之前，妳老老實實待著。等到那些吸血鬼都被殺掉，頑固的妳應該也會清醒。知道蓋拉・阿爾卡是多麼棒的國家。」

「我……才不會對你這種人——」

「妳的身體在發抖，果然不適合當將軍。」

「唔……才不是，這是因為我中毒……」

「——妳這個半吊子蒼玉種！接招吧！上級刀劍魔法【劉擊之飛沫】。」

凱特蘿放出的魔法引發大爆炸。冷氣和熱氣急速混合，眼前變得白茫茫的。佐久奈似乎想避免在狹窄空間中戰鬥，已經開始移動了。凱特蘿則如忍者般奔馳，去追趕佐久奈。

等到我發現的時候，雷因史瓦斯也不見了。

耳邊能夠斷斷續續聽見魔法發動的聲音，以及某種爆炸聲。

可是我們都無法動彈。

現在情況太複雜了，不知道要從哪開始下手。

不對，更重要的是被人打到身體很痛，害我連站起來都很困難。

距離總統府不遠處有座皇宮。

從前蓋拉・阿爾卡共和國還是「阿爾卡王國」的時候，這裡都有在使用，是王族的居所。五年前的政變讓部分建築燒毀，為了讓後人知道這段負面歷史，近年來已經開始著手重建。

其中還有一座特別高的高塔。據說從前阿爾卡國王會在那邊召開酒宴，拿皇都的繁榮景象當下酒菜，塔的名字就叫做克魯托斯鐘塔，有個男人就站在瞭望樓上。

他穿著樣式傳統的西裝，身上沒有特別醒目的特徵。

這個男人就是蓋拉・馬特哈德總統。

「——『水能載舟亦能覆舟』，這真是一句至理名言，但在我的國家不適用。只要用力量控制一切就沒問題了。」

眼下那片首都光景只能用異樣來形容。淪為暴徒的民眾四處放火。警備隊、軍方跟人民的衝突四起，到處都是屍體。所有人都在批判總統的暴政，要他別挑起不人道的戰爭，將那些遭到冤枉被逮捕的人放回來，開放夢想樂園地底設施，盡快召開下一任總統大選──這些人簡直無可救藥。

到頭來只要讓他們看看誰比較有力量，他們就不會再吵了。花了五年的歲月，馬特哈德集結了祕密部隊。要讓雷因史瓦斯率領這支部隊，征服姆爾納特帝國，那樣就沒人敢繼續抱怨。往後有那個能耐出面批判馬特哈德政權的人將不復存在。

「──能夠稱霸世界的是翦劉種，任何人都無法阻擋。」

「好大的自信啊，馬特哈德。」

不知道是什麼時候來的，有個女人站在他背後。

是身上穿著豪華洋裝的金髮吸血鬼──姆爾納特帝國的皇帝。她平靜的臉龐上有著怒火，並慢慢走向馬特哈德。

「虧妳能找到這個地方。不對，話說妳是怎麼進來的？」

「那種事不重要吧。」

皇帝的眼睛發出紅色光芒。真不愧是人們口中的雷帝，在下等種族中，這個吸血鬼似乎算是比較優越的物種。

「……哼，先坐下吧。我們一起觀賞姆爾納特帝國滅亡的瞬間。我這裡已經準備好用來發動遠視魔法的水晶了。」

「其實朕大可在這殺了你？」

「有辦法殺了我就殺殺看啊。從前那套可不管用了。」

「……？喔喔，對了。聽你那麼一說，是有這回事。」皇帝回想起來了，還笑了一下。「從前朕還是七紅天的時候，你就是那個被朕大敗的阿爾卡將軍吧？哎呀，沒想到那個時候的小鬼頭已經成為總統，令人訝異呢。而且還變成那麼受民眾厭惡的暴君。」

「叫我小鬼頭，這玩笑未免開太大了。我的年紀還比妳大。」

「即便到了現在，你還是小鬼頭。從那個時候開始，你的心智都沒有任何長進不是嗎？」

馬特哈德沒把她當一回事，光顧著發動遠視魔法。

水晶上映照出五千大軍。這些士兵不是拿來發動娛樂性戰爭的，而是為了實地殺人所打造出的精英殺人魔集團。

做法很簡單。覺得是可塑之材的年輕人就隔離在夢想樂園裡，對他們洗腦。「如果不作戰，會殺掉你的家人。」「乖乖聽我們的話可以獲得很多報酬喔。」「如果不想被殺就殺掉敵人。」——可用方法五花八門。在這之中還有人精神崩潰，因而喪命。

建立在眾多的犧牲之上，才能打造出這支最強軍團，它就是「樂園部隊」。

「那麼皇帝陛下有何貴幹，還要大老遠跑來？是要跟我們投降嗎——噢對了，其他國家都惶恐地聯絡我呢。」

天照樂土大神對他說：「現在立刻停止進軍，這種悽慘的戰爭毫無意義。」

白極聯邦書記長說：「這跟我們當初說的不一樣，沒聽說你們有祕密部隊。」

夭仙鄉的天子說：「阿爾卡做的事情已經泯滅人性，立刻停止戰鬥。」

拉貝利克王國的國王則說：「總之先給我們香蕉，之後再來談。」

每個國家都對蓋拉・阿爾卡的武力感到恐懼，就算要跟全世界為敵也不成問題。只要有這五千大軍，要將各國粉碎易如反掌。

「——愚蠢。你那樣解讀可就大錯特錯了。」

「什麼……？」

「利用暴力和脅迫打造出來的軍隊根本就是烏合之眾——不，說這些也沒用。總之朕會來這邊，都是為了看見你窮途末路的樣子。」

馬特哈德不禁失笑，處於劣勢的明明是姆爾納特帝國。

「但朕慈悲為懷，決定給你一個機會——如果不想死，現在馬上就讓軍隊撤退。否則你的下場會比死更可怕。」

「愛說笑，聽起來只像喪家之犬在狂吠——」

就在這時，首都上空逐漸流入巨大的魔力。

藍天上突然出現一些畫面。

那是經過六國新聞申請而設置的魔法道具。「能夠瞬間將重要情報傳達到各個角落」——似乎是基於這樣的目的才在全世界的都市裡設置那種東西。印象中那好像會播送攝影器材「電影箱」拍下的畫面——

『——全世界的民眾大家好！我是六國新聞的梅露可・堤亞！這算是初次嘗試，還滿緊張的，但有件事想讓各位知道！大家請看！我們六國新聞目前已經潛入蓋拉・阿爾卡共和國管理的夢想樂園！』

那高亢的聲音傳遍首都全境。藍天中映照出有著銀白色頭髮的蒼玉種少女，單手拿著像是麥克風的東西，拚命朝著攝影器材——應該是神具「電影箱」——訴說。

『比起用說的，大家直接看會更快吧——請各位看看這些監牢的數量！反對馬特哈德政權的人都被關在這裡！』

『梅露可小姐，這個相機好重喔。可不可以換妳來拍？』

『笨蛋蒂歐妳別說話！——不好意思！那些疑似無罪的人都被關在這裡，而且被關的不是只有翦劉種，這裡甚至還關了其他各式各樣的種族！不知道為什麼，他們身上都是傷！看來蓋拉・阿爾卡政府在做慘無人道的人體實驗，這些傳聞都是真的！』

馬特哈德額頭上浮現汗水。負責守護夢想樂園的軍隊已經全滅了。他應該要想到狗仔隊有可能會入侵地底才對——不過沒問題。就算這些祕密對外曝光，對戰局也不會造成影響。只要用壓倒性的武力擊潰敵人——

『我們來這邊就是為了抖漏馬特哈德政權幹過的壞事。如今阿爾卡發動五千大軍，試圖襲擊費爾。這明顯是違反人道的行為，根本就是畜生才會幹的事情！對蓋拉・阿爾卡懷恨在心的全體國民，現在就是你們起身對抗的時刻！我們已經起身對抗了！還有——負責領導我們的代表人也在這！來吧，天津・迦流羅五劍帝大將軍，請說句話！』

『咦!?啊，好的——咳咳，我們不會對蓋拉・阿爾卡的卑劣行徑屈服。在國境地帶發生的「和魂種失蹤事件」就是他們做的好事。而且正如這位新聞記者所說，受害人不是只有和魂種而已，還有其他種族的人被抓起來，遭受殘酷對待。做出這種事情，絕對不能原諒他們。』

『迦流羅大人，請您說更重的話。』

『我明白——覺悟吧，蓋拉・阿爾卡的奸臣們！什麼五千大軍，遇到我就跟一群螻蟻沒什麼兩樣！世界各國的人敬請放心。最強五劍帝天津・迦流羅會將那支邪惡軍隊殲滅的。』

『以上是她的宣言！天津閣下，還有其他想說的嗎？』

『咦——？已經沒有了——啊！對了，兄長！天津・覺明兄長，你有在看嗎～!?

迦流羅過得很好喔！要努力成為世界第一的日式點心師傅……不對，是全世界最強的將軍！請你偶爾回家一趟喔～！』

馬特哈德當下只覺得震驚，好像被雷打到一樣。

天津．覺明，那是逆月的幹部。這個男人跟蓋拉．阿爾卡應該是合作關係，怎麼會——

莫非那個叫做天津．迦流羅的將軍跟逆月有什麼牽連？還是天津．覺明背叛了？她說五千大軍跟螻蟻沒兩樣——這話是真的？不對，按照常理來想，那不可能是真的。但對手如果是逆月，這樣的常理就不適用了——

「喔哇——！您請看，天津將軍！先趕過來的梅墨瓦閣下正在跟女僕戰鬥呢！那個是翦劉種士兵嗎!?」

『……咦？嗯？凱特蘿小姐？她怎麼會……』

『那個是敵人，小春也要過去殺了她。』

『等等……小春!?』

在對外的螢幕畫面中，一身忍者打扮的少女跑去介入八英將凱特蘿．雷因史瓦斯的戰鬥。那個女僕其實是沒有對外公開的第八位八英將。假如對方只是區區一介將軍，那她沒道理輸掉——但天津．迦流羅可不是一般的將軍。

「怎麼了馬特哈德，臉色很難看喔。」

© riichu

「……妳的最終兵器就是那個和魂種小丫頭嗎？」

「不是，連朕都沒料到會有這號人物出現。」

皇帝扯嘴笑了一下。

「姆爾納特的最終兵器自始至終都是那個深紅吸血姬。其實你也感覺到了吧？黛拉可瑪莉・崗德森布萊德是會引領人心的吸血鬼。」

皇帝對自己終將贏得勝利一事深信不疑，那是霸主才有的笑容。

☆

好不甘心。不甘心。不甘心到快死掉了。

這五年來，她活著都是為了改革蓋拉・阿爾卡。一開始是為了找回家人，想要救助爸爸。再來才拚命鍛鍊，這是為了讓自己當上下一任總統。可是這一切都白費了，沒能阻止馬特哈德的暴行。

五千大軍實在太扯了。事後才放出這樣的軍隊，未免太卑鄙了吧。這樣下去姆爾納特帝國遲早會變成被馬特哈德奴役。會像夢想樂園裡的人一樣，下場變得很悽慘。

不知不覺間，納莉亞流下淚水。

身體受到毒藥侵蝕，在地上難看爬行的自己好丟臉，讓她好想去死。

為什麼事情就是不能順順利利？她都已經盡那麼大的努力了，還不夠嗎？

甚至被雷因史瓦斯嘲笑。凱特蘿也背叛她。自己一直被人欺騙。我的理想，是不是都沒人能夠理解？

乾脆放棄吧。放棄了就能解脫。

「──納莉亞，抱歉，肩膀可以借我靠一下嗎？」

這時納莉亞抬起臉龐，看到可瑪莉臉上浮現苦悶的表情，慢慢挪動身軀。

「要靠我的肩膀……妳想幹麼？」

「我要過去追雷因史瓦斯，這樣下去大家會有危險。」

納莉亞當下呆呆地張著嘴。可瑪莉的模樣很悽慘。剛才被人使勁毆打，身上的衣服亂七八糟，肩口那裡被人切開，流下的血液弄髒地面。可是她眼裡並未出現絕望之色。那模樣真的好耀眼。

「我沒辦法，毒藥讓我動彈不得。」

「這樣啊……但不只是佐久奈，迦流羅也來了。現在放棄還太早。」

「就說沒辦法了。天津・迦流羅只是個空包彈……」

「迦流羅的事情，妳又了解多少。她可是能夠瞬間將敵人做成蕎麥麵喔。」

「完全不理解的人是妳才對……」

納莉亞臉上浮現出自暴自棄的笑容，嘴裡繼續說著。

「為什麼……為什麼在這種情況下，還要那麼努力？」

「我也不想努力呀。但是不努力不行……雖然很痛、很辛苦，但我是七紅天大將軍……就算什麼忙都幫不上，還是不能放棄。」

「沒用的，對手可是五千大軍……」

「搞不好是假的啊！不去看看怎麼知道！」

「那不是假的！真的有五千人，雷因史瓦斯沒道理騙人。」

「有五千人又怎樣，我可是殺過五億人的大將軍。」

「那才是騙人的吧！」

「對啦騙人的！可是不過去就什麼都不能做了！」

「去了也一樣沒用啊！就算有烈核解放，還是無法戰勝！」

「烈核解放!?妳在說什麼啊——」

納莉亞感到一陣錯愕。她已經隱約發現了——這個人對自己的能力並沒有真正意識到，只靠著她的韌性去迎戰敵人。總覺得眼前這個小姑娘好像別種生物。只見可瑪莉痛苦地喘息，同時撐起身體。

「能不能贏，試試看才知道吧。」

「是沒錯！但是……我辦不到。被很多人瞧不起……又做不出成果……我的理想只是空談而已，我已經明白了……」

「那哪裡是空談！」

可瑪莉接著大喊，那讓納莉亞不由得挺直背脊。

「……一開始，我覺得妳是個傻瓜。想說妳突然邀我一起征服世界，有什麼毛病啊。可是再次跟妳見面談過之後，我有點改觀了。可能曾經是媽媽學生的事情也起到加分作用，但我覺得妳的想法很棒。」

「……是我想得太美好了吧，竟然想要打造人們會互相為彼此著想的世界。」

「可是我很喜歡，喜歡妳說過的話。」

納莉亞的腦袋頓時停擺，但很快又開始轉動。

「就、就算妳說喜歡好了，無法實現的理想根本沒有任何意義……」

「那些理想是不是空談，這取決於妳！」

妳有什麼資格說我——納莉亞很想這樣回嘴。

可是她說不出口。因為對方的氣勢太強大，她被比下去了。

這時可瑪莉目不轉睛地直視納莉亞的雙眼，嘴裡這麼說。

「——妳擁有美麗的心，我很喜歡！」

「唔……我這種人再怎麼努力也……」

「妳吸我的血吧。」

「咦？……咦？」

「聽說吸血鬼會互相共享血液，當作是信賴的證明。既然不被他人認可害妳感到不安，就讓我來認可妳吧。這種事情，我之前沒跟其他人做過……不過！納莉亞是同志！如果跟妳一起，我覺得我有辦法征服世界！所以妳吸吧！」

納莉亞為之心動。

互相分享血液——六年前正是眼前這名少女拒絕與她那麼做。

如今她總算被這名少女認可了。

不，她還真是奇怪。居然對著不是吸血鬼的人種要求她「吸血」。

這時納莉亞搖搖頭，像是要斬斷心中的迷惘。

血液的事情姑且不論。

她說那些話形同雪上加霜。

要征服世界？開玩笑也該有個限度。不過就是兩個小姑娘，又能夠做些什麼？對手可是企圖征服世界的大國，還有五千大軍。按照常理來想，她們反而會被人像螻蟻般殺掉吧。

不過。

納莉亞心中燃起一把火。

馬特哈德奪走她的家人，一天到晚被雷因史瓦斯欺負，還被凱特蘿背叛——甚至讓她懷疑這個世界的一切都是為了阻礙她實現夢想。但其實不是那樣。還是有人能夠理解她。

「抱……抱歉，我說了那麼自以為是的話，要妳喝血很噁心吧。」

這時可瑪莉如大夢初醒般低頭。

「……不。」

納莉亞閉上眼睛搖搖頭。

接著她在地面上爬行，靠到可瑪莉身邊。

「納莉亞……？」

「妳的信賴，我就收下了。」

她的右手輕輕放上可瑪莉的臉頰。光看都覺得很痛，可瑪莉身上渾身是傷。過去碰傷了一大塊的肩口實在過意不去，納莉亞決定將臉靠近對方的臉頰，將附著在嘴角上的紅色血液舔掉。

有血液的味道。這是當然的。

她差點嗆到。因為其他種族的血對翦劉種來說是毒藥。原本就算有人拜託，她也不會去攝取吸血鬼的血液。

但怎麼會這樣呢？納莉亞心中充滿無與倫比的滿足感。終於可以跟可瑪莉心意相通了——這份感慨占據心房。

納莉亞在極近的距離下凝望可瑪莉的雙眸。

眼前這個吸血姬臉好紅，感覺都快冒出蒸汽了。

「納、納莉亞，妳還好嗎？」

「還好啊，多謝款待。」

「招、招待不周……」

納莉亞不由得笑了出來。

她還是跟以前一樣，一點都沒變。

總是能夠將納莉亞的心引向正途。

對——現在放棄還太早，應該還有其他的方法可用。

例如對蓋拉・阿爾卡以外的五個國家請求援軍支援。不然就是去暗殺馬特哈德。或是準備封了煌級魔法的魔法石，將那五千人一網打盡。

對，我已經決定要改變阿爾卡了。

快想起那些明明沒罪卻被抓起來的人有多麼悲慘，還有那些被馬特哈德折磨的人，要記取他們的心聲。以及被那些笨蛋玩弄、進而喪失性命的人，要將他們的心念刻在心中。

我就是斬殺敵人的刀劍，現在怎麼能當軟腳蝦。

就在這時，納莉亞的身體出現異常變化。眼睛很燙，身上出現灼熱的痛楚。再也無法忍耐的納莉亞用手按住臉龐，跪倒在地上。可瑪莉拚命呼喚她，可是她沒餘力去管了，心底湧現一股強烈的灼熱感。

《——烈核解放【盡劉之劍花】——》

腦袋中浮現出這麼一句話。這將是開創新局面的關鍵。

從前老師好像有說過。能夠改變世界的關鍵必定是人心，能夠將這股堅強心念具體呈現出來的力量就叫做「烈核解放」——

納莉亞慢慢站了起來。

她在心中默念，試圖發動「那股力量」。

結果「喀啷」一聲，地面上出現雙劍。這是老師給予的貴重寶物。納莉亞用右手握著劍，試著輕輕揮動。結果原本還在折磨那副身軀的麻痺感都消失不見了。

因為她斬斷了「毒藥」帶來的痛苦。

這下納莉亞立刻明白。

【盡劉之劍花】是能夠斬斷所有東西的特異能力。

可以讓絕無僅有之物共享出去，與其他種族分享，是利他的劍技。

老師灌輸她世界大同的思想，以此為基礎，心靈的樣態化為實體顯現出來。

擁有這股力量，或許就能改變世界。

「……納莉亞，這該不會是——」

「謝謝妳，可瑪莉。我好像有了新的收穫。」

納莉亞說完牽起可瑪莉的手。

從她身上流淌出源源不絕的勇氣，這讓納莉亞的身體跟著熱了起來。可能是傷口在痛吧，可瑪莉的表情有點痛苦，但她還是踩著堅定的腳步站了起來。

「妳要去哪？難道是……」

「喀鏗」一聲，納莉亞握住雙劍。

「我要先去實現我的初衷，晚點再來殺敵。」

☆

天津・迦流羅難以壓抑心中的怒火。

因為蓋拉・阿爾卡共和國就想擾亂世界和平，是真正的無法之徒。那些被關在監牢裡的人都遭受慘無人道的暴力對待，身心俱疲。那些人親口跟迦流羅說他們被拿去做實驗，用來測試新的魔法，不然就是淪為檢測器，用來調查魔核的恢復能力，甚至被士兵抓去洩憤。

迦流羅天生就是怕麻煩的人。碰到不想看的事情，她會裝作沒看見，認為這才是最棒的生存戰略。但這次的事情讓她忍無可忍。迦流羅心中還是有那麼些正義感存在。

「來來來，我們來到夢想樂園了！來看看馬特哈德做的事情有多麼壞!?但有人阻擋我們尋找真相，那就是異常強大的女僕！如今就在我們眼前，蓋拉・阿爾卡的女僕和佐久奈・梅墨瓦閣下，加上天照樂土『鬼道眾』小春小姐，三人正展開一場激烈的戰鬥！各位請看，牆壁和天花板都被流彈打到坑坑疤疤的！」

「梅露可小姐……我們回去吧。這樣會被殺掉。」

「被殺掉也沒關係！死在戰場上也算死得其所！」

「骨子裡不是記者是戰士，誰來想想辦法！」

就在迦流羅身旁，那兩個新聞記者正在上演謎樣的搞笑橋段。來夢想樂園的途中，半路上遇到這兩人。對方追根究柢採訪她，之後發現雙方的目的地一致，這才順水推舟一同行動。

可是帶她們過來或許是正確的選擇。

那個看起來像相機的「電影箱」，是能夠將影像傳送到全世界的超稀有神具。能在轉眼間將蓋拉・阿爾卡的不法行為暴露給世人知曉——不，姑且先不管那個。

「小春～！妳要加油喔～！」

就在迦流羅眼前，少女們正在展開殊死戰。

佐久奈・梅墨瓦對上凱特蘿，還有鬼道眾的小春。

佐久奈沒有死在卡拉奈特那邊。奇怪的是她還知道黛拉可瑪莉在哪，於是迦流羅就替她治療，還把她帶過來——但是一來到夢想樂園，這個人就失控了，還自顧自不顧一切衝上去攻擊敵人。跟凱特蘿打了一陣子又跑回來了。她搞不懂。是不是找到黛拉可瑪莉和納莉亞·克寧格姆了？原來那個女僕是馬特哈德的手下？

「去死吧，翦劉種。」

小春放出的忍者暗器射向凱特蘿，佐久奈放出的冰柱也射過去。但她的動作就好像特技人員，將那些忍者暗器全都打落，還放出必殺劍戟魔法。能夠砍斷一切的斬擊朝忍者少女射去，卻被佐久奈叫出來的【障壁】漂亮擋下，沒能擋開的流彈被小春用「替身之術」和「煙霧之術」巧妙化解。

「去死吧，阿爾卡的敵人。」

此時凱特蘿將劍高舉，接著一揮而下。小春用媲美軟體動物的動作避開。而且她迅速繞到敵人背後，呈銳角狀刺出短刀。不料凱特蘿用劍的刀柄防禦，接著佐久奈揮動魔杖打過來，凱特蘿在千鈞一髮之際閃避，還給對方回馬槍——這一連串攻防速度快到連眼睛都追不上。迦流羅都看糊塗了。雖然她看糊塗，卻要裝作看得很明白。

「好強……！天津將軍，剛才的攻防戰究竟是——!?」

「那是非常厲害的攻防戰。」

「女僕的動作好快喔！那是不是某種魔法？」

「對，是某種魔法。至於是哪一種魔法，大家可以自行想像。」

「哇哇，佐久奈閣下好像屈居下風！這樣下去沒問題嗎!?」

「這樣下去很不妙，所以我認為不能繼續這樣下去。」

「……梅露可小姐，這個人是不是隨便說些話來應付啊？」

她的確是隨便找些話來說。

然而迦流羅依然仔細觀察周遭。

被抓來這邊的人——人數上在一樓那邊有兩千五百一十八人。翦劉種占八成，和魂種一成，其他種族一成。在國境地帶失蹤的和魂種共有一百九十人，確定還有一百五十人存活。其他的沒找到，恐怕在更下方的樓層吧。

此時迦流羅拿出通訊用的礦石，並灌注魔力。一發訊馬上有人回應。

「大神大人，已經確定蓋拉‧阿爾卡是有罪的。」

『我都透過迦流羅的眼睛看見了，這樣我們就能心無旁鶩作戰。』

「是，可是在戰鬥之前，我們要救出被抓的人。幸好除了凱特蘿小姐，這個夢想樂園似乎沒有其他敵人。我來去找鑰匙。」

『麻煩妳了——不對，看來已經沒那個必要了。』

「嗯？什麼意思啊？」

就在那個時候，一陣桃色的旋風來襲。

有一股強烈的魔力沿著牢獄深處延伸過來。

不僅如此。還有一些人——原本應該被抓起來關在深處的大批民眾都跑了過來，他們欣喜若狂。

小春、佐久奈和凱特蘿在那瞬間全都看向該處。

那些人逃走了，有人將那些牢獄破壞。

「是納莉亞大人！」「納莉亞大人終於挺身而出了！」「這下蓋拉．阿爾卡完了！」——人們嘴裡都在讚頌那位「月桃姬」。

這下迦流羅才明白。

這些都是那個桃色少女做的。那名少女並非尋常翦劉種，是足以站出來背負這個國家的大人物，擁有相應的器量。

『犯人都被放出來了。這下時勢有利於我們。』

「時勢固然重要，但凡事都該講求公正。想來納莉亞小姐順勢將所有的囚犯都放出來了。但並非所有人都是無辜的。」

『關於這點，晚點再處理也無妨。迦流羅，就麻煩妳了。』

「是，我已經把他們的臉都記住了，不會讓任何一個人溜掉。只要動用鬼道眾，之後隨時都能逮捕那些罪犯。」

這樣的工作還真是乏味，迦流羅心想。可是乏味的工作才適合自己。
希望之後別受戰事波及——迦流羅打從心底如此發願。

☆

那對雙劍將監牢逐一破壞。
已經不需要鑰匙了。烈核解放【盡劉之劍花】是能夠砍斷一切物品的特異能力。不管是多麼堅硬的物質，揮動那刀劍都能輕易一刀兩斷。
一開始俘虜們都呆愣地仰望納莉亞。可是當納莉亞大喊「我來救你們了！」，他們眼裡就出現希望之光，拔腿衝了出去。
——納莉亞大人萬歲！納莉亞大人萬歲！
——我們要讓馬特哈德政權垮臺！
這樣的氣氛在夢想樂園裡瀰漫開來。
「納莉亞！這邊也有好多牢房！」
「知道了！」
在可瑪莉的催促下，她們陸陸續續將被囚禁的人放出來。
人們開始展開大逃亡。再也沒有人會苛責他們。原本一直在虐待他們的守衛都被雷因史瓦斯帶走，前往核領域了。

「來吧，我們走！大家要挺身改變阿爾卡！」

納莉亞邊破壞牢獄邊在夢想樂園中前進，人們的歡呼聲令空氣都為之震盪。就算逃脫這些牢籠，外面還有五千大軍在等著，情況不會有太大的改善吧——然而納莉亞的心態已經改變了。

可瑪莉帶給她勇氣，人們對她投以期待的目光。她願意不計一切改變阿爾卡，心中萌生灼熱的意念。

為了實現這些，要把敵人都收拾掉。

即便敵人這五年來片刻不曾從納莉亞身邊離開，不論悲傷痛苦，那名少女都在她身邊，與她同甘共苦，而且心地善良——但她若是要阻撓自己前進，納莉亞就不會心慈手軟。

此處是夢想樂園地下一樓。那個少女正手握刀劍，和聽命於迦流羅的忍者及銀白色吸血鬼作戰。

「凱特蘿！」

當女僕回頭張望，那表情彷彿被人當頭澆了一盆冷水。

「納莉亞大人，您怎麼會……！」

「妳這個不像樣的僕人——我是來教訓妳的！」

納莉亞說完使勁揮動雙劍。

凱特蘿揮舞納莉亞印象中不曾看過的長劍，藉此抵擋攻擊。

金屬和金屬互相碰撞，發出刺耳的聲響。

然而雙方並非勢均力敵。碰到烈核解放，無論怎樣的金屬都形同紙屑。

凱特蘿的長劍被納莉亞的雙劍一分為二。

「納莉亞、大人——！」

「妳是我的僕人！敢違抗主人，這樣的女僕必須遭到懲罰！」

「不是的！這一切……全都是為了納莉亞大人好！」

凱特蘿將壞掉的劍扔掉，臉上浮現既困惑又惱怒的神情。但她不愧是八英將，依然用行雲流水的動作自懷中取出短刀，準備迎戰敵人。

「太慢了！」

此時納莉亞用極快的速度發動突刺，那個短刀一下子就被砍飛了。

凱特蘿狀似焦急地後退。

可不能讓她逃了。

這時納莉亞丟掉雙劍，用左手抓住她的手腕。

只見凱特蘿臉上神情扭曲，似乎在想「糟了」。

既然會露出這樣的表情，那從一開始就別背叛啊——對自家女僕的鬱憤和不滿都在當下爆發開來，使得納莉亞握緊拳頭。

「明明就是個僕人——別反抗我啦啦啦啦啦啦！」

對準凱特蘿的側臉，納莉亞用力打下去。

☆

凱特蘿的身體變得像顆球，就這樣飛了出去。

她癱坐在地面上，一動也不動。該不會被殺死了吧——納莉亞心中頓時感到一陣不安，但過沒多久，凱特蘿就開始輕聲啜泣。

納莉亞慢慢靠近她。

年幼的女僕看起來模樣悽慘。並不是因為被打的關係，而是有著深深的悲傷、無力和無奈——再和其他負面情感混雜在一起，才讓她臉上浮現絕望的表情。

「納莉亞大人……我、我只是希望妳能幸福。」

「強加給我的幸福，我不需要——妳想要我怎樣？」

納莉亞彎下腰，開始端詳對方的臉。究竟是什麼樣的動機驅使著凱特蘿？她眼裡流出一顆又一顆的淚珠，不停哭泣。

「我不能打倒馬特哈德。他雖然真的很壞，卻是英雄。所以……我不希望納莉亞大人再受到更多傷害。」

「妳是雷因史瓦斯的妹妹吧，難道都沒有把我當成一文不值的東西看待？」

「沒有——」凱特蘿拚命搖頭。「我……一直被哥哥虐待。他說不夠強就沒有活下去的價值……逼我做地獄特訓。可是納莉亞大人卻很珍惜我。看到我受傷會為我擔心，還說我是最棒的僕人，而且會替我慶祝生日……」

「這就奇怪了。妳還想讓我對雷因史瓦斯臣服不是嗎？」

「哥哥很糟糕，就像人渣一樣，他是鐵渣。但以前的他好像是更棒的人。還有……哥哥會虐待的對象都是自己的敵人，不然就是任他擺布的棋子，全都是其他種族。他對於『自己的東西』會很珍惜。」

「簡直莫名其妙。不對，這樣好扭曲。」

「對不起，對不起……但我覺得……納莉亞大人應該要忘記那些痛苦的事情，過上和平的生活。否則這樣下去……您的精神可能會支撐不住。」

「我不可能發瘋，再說還有可瑪莉在。」

這時凱特蘿為之屏息。接著她似乎頓悟了，變得又哭又笑。

「納莉亞大人果然很厲害……就請您……忘了我吧。」

「妳只是進入反抗期啦。不過是被僕人稍微咬一口罷了，我不會為那點小事生氣。」

「咦……」

「那妳以後對我有什麼不滿就用說的，就妳自己一個人憋著不太好。」

納莉亞說完轉身離去，凱特蘿則是無聲地哭泣。雖然納莉亞不明白她背後有什麼苦衷，但時間多得是。之後大可透過溝通與她深入交心。

「克寧格姆小姐，可以借點時間談談嗎？」

叮鈴——在那之後傳來一聲鈴音。

不知不覺間，周遭已經聚集了一大堆人。有天津．迦流羅，她的忍者部下，拿著攝影器材的貓耳少女、手持麥克風的蒼玉種少女，還有那個表情看起來快死掉卻沒死成的青髮女僕，加上背著她的可瑪莉。還有靠近可瑪莉、看起來就快哭出來的佐久奈．梅墨瓦，她嘴裡說著「妳還好嗎!?」最後是一大票被納莉亞放出來的囚犯——

「怎麼了？接下來我要去追擊雷因史瓦斯。」

「對方那邊聽說有五千大軍，克寧格姆小姐一個人去是沒有勝算的。」

囚犯們這時開始騷動起來。

迦流羅說得很對。就算她擁有烈核解放，要對付樂園部隊還是會很吃力吧。那最好的辦法就是請求其他國家支援——可是，會有國家願意特地調動軍隊嗎？這次不是娛樂性戰爭，而是真正的戰爭。他們很有可能不願消耗資源，要一直當旁觀者。

「……就算沒有勝算也要作戰，這就是我的使命。」

「只靠妳一個人是不行的。忍者有帶回消息，說敵人邊襲擊核領域的都市邊朝向費爾進軍。據說他們所到之處，之後都留下滿坑滿谷的屍體——那不是一般的敵手，很危險。」

「……那梅露可小姐，我們要不要逃跑？不然會被害死吧？我聞到死亡的味道了？」

「噓！給我閉嘴，笨蛋蒂歐！接下來的時代是屬於這些將軍的，她們正在研擬厲害的作戰計畫！快看，天津・迦流羅的表情多麼正氣凜然！」

「……咳咳。總而言之，我覺得要先想好作戰計畫。單槍匹馬不顧一切殺過去只會平白丟掉性命。」

「但妳不是連宇宙都能破壞的五劍帝嗎？」

「…………………………話是這樣講沒錯，但為了確保事情不會出差錯，我們還是先來擬定對策吧。」

「這陣停頓是怎樣。」

這時有人發出嘆息聲。「已經沒戲唱了。馬特哈德打算征服世界。」——就像這樣，甚至還有人萬念俱灰地抱頭痛訴。

目前情況的確說不上樂觀。目前姆天同盟這邊的人都已經很疲憊了，看看那些殘存的戰力，對方的五千大軍一對上便顯得份外強大。他們成功將夢想樂園邪惡的一面抖漏出來，但對方若是用武力逼他們就範，這一切就沒意義了。為了與之對抗，全世界的人們必須攜手共同面對。

但若想這麼做，要讓人們覺得「這一仗有勝算」才行。

沒錯——需要一股壓倒性的力量，為世上所有人的心點起明燈。

天津・迦流羅沒有那樣的力量。

能夠破壞宇宙的，並非這名和服少女。

納莉亞的目光開始在現場遊走起來。接著她看中那名少女——黛拉可瑪莉・崗德森布萊德，對方正一臉悲傷，將薇兒海絲打橫放在地上。

「可瑪莉，可以借用一點時間嗎？」

「怎、怎麼了？」

這時納莉亞慢慢靠近她。

佐久奈・梅墨瓦趕緊擋在納莉亞面前。

「納莉亞小姐，妳還不值得信賴。請不要靠近可瑪莉小姐。」

「不用防成那樣啦，我是可瑪莉的主人喔。」

「咦？主、主人——」

她推開銀白色的吸血鬼，來到可瑪莉面前。可瑪莉臉上浮現驚訝的表情，抬頭看著她。必須讓這女孩發揮力量才行。前些日子在七紅天爭霸戰上，那幫恐怖分子對上她毫無招架之力，而且她還讓蓋拉・阿爾卡的領土都凍結了，必須讓可瑪莉將這股最強之力徹底發揮出來。

可是可瑪莉沒辦法自行發動烈核解放。

她甚至沒有察覺自己身上蘊含破天荒的力量。

發動的契機究竟是什麼呢——接著納莉亞想到一件事。之前在翦劉種茶會上，可瑪莉有過一些行為。還有潛入夢想樂園的時候，她跟薇兒海絲說過一些話。以及六年前——她堅持不吸納莉亞的血液。關鍵應該就是這個了。

「——對了可瑪莉，我想跟妳一起作戰。妳也有同樣的心情吧？」

可瑪莉的雙眼略為睜大。

「那是當然的。敢傷害薇兒和大家，這樣的人不能原諒。」

「是嗎？那我知道了。」

緊接著納莉亞拿在手裡的雙劍轉了一圈，為她帶來一股微微的刺痛感。

那刀刃從右手劃過，薄薄的皮膚一下子就被切開，鮮血滴至指尖。

周遭其他人都發出悲鳴，可瑪莉則是慌亂地大喊。

「妳、妳在做什麼啊！又不是那個變態假面……」

「這是謝禮，我要讓妳喝我的血液。」

「血液!?不等等，那個就不用了！」

「妳都分血液給我了。如果還不吸食我的血液，我會很傷心。」

「有、有妳這份心意就夠了，我會喝番茄汁來代替。」

「那樣不行吧。這是用來確立信賴關係的儀式。」

納莉亞在這時蹲下，跟可瑪莉視線齊平。

對方紅著臉低下頭。在她背後的佐久奈・梅墨瓦接著開口。

「咦？妳喝過可瑪莉小姐的血液？這是怎麼一回事？請詳細說給我聽。」

她還用冰冷的語氣說了些話，但是納莉亞決定裝作沒聽見。

「來吧，也喝喝我的血液。」

「不、不要！不行啦！雖然這是祕密，但我討厭血液！」

「挑食不好。妳會這麼嬌小都是因為不喝血液的關係吧？」

「唔……可是我有喝牛奶！之後應該會長高！」

看到可瑪莉連聲推辭還向後退，納莉亞突然有點想欺負她。不——自己的嗜好不重要。眼下需要讓這名少女拿出真本事，否則無法搗毀蓋拉・阿爾卡。

「可瑪莉，我現在說的都是認真的。妳身上有強大的力量，喝下我的血就知道了。」

「……是一天就能長高變成一百八十公分嗎？」

「不是那樣。但這能夠將妳真正的價值發揮出來。」

「就算妳這麼說……」

「我的老師是妳的母親。換句話說，我們形同姊妹。對於姊姊說的話，可以稍微試著相信看看嗎？」

「可是──」

「我想跟妳一起改變世界。如今我覺得自己能做到了。」

「…………」

可瑪莉有好一陣子都沒說話。

但她很快就用堅決的目光回望納莉亞。

「……不能原諒傷害大家的人。這個世界不是屬於馬特哈德一個人的，而是大家的……」

「沒錯。」

「雖然不曉得我能夠做些什麼，但我想要跟妳並肩作戰。」

納莉亞不由得笑了出來──果然沒錯，這個吸血鬼是這世上最能與納莉亞心意相通的人。她在心裡發誓，總有一天一定要收她當僕人。

納莉亞將手指塞進可瑪莉口中。

一開始可瑪莉還扭來扭去，做些微不足道的反抗。

但異變就在那時無預警發生。

整個世界都因此染上金黃色。

☆

這個決定性的畫面傳送到世上各個角落。

不對——不是只有影像而已。據說曾有高達數百萬人都親眼目睹那股魔力，全是來自於她。

舉個例子，有些都市被樂園部隊的五千大軍蹂躪。而那些士兵都被剝奪情感，變得如機械一般，會毫不留情殺人、破壞街道，將一切掠奪殆盡。

才短短一小時，都市就變成悽慘無比的廢墟。

人們都對蓋拉·阿爾卡的武力感到恐懼不已，早已萬念俱灰。

「接下來整個世界都會風雲變色。」「馬特哈德會得到一切。」「我們沒有未來可言。」「翦劉種的時代要來了。」——處處可見絕望蔓延。

但這時突然出現希望。

在遙遠的東方，那片藍色天空被金色的光芒照亮。

「那是——什麼……」

看起來就像爬升至天際的黃金龍。

正確來說並非如此，那是一股龐大的魔力。

能夠斬斷一切回歸虛無，是一股壓倒性的魔力。

『全國民眾請看！黛拉可瑪莉・崗德森布萊德閣下終於要拿出真本事了！——』

高空中的螢幕傳出某人的聲音。

光只是這樣，人們就明白一切。總算——總算有英雄挺身而出。她就是能夠染紅天際的大將軍黛拉可瑪莉・崗德森布萊德。

只要有她在，再也沒什麼好擔心的了。

那個壞透的總統企圖獨霸世界，眼下就是他遭到制裁的時刻。

不知道打哪來的，開始有人呼喚她的名字。「可瑪莉！可瑪莉！」——是在七紅天爭霸戰中出現過的口號。那陣呼喊很快轉變成充斥整座都市的盛大歡呼。因樂園部隊蹂躪而生的悲傷全沒了。

能夠輕易化解人們心中的絕望，這股強大的力量就寄宿在可瑪莉身上。

可是聽在她本人耳裡，人們的聲援就像雜音吧。

她所想的只有——殺掉對世界造成威脅的敵人。

要跟納莉亞齊心合作，一同粉碎馬特哈德的野心。就只有這些。

「轟！」的一聲——強烈的魔力風暴在夢想樂園內颳起狂風。

那是增添了駭人殺氣的金色魔力，在場所有人都因過度震驚說不出話來。天津．迦流羅還因恐懼過度導致腿軟，是小春出面才勉強支撐住她。

那強大的魔力漩渦讓人暈頭轉向，而那名少女就站在正中央。

黛拉可瑪莉．崗德森布萊德。

彷彿要包覆整個世界的金色魔力從少女身上滿溢而出。

她的表情很空洞。可是那對紅色的眼眸有著光芒，顯得毅然決然。

突然間，黛拉可瑪莉就像在撫摸貓一般，動了動她的手。在金色魔力的引導下，空無一物的空間出現某種「物體」。那是發出金色光芒的劍。她不慌不忙，用很自然的動作握住刀柄，接著像是在試刀——

劍「咻——」地揮了一下。

難以用筆墨來形容的衝擊頓時襲捲整座地下空間，狂暴的魔力形成斬擊——應該說是餘波。黛拉可瑪莉用劍放出金色的衝擊波，直接貫穿牢獄的天花板，甚至突破上頭地表的岩盤，消失在天空的彼端。

還在天花板上開了大洞。

在青藍色陽光照耀下，黛拉可瑪莉身上釋出的殺意直指某個方位。

她的樣貌像是正統翦劉種會有的樣子。

右手握著黃金劍，而且還憑空生出無數的刀劍，開始在她四周盤旋。這正是名聲威震六國的至高烈核解放——【孤紅之恤】。透過翦劉種的血液喚來奇蹟般的特異能力，能夠自由自在創造出各種武器並運用自如，是究極的「劍山刀樹」。

「好、好厲害……太厲害了，崗德森布萊德閣下！」

新聞記者歡喜到渾身發抖，還靠近黛拉可瑪莉。

從貓耳少女手中奪下「電影箱」，自顧自對著殺戮的霸主做突擊採訪。

「全國的民眾請看！黛拉可瑪莉．崗德森布萊德閣下終於要認真應戰了！這樣就能拯救世界！五千大軍根本不算什麼！——來吧崗德森布萊德閣下，請說句有魄力的話！」

麥克風對準了那名少女。笨蛋，會被殺掉——大家都這麼想。

少女慢慢舉起那把劍。「啊，我想起還有事情要辦，先回去了。」——迦流羅說完這句話正準備轉身走人，可是黃金的吸血姬將發光刀尖指向神具「電影箱」，也就是在世間所有人的眼前出劍，然後靜靜地宣告。

「我要毀掉蓋拉．阿爾卡。」

☆

整個世界都為之撼動。

黛拉可瑪莉・崗德森布萊德的魔力在六國主要都市間用光速逡巡，給一些人希望、讓一些人絕望，還將某些人從地獄深淵拉了起來。

「是閣下……閣下覺醒了！」

在核領域的城塞都市卡拉奈特。被八英將帕斯卡爾・雷因史瓦斯打到沉臥血海的吸血鬼在魔核效果作用下，陸陸續續復甦。這樣的恢復速度並不尋常，光只是聽到可瑪莉閣下的聲音，這幫人就從地獄深淵爬了上來。

「咕、呵呵，呵呵……那些鐵鏽還真敢做……」

渾身是血又長得像枯樹的男人——卡歐斯戴勒・康特那表情彷彿遭被害人過度防衛，被人痛扁一頓的犯罪者，此時他發出呢喃。其他第七部隊成員眼中也帶著憎恨，陸陸續續爬了起來。他們都心懷恨意——對象是蓋拉・阿爾卡的鐵鏽們。

而且不只是第七部隊而已。第六部隊佐久奈小隊、第四部隊德普涅小隊，再加上天津・迦流羅小隊，這些人都陸陸續續復活。

「《魔核啊魔核，讓靜止的萬物復活吧。》——中級回復魔法【供給活性化】。」

這是德普涅的魔法。而且這個戴面具的吸血鬼平常就一天到晚割腕，因此對裂傷的承受能力很強，雖然被雷因史瓦斯狠狠砍中，也不至於徹底喪命。因此很快就復原了。

德普涅眺望東邊那遙遠的天空，亦即夢想樂園的所在方位。

那裡屹立著貫穿天際的黃金柱。跟上次的白色魔力不一樣，但那八成是黛拉可瑪莉弄出來的。那個吸血姬終於要挺身而出了。

「……戰況如何？」

「是，敵人大約有五千人。在進軍的路上將那些城鎮攻陷，朝著晝爾前進。」

五千這個數目確實令人為之驚愕，也不曉得怎麼會出現那樣的軍隊。但知道黛拉可瑪莉・崗德森布萊德有多少能耐的人，心中都不會感到恐懼吧。那個吸血姬能不能打倒敵人還是未知數——但她就像能夠引導世人的明燈。看看在周遭騷動的群眾就能明白，以此為契機，人們的心火已隨之引燃。

第七部隊那幫人開始如猛獸般狂奔。

他們可不能落後其他隊伍。

「我們去支援黛拉可瑪莉・崗德森布萊德將軍——開始進軍。」

不過就是烈核解放罷了，有必要鬧出那麼大的騷動？——白極聯邦書記長對此嗤之以鼻。

然而黛拉可瑪莉・崗德森布萊德的覺醒確實撼動列國。

前些日子舉辦的七紅天爭霸戰單純只是娛樂節目。但這次不一樣。眼下正是攸關國家存亡的生死關頭，面對前所未見的事態，所有人都感到懼怕，但那女孩說要「毀掉那國家」，彷彿能夠抹去人們心中所有的不安，鼓舞所有人的心。

率先展開行動的是天照樂土。原本還留下兩個部隊待機，用來保衛母國，如今也送進核領域了。

再來是拉貝利克王國的哈迪斯・蒙爾基奇中將，他擅自發動突襲行動。疾聲高呼「我們追隨崗德森布萊德將軍！」受到這句話撩撥，不管是草食派還是肉食派，獸人全都跟著躁動起來。

緊接著是夭仙鄉，將所有的部隊全數投入戰爭。身為公主且是「三龍星」的艾蘭・林斯出面譴責天子，說「這次不能投機當牆頭草」，親自率軍朝核領域出兵。

最後才願意勞動尊駕的正是白極聯邦。「不順勢而為小心之後沒好果子吃」——他們會採取行動似乎是基於這樣的政治考量。那個普洛海莉亞・茲塔茲塔斯基曾經暫時加入姆天同盟，之後又孤身一人逃脫費爾，這次白極聯邦撥部隊給她，讓她出兵參戰。

而且在納莉亞的活躍表現下，被關在夢想樂園裡的人全都被放出來了。且新聞記者梅露可和蒂歐出面採訪，將總統的惡行惡狀公諸於世。

共和國首都的示威行動演變成暴動。前去鎮壓的八英將索爾特・艾克納斯被人從背後用金屬球棍毆打致死。

人們想找出不知去向的馬特哈德，繼而引發一場空前絕後的大動亂。

——我們追隨納莉亞將軍！

——要給馬特哈德制裁！為阿爾卡帶來變革！

——我們現在就要起身對抗！六國齊心合力粉碎這股惡勢力！

——可瑪莉！可瑪莉！可瑪莉！可瑪莉！可瑪莉！可瑪莉！可瑪莉！

在世上所有的都市裡，人們都在連聲呼喊可瑪莉的名字。

蓋拉・阿爾卡共和國已經徹底被貼上壞蛋的標籤。

兩名少女負責引領人們，此時可瑪莉和納莉亞正奔向敵軍。

她們背負了六國的期待和希望。

吸 Monmon

[7] 黃金盛世

故鄉因國王的暴政賣予其他國家。
收購者正是白極聯邦。蒼玉種突然變成統治他們的支配者，全都是些陰冷如冬日寒空的傢伙。他們會用瞧不起人的眼神看翦劉種，這是家常便飯了。還會罵他們鐵鏽、野蠻的劍種——被人中傷的次數已經多到數也數不清。
他們會被人在背後指指點點，突然被人用力推飛，甚至拿穢物扔在家宅門口。在保護年幼妹妹的同時，他還拚命承受那些公然為之的差別待遇。在忍耐的同時，心中也燃起一把復仇之火。對於欺侮自己的外來種族，他很惱怒。還有那個將故鄉拱手讓給敵國的國王，他只知道看人臉色，這也令人憤慨。將這不公命運加諸在他身上的世界亦讓人憤恨。
他只能想辦法變強。想要奪回一切就需要力量。
因此過完十五歲生日後，他就帶著妹妹前往阿爾卡的皇都。這是為了加入王國

Hikikomari the Vampire Countess no Monmon

軍磨練自己的身手。雖然去侍奉可恨的國王令人難以忍受，但這個國家很重視武力，若是想要飛黃騰達，除了當官就沒有別條路了。

「啊？像你這種臭小鬼沒資格加入軍隊吧。」

他早就做好心理準備，知道有可能被人掃地出門。當時在國王的主導下，王國軍規模越來越小，不會僱用新的士兵，而且也不會僱用家世也不清不白的年輕人。但他還是低頭拜託好幾次。不管是下雨的日子、颳風的日子，他都在地面上磕頭，做了無數次——

「真煩人。若是繼續糾纏，小心我把你砍了。」

「——讓他進來也無妨吧。」

就在八英府門前。有個桃色的少女突如其來現身。

衛兵的反應明顯變得很狼狽。

「納莉亞殿下！不知您來有何要事。」

「沒什麼，只是在散步——吶，那邊那個人。」

這時他抬頭看著少女的臉。對方臉上有著極為自信又燦爛的笑容。

「我每天都經過這裡，全都看在眼裡，你很有毅力呢。如果是你的話，或許會變成用來征服世界的好人才。我會去拜託馬特哈德，讓你加入王國軍。」

對方朝著他輕輕伸出手。這可不是隨便說說——故鄉遭人販賣、被那些沒心肝的蒼玉種虐待，苦於尋找出路而來到王都的青年帕斯卡爾・雷因史瓦斯覺得這個桃色少女真的就像神明一樣。

就為了這名少女征服世界吧。他暗自下定決心。

也許那樣的感情就像戀慕之情。

可是過沒多久，這種戀慕之情就朝著扭曲的方向發展。

當他以一介士兵的身分不斷努力時，有個吸血鬼教師引導納莉亞走上錯誤的路。之前她明明都聽從馬特哈德的話，在培養毀去其他種族應具備的思想，萬萬沒想到那種利他、愛好和平、看在被蒼玉種虐待的雷因史瓦斯眼中只覺得可笑的理想，納莉亞居然開始奉為聖旨遵循。

雷因史瓦斯曾經勸過她好幾次。跟她說翦劉種有多麼優秀，其他種族——特別是蒼玉種和吸血鬼有多麼低劣，國王的和平主義又是多麼空洞的空談——以及優秀的阿爾卡王國應該要稱霸世界的理由，他都解釋無數次了。納莉亞卻不領情。

「你就跟馬特哈德一樣，想法都很冥頑不靈。」

「還是能夠跟其他種族的人當朋友啊？」

「布丁就該跟人對半才對。」

雷因史瓦斯心中的煩悶隨之萌芽。為了實現復仇大記——為了將這世上的一切納為己有，他才會加入王國軍。日積月累接受嚴酷的鍛鍊，逐步累積用來實現願望的力量。他明明都做好準備，要為了納莉亞征服世界。

為了讓納莉亞開心，他做的努力從來沒少過。

產生危機意識的不是只有雷因史瓦斯而已。雷因史瓦斯待的部隊首長——馬特哈德為了顧全大局，最終做出冷酷的決斷。

「納莉亞殿下已經腐敗了。假如她即位成為下一任國王，阿爾卡會淪為姆爾納特和白極聯邦的傀儡吧。」

於是他發動政變。王公貴族都被抓起來，關進夢想樂園幽禁。王權體制瓦解，轉變為共和制度，蓋拉・阿爾卡共和國就此成立。當時納莉亞是什麼樣的表情，至今雷因史瓦斯依然忘不了。是失去一切的人常會有的表情，滿臉蒼白、充滿絕望。

原本納莉亞也應該被關進夢想樂園。可是那樣就沒意義了。必須讓她親眼目睹蓋拉・阿爾卡征服世界的那一刻，她才能改過自新。

「總統大人，納莉亞・克寧格姆就交給我來管理吧。她還有用處。」

會去跟馬特哈德如此提議，多半是基於私心吧。總而言之雷因史瓦斯救了納莉亞，還送妹妹凱特蘿去當女僕，這樣就可以全天候監視納莉亞。只不過——月桃姬從未屈服。

「去死吧，雷因史瓦斯。我才不會任你擺布。」

那充滿敵意的目光讓雷因史瓦斯心如刀絞。彷彿是要兌現這句話，這個亡國公主不停磨練劍技，靠不容質疑的實力爬上八英將之位。而且那小小身軀還懷著「剷除馬特哈德政權」的壯大野心。

這讓雷因史瓦斯很不是滋味。看什麼都不順眼。

因此雷因史瓦斯試圖整垮她。

再度將她推入絕望的深淵，等到支配世界後，再讓那個心高氣傲的月桃姬見識見識。讓她明白自己推崇的主義思想是錯的，憑藉蓋拉．阿爾卡的力量，他們將能得到一切——如此一來也能得到納莉亞．克寧格姆的心。

為了實現這點，必須把劣等種族全都殺光。

※

在姆爾納特的直轄地城塞都市格雷特中，人們正陷入恐慌。

那些來自樂園部隊的翦劉種已逼至眼前。站在城牆的瞭望樓上，發動遠視魔法的哨兵不由得屏住呼吸。因為那些敵人很不尋常。

對方人數總計五千人。每個人都像失去感情的機械，面無表情，可是從遠方看也能明確地感受到那股殺意，甚至在皮膚上留下刺痛感。這些是在夢想樂園被馬特哈德和雷因史瓦斯洗腦的「殺戮軍團」。那就是樂園部隊的真實面貌。

「母國那邊都沒有派人支援嗎!?」

「沒有……聯絡不上。」

就在城牆上方，士兵變得像無頭蒼蠅一樣。據說鄰近的城鎮已經遭到翦劉種蹂躪。那些傢伙絲毫不留情面。除非將一切全都破壞掉，否則不會住手——

就在這時，樂園部隊那邊有一股高濃度的魔力竄升。

翦劉種們射出火焰魔法。高速飛來的火焰彈打在城門上，撞出好大的聲響。魔法連續發射。飽含殺意的火焰彈在格雷特的城牆上撞擊數次，每每都讓城池搖撼，許多人因此發出悲鳴。

「這下完蛋了。」——那是來自某人的呢喃。

就連在城牆上視察敵軍動向的士兵也全都帶著絕望的表情跪倒。核領域內的一般都市都沒有太像樣的防衛機能。因為他們沒想到會有外敵入侵。所有人都沒料到「非娛樂性戰爭」會有開打的一日。

想必這個城塞都市也會跟其他的城鎮一樣，遭人毀滅吧——原先人們都如此認為。

霎時間一道身影飄過。

有人站到城牆上。

「咦——？」

那是一名蒼色的少女。渾身上下散發出來的氣息就像銳利的刀具，還是個吸血鬼。眼裡那堅定的意志令雙眸熠熠生輝。士兵們都在想——她是打哪來的。

伴著幾聲輕笑，少女舉起右手。

那纖細指梢指著的，正是那些準備打破城牆、無法無天的翦劉種。

「真可悲，就殺了你們吧。」

少女的指尖發出青色閃光。

這是初級光擊魔法【魔彈】。

任誰看了都會覺得這是杯水車薪吧——但結果並不如大家所想。

彈丸打在樂園部隊前端，那股魔力炸開，引發劇烈的爆炸。無法承受這陣衝擊的翦劉種全都被炸飛，毫無招架之力。現場揚起沙塵，還有血液飛散，緊接著突然出現一陣如雷貫耳的喊叫聲。

人們紛紛朝該處張望。就在城門和翦劉種之間，陸陸續續有軍團【轉移】過來。

有著血液波紋和蝙蝠紋樣的軍旗隨風飄揚。人們不會看錯——那肯定就是姆爾納特帝國軍的吸血鬼部隊。

九死一生的人們全都化為石像，驚訝到合不攏嘴。

少女待在城牆上，對吸血鬼們下令。那樣子看起來很威風，統率殺戮軍團的七

© riich

紅天大將軍就該有這樣的架勢——後來世人皆如此傳頌。

「——去吧，第五部隊。給他們一個痛快。」

當雷因史瓦斯抵達，樂園部隊已經停下腳步了。

地點就在城塞都市格雷特的城門前。

接獲馬特哈德的命令，他們會強制改寫行動，自動前往費爾。可是還沒有調教徹底，這幫人動不動就失控，得有人出面好好監督。事實上在進軍途中，他們似乎還襲擊一些無關緊要的都市。

看來這幫人還想蹂躪眼前這座城塞都市。

成功和樂園部隊會合的雷因史瓦斯馬上試著改變他們的行進方向。現在沒多餘時間攻陷這種地方。要趕緊發動【大量轉移】，讓他們前往費爾——原本是這麼打算的，他們卻跟人展開戰鬥了。

就在前方，身穿姆爾納特帝國軍制服的吸血鬼為了守護都市，正在攻擊翦劉種。雷因史瓦斯嘴裡發出一聲「嘖」。敵人那邊大概就五百人左右。不過浪費時間陪他們嬉鬧可不是好主意。他要快速將那些傢伙收拾掉，盡速前往目的地——

「——蓋拉．阿爾卡還真是愚蠢。」

就在雷因史瓦斯身側，有個人無聲無息降落。

他當下反射性拔劍。雷因史瓦斯耳中彷彿聽見細小的嘲笑聲。

「我都聽見哀嘆聲了，翦劉種們很恨為政者。」

「妳是什麼人！」

穿著青色洋裝的少女就站在那，一看就知道是吸血種。同時雷因史瓦斯也看懂了。負責指揮部隊保衛城塞都市的就是這個小姑娘。姆爾納特帝國那邊應該沒有這樣一位七紅天才對——但少女沒把雷因史瓦斯的困惑看在眼裡，而是笑著開口。

「遭到脅迫才聽從命令的士兵是很脆弱的。既然要做就要連他們的心都收買。」

「妳這傢伙是姆爾納特帝國的將軍？來這幹麼？」

「有人要我將功贖罪。我就先讓敵人的部隊無法繼續前進，結果那傢伙突然殺出來，這下我就沒有立功的機會了。」

「妳在說什麼……？」

此時雷因史瓦斯舉起刀劍，然而少女的態度依然從容。

「吶，說到那個夢想樂園，有在做激發烈核解放的研究吧？是不是『逆月』提出的點子？」

「住口。」

「實在太愚蠢了。烈核解放講究的是心靈力量，去傷害肉體根本沒用。疼痛只會讓恐懼和憎恨增幅。並不會鍛鍊心靈。天津老師是錯的。你們還聽信那個人的話拿取神具，只能說你們真的很愚蠢。」

「……閉嘴！」

雷因史瓦斯接著揮舞手中刀劍。沒道理讓這種來路不明的女人活下去。然而那個吸血鬼動作輕盈地跳開——還直接飛上天。這是飛行魔法。

「想來蓋拉・阿爾卡終究會滅亡。可惜了。」

「鬼扯些什麼！會滅亡的是你們！」

沒什麼好擔心的。就連眼前這個女人，他都會很快將她大卸八塊。然後統治六國，得到納莉亞的心，最終從馬特哈德那邊繼承總統大位，成為稱霸全世界的支配者。攻下費爾是實現目標的第一步。

——只不過事情進展不像雷因史瓦斯想得那樣，並沒有那麼順利。

「你看看那個吧，都在發光了。」

「啊啊!?」

只見少女指向東方的天空。雷因史瓦斯順著那動作看過去。

有一道黃金色的魔力柱貫穿天際，那景色實在太壯麗了。然而雷因史瓦斯心中有股難以言喻的不祥預感，令他整個人定在原地。

「那是什麼……？」

「是我最討厭的小丫頭——我是可以殺了你，但是讓那傢伙來做，效果會更好吧。今天就先讓給妳吧，黛拉可瑪莉。」

「喂、喂喂！妳給我站住……」

青色少女不知去向。他趕緊追蹤魔力，試圖查出對方【轉移】到哪，就在那瞬間——

一道強大的金色魔力在草原上呼嘯而過。

翦劉種們面對這股壓倒性的魔力，全都發出恐懼的悲鳴。看那強烈的存在感、刺痛肌膚的殺氣，簡直就像神明降世。

就連太陽都相形失色。

雷因史瓦斯憑藉本能察覺危險將至，並將劍拔出。有人突然從上方揮刀，面對這灌頂而下的衝擊，雷因史瓦斯拚命拿劍抵擋。金色的火花四散。那重量感實在太過沉重，雷因史瓦斯還以為全身的骨頭會遭到破壞。

接著他看見了。

突然從上空出手襲擊他的是個金色吸血姬。

對方有紅色的雙眸。臉上隱隱散發著怒火。軍服上飾有「望月紋」，那是姆爾納特帝國大將軍才有的正字標記。

雷因史瓦斯心中的怒火沸騰起來。

「黛拉可瑪莉・崗德森布萊德——————！」

他想要使勁將對方的攻擊逼回去，但那是不可能的。雷因史瓦斯頓時扭身從敵人的攻勢間逃離。那金色的劍敲擊在地面上，狂猛的魔力隨之炸裂，周遭的翦劉種都被吹飛了，宛如紙片一般。

雷因史瓦斯不懂，為什麼那個吸血鬼會出現在這——

「——雷因史瓦斯，繳納年貢的時候到了。」

他還以為是自己聽錯了。那聲音來自令雷因史瓦斯渴求不已的少女，千真萬確。

向上冒起的濛濛沙塵被劍劃開。

桃色魔力和金色魔力交錯，打造出來的景象根本不像這個世界會有的。

那個可恨的吸血姬黛拉可瑪莉・崗德森布萊德右手拿著黃金劍，不知是有重力魔法還是其他的法術加持，身邊有無數的劍在旋轉。

在她身旁，有人拿著雙劍——桃色的頭髮隨風飄蕩，她是人們口中的共和國最強八英將「月桃姬」納莉亞・克寧格姆。這個少女剛才還灰心喪志，如今眼裡卻發出紅色的光芒，心懷不屈的鬥志，又回到雷因史瓦斯身邊了。

「你們陣仗還真是大。接下來會把你們全殺了，一個不留。」

「唔，開什麼玩笑！妳應該要服從我才對！那樣我會讓妳永遠幸福！現在馬上丟下武器，對我下跪吧！」

「我怎麼可能那麼做。跟可瑪莉一起作戰才是幸福的。對吧可瑪莉，妳也這麼認為吧？」

這話說完，納莉亞對佇立在身旁的吸血鬼露出微笑。

雷因史瓦斯氣到都快抓狂了。

納莉亞眼中充滿希望。

這希望應該是他要給她的。將她推落絕望的深淵——對她伸出援手——然後讓她從此眼中只有自己——

「別用那樣的眼神……別用那樣的眼神看別人————！」

雷因史瓦斯在那股衝動的驅使下襲向敵人。

他絕對不會放過這個吸血姬。要用力量讓納莉亞屈服。納莉亞・克寧格姆是屬於他帕斯卡爾・雷因史瓦斯的東西。怎麼能讓來路不明的吸血鬼奪走。

橫砍過去的劍被納莉亞用雙劍擋住，迸射出桃色的閃光。雷因史瓦斯在那瞬間用腿踢她——可是對方用華麗的動作反折上半身，藉此避開攻擊。而且立刻用很異次元的角度出動雙劍進攻。雙方刀劍交鋒無數次，撞出高亢的聲響。

打到一半，雷因史瓦斯的劍就被切斷了。

被切斷的劍，有一半邊旋轉邊射向背後。

他難以置信，但很快就想通了——這是烈核解放。不知道是什麼時候的事，納莉亞已獲得超乎雷因史瓦斯想像的力量。

那對紅色的眼睛、那充滿自信的雙眼逼視著雷因史瓦斯，目光銳利。

「這怎麼可能……怎麼可能……」

★

「——這怎麼可能！納莉亞・克寧格姆居然學會烈核解放了!?」

這是馬特哈德首次發出那麼慌亂的叫聲。就在水晶之中，核領域的戰鬥影像正即時放映出來。

「這不可能。那個小丫頭並沒有被神具鍛鍊過！這是為何……」

「你是不是搞錯了？」

坐在瞭望樓石牆上的姆爾納特皇帝一副看不下去的樣子，開口說了這麼一句。

「用神具折磨身體，透過這種方式修煉——的確是有聽過這種說法。可是烈核解放的本質並非如此。那不是靠努力和才華就能得到的。」

「莫名其妙。不靠努力和才華，難道還有其他的？」

「靠命運啊。」

馬特哈德在這時「嘖」了一聲。

©riichu

但平時的那份從容很快又回到臉上。

「只不過多了一點烈核解放，不會改變戰況。雷因史瓦斯曾在夢想樂園過著地獄般的日子，透過不斷努力，獲得了最強的烈核解放。不管是納莉亞・克寧格姆或黛拉可瑪莉・崗德森布萊德，全都不是他的對手。」

「原來如此，那傢伙就是你的最終王牌啊？姑且不論這個，我們的援軍好像到了，對你來說應該是可恨的增援吧。」

★

透過空間魔法【召喚】，雷因史瓦斯得到替換用的刀劍，此時他放聲大喊。

「──你們幾個！還在做什麼，過來掩護我！」

「雷因史瓦斯大人！可是這邊還有其他敵人……」

「啊啊!?」

就在這一刻，樂園部隊中央發生大爆炸。連該保命都忘了，那些士兵全都被炸飛，模樣顯得滑稽，身體還四分五裂。「敵人來襲！」「有敵人潛伏！」──雷因史瓦斯帶來的部下全都慌了手腳。這種壞心眼的爆裂魔法肯定是來自貝特蘿絲・凱拉馬利亞，不會有第二個人了吧。

但事情還不只這樣。

遠方還傳來呼喊聲，連空氣都為之震盪。這一看才發現是無數的敵兵從四面八方排山倒海而來，有如海嘯一般。那是拉貝利克王國的大猩猩部隊。還有姆爾納特帝國的吸血鬼部隊，再加上夭仙鄉的軍隊、白極聯邦軍隊、天照樂土軍隊，以及蓋拉·阿爾卡的反叛軍——

有人弄出「門」，讓他們【轉移】過來。

「去吧，親愛的士兵門！將敵人打成蜂窩！要是殺的人不到一百個，小心被降級調到勞改農場，專門在那種馬鈴薯！」

這大嗓門的怒吼來自白極聯邦將軍。

不只是她而已——各國將軍都發出戰吼，紛紛上場作戰。

敵人的士氣異常高漲。那股籠罩全世界的金色魔力讓聯軍戰意高揚，不管是魔法、仙術還是拳頭，這些攻擊手段都在人們手中變換自如，將翦劉種大舉掃蕩。

雷因史瓦斯聽見了，有人在他背後禁不住笑了出來。

「這幫人就是馬特哈德祕藏的部隊？但是之前都沒有對外公開也是種不幸呢。因為他們沒有實戰經驗，做起戰來顯得一竅不通。」

「唔——納莉亞！妳誤入歧途了！這樣做對妳一點好處都沒有……回到我身邊吧！」

「我這不就回來了——回來殺你！」

這時納莉亞朝著地面一蹬，瞬間加速。雷因史瓦斯拿起預備好的刀劍，等待對方出招。雙劍畫出桃色的劍跡，朝著他逼近——但雷因史瓦斯感覺背後還有另一陣刺人的殺氣，他瞬間回身，試圖逃離現場。

緊接著不知從哪飛來的金色刀刃就刺在地面上。

對方並沒有停止追擊，而是透過重力魔法，讓無數不受定理控制的刀劍化作風暴來襲。雷因史瓦斯手裡拿著劍拚命閃躲——接著他目睹令人恐懼的一幕。那就是被劍刺中的地表轉變成金黃色。

不對，那並不是變色。

而是轉變成金屬裡的「黃金」。

「等等可瑪莉！這傢伙交給我來收拾！」

納莉亞從雷因史瓦斯背後來襲，他拿劍擋下來自納莉亞的一擊。雷因史瓦斯的刀再一次如白蘿蔔般遭人切斷，掉落在地面上。

這次背後又有黃金劍射過來。

他咬緊牙關拉開距離。

在前方二十公尺處。全身散發金色光芒的吸血鬼面無表情，就像樂園部隊的士兵——可是她眼裡有著明確的「敵意」和「殺意」，狠瞪著雷因史瓦斯。

這讓雷因史瓦斯怒火中燒。

先冷靜下來想想——引發這一切的元凶都是那個囂張的小丫頭。

給予納莉亞虛假的希望，讓全世界毫無意義地沸騰起來，還要阻撓蓋拉·阿爾卡，不給他們繁榮的機會，是最差勁最壞的礙事者。

無論如何都要想辦法除掉。

「翦劉種們！你們去牽制納莉亞·克寧格姆！」

對雷因史瓦斯的吼叫聲一呼百應，士兵們全都衝向納莉亞。

「你們都給我讓開！」

嘴裡除了發出怨懟，納莉亞還發動猛烈的攻勢。有好幾個人都被雙劍掃到，變得支離破碎，然而翦劉種們還是陸陸續續撲向她，導致納莉亞分不開身。這下雷因史瓦斯暫時不用去注意背後了。

「去死吧——臭吸血鬼！」

他開始壓低身體奔跑。

心中浮現曾在夢想樂園品嘗過的痛苦，光想都讓人寒毛直豎。那些黑暗的記憶充斥著憤怒、悲傷和慾望。這具身體被神具傷了又傷，想要逃出去的念頭都不知道動念幾次了，但他還是夢想能有飛黃騰達的那天，再怎麼難耐、再怎麼難忍也都忍下了，每天都好絕望。

他發動烈核解放【快刀金剛】。

雷因史瓦斯雙眼頓時發出紅色的光芒。

肉體開始變得冰冷。他將變成金剛不壞之身，能夠阻擋來自外界的任何攻擊。

馬特哈德說過──「你不僅是矛，還是究極的盾」。

【快刀金剛】是能夠反彈所有攻擊的防禦型烈核解放。

只要釋放這股力量，他就不會輸給任何人。事實上目前沒有任何一位八英將能夠在雷因史瓦斯的肉體上留下一絲一毫傷痕。

由於該能力具備那樣的性質，才會是最強的烈核解放，這點無庸置疑。

但烈核解放有個弱點──「會切斷跟魔核的聯繫，變得無法治癒傷口」。話雖如此，若從頭到尾都不會受傷，那又會如何？不就沒有任何弱點了。

「去死吧，黛拉可瑪莉．崗德森布萊德──！」

此時雷因史瓦斯將刀高高舉起，嘴裡發出咆叫。

就在那瞬間。

原本在黛拉可瑪莉周圍旋轉的短刀突然高速射出。

用不著防禦，因為自己身上有最強的烈核解放。

碰上這具金剛不壞的肉體，敵人的攻擊簡直和紛飛的紙片沒兩樣──

沒想到……

「咕……啊!?」

雷因史瓦斯的左肩出現劇烈痛楚。他一時間沒站好，人就倒在那些黃金上。

太奇怪了。這一看才發現原本該由【快刀金剛】守護的肉體——肩口被人割開一塊。

紅色的鮮血撲簌簌地湧出。

那些泉湧而出的鮮紅色血液逐漸轉變成金黃色。

變換而成的黃金隨即破碎崩落，掉在那片黃金大地上。

雷因史瓦斯這才知道害怕。

騙人的吧。

「這可不是在騙人。」

「!?」

感受到強烈的殺氣，雷因史瓦斯從那跳開。

黛拉可瑪莉放出無以計數的劍，全都以不尋常的速度來襲。

那些殺戮的刀刃化作滂沱大雨澆灌而下，以駭人之勢嵌進土壤，隨之湧現的金色魔力還引發大爆炸。

雷因史瓦斯拚了命地閃躲。如今他已經發動烈核解放，如果被那些攻擊打中，他真的會死。一定要避免這種事情發生。不然就讓烈核解放停止好了？可是那麼做無法戰勝對方。不，他真的有勝算——？

飛過來的刀劍刺中我軍翦劉種，接著炸開。

回過神才發現周遭已被鮮血淋漓的戰亂包圍。

然而樂園部隊裡的翦劉種幾乎就要全滅。他們都是遭到拷問、脅迫或利誘誆騙，被迫成為士兵的傀儡。從一開始就不是來報效國家。有些人手裡還拿著劍試圖作戰，這算好的了，一部分的部隊成員似乎不再受洗腦效果影響，全都作鳥獸散逃之夭夭。

夢想樂園的缺陷已經如實呈現出來。

透過暴力支配一定會產生破綻，馬特哈德誤判了一切。

「可惡……可惡可惡可惡！你們繼續戰鬥啊！」

雷因史瓦斯發出叫喊。可是連這些喊叫聲也都被敵兵的盛大呼聲蓋過。那些沒事好做的劣等種族都在觀望他們的戰鬥，又是拍手又是歡呼。

——可瑪莉！可瑪莉！可瑪莉！可瑪莉！

——去吧！

——將蓋拉・阿爾卡砍個稀巴爛！

「不過是些劣等種族……也敢這麼猖狂——————！」

雷因史瓦斯將湧現心頭的懦弱甩開，拔腿衝了出去。

什麼可瑪莉。吸血鬼這種東西就該被翦劉種統治，不過都是些家畜。所有的一切都是墊腳石，要讓蓋拉・阿爾卡共和國稱霸世界用的。

這個囂張的小丫頭根本什麼都不懂。

既然她不懂，那就要讓她搞懂——

無數的劍高速射出，差點被砍中的雷因史瓦斯緊急迴避。有好幾把劍都在他身上擦過，血花霎時飛濺開來。可是雷因史瓦斯沒有停下腳步。如果不在這裡阻止那個小丫頭，馬特哈德政權會完蛋。無論如何都要避免這種事情發生。

「啊啊啊啊啊啊啊啊啊！」

他將劍呈水平狀舉起，使出渾身解數橫劈出去。

黛拉可瑪莉則用肉眼跟不上的速度揮舞黃金劍。

金色的魔力帶起一陣風暴。金屬和金屬互相碰撞，發出高亢的聲響。

雷因史瓦斯的劍被劈成兩半，消失得無影無蹤。

「什麼——可惡！」

他也懶得去管難不難看了，凝聚魔力連續發射初級光擊魔法【魔彈】數次。翦劉種原本就不是擅長使用魔法的種族。先前這位將軍都是仰賴刀劍作戰，如今為了化解困境才施放魔法攻擊，碰上認真起來應戰的怪物級對手根本不管用。

在黛拉可瑪莉周圍旋轉的劍將【魔彈】漂亮擊墜，緊接而來的是此起彼落的爆炸。金色的少女處在爆風正中央，身上有金色的粒子四散，嘴裡微微地吐了一口氣。

「死心吧。」

「妳這個——臭吸血鬼！」

雷因史瓦斯的手因憤怒而顫抖。全副精神都集中起來，要【召喚】替代用的劍。

可是都還沒將劍揮出，刀劍就被粉碎掉了，似乎是在不知不覺間被黃金劍砍壞的。不可能。不可能。怎麼可能有這種事情——

「妳——」

他的意識出現片刻空白。

對手趁機朝他使出神速斬擊。

雷因史瓦斯從懷中取出備用的短刀投擲。可是那些在半空中旋轉的劍形成波浪，將這些短刀輕易彈開。他的本能正敲響警鐘——這樣下去會死。

透過魔力，魔核和人體得以再度接觸。雷因史瓦斯當機立斷，決定捨棄烈核解放。因為他再也避不掉了。

「你……是錯的。」

「我——我怎麼可能是錯的——————！」

當雷因史瓦斯發出吼叫。

一道金黃色的光芒呈一直線劃射過來，彷彿要將整個空間都破壞掉。

黛拉可瑪莉放出的斬擊將雷因史瓦斯的身軀打斜劈開。

猶如河川的堤防潰堤，一些血液飛散開來。

無與倫比的劇烈痛楚來襲，看到自己的血液灑在半空中，接著又凝固變成黃金，雷因史瓦斯的戰意一下子就消散了。

他雙膝一軟當場跪到。

敵我力量差距太過懸殊。

事情怎麼會變成這樣。蓋拉．阿爾卡應該是支配世界的最強國家。不可能在這種地方敗給那個吸血鬼小姑娘——這類負面情感化為詛咒脫口而出。

「——我、我要宰了妳！一定要殺了妳！吸血鬼根本是劣等種族！是應該被支配的奴隸！蓋拉．阿爾卡怎麼可能……被妳這樣的小丫頭——」

「蓋拉．阿爾卡會毀滅。」

不知道是什麼時候來的，一股桃色魔力開始在周遭狂亂地吹拂。

是納莉亞．克寧格姆。

雷因史瓦斯一心渴求的少女——「月桃姬」正冷淡地俯瞰他。從前她曾經對雷因史瓦斯露出慈悲的笑容，那與如今的神情早已相去甚遠。

不經意地，一些她曾經說過的話從記憶深處復甦，那些就快被雷因史瓦斯遺忘。而這些記憶只能用酷似走馬燈來形容。

「納莉亞，我……我對妳——」

「雷因史瓦斯，我就討厭你有這種想法。」

——好厲害喔，你將來會成為將軍的。

「傷害他人卻不當一回事，不能放任這種人胡作非為。」

——你還是沒辦法當上八英將啊？噢對了，因為父親大人已經把那個改成二英將了。

「也許你在用自己的方式為阿爾卡和翦劉種努力。」

——但沒關係的。只要繼續努力，總有一天會開花結果。

「……可是你努力的方向錯了。」

——我會替你加油。以後要讓阿爾卡變成強盛的國家喔，未來的將軍大人。

「你這種人……阿爾卡不需要，雷因史瓦斯。」

「納莉亞，讓開。」

有股充滿殺意的魔力正煥發光芒，向下灑落。

一個金色的吸血鬼出現在納莉亞背後。

周遭都因那些燦爛的黃金粒子變得金光閃閃，讓人都睜不開眼睛了。

在半空中飄浮的劍如今全都指向這邊。

看了會令人震顫的紅色雙眼正狠狠地望著雷因史瓦斯。

黛拉可瑪莉・崗德森布萊德將手中刀劍大力舉起。

看在雷因史瓦斯眼中，她那模樣有如從天而降的金色死神。

「住、住手——」

「好好反省。」

那把劍落了下來，速度快到跟流星不相上下。

在那之後，這一帶全都被金色的閃光包圍。

★

人們歡聲雷動。

所有的國家、所有的城鎮居民——不管是吸血鬼、和魂種、蒼玉種、獸人或夭仙，甚至是翦劉種，他們全都大聲喧鬧，變得狂熱不已。

被黃金劍毀掉的樂園部隊五千大軍已經變成慘不忍睹的屍體。

馬特哈德再也無計可施。只能等待滅亡的時刻到來。

乍看之下那似乎是黛拉可瑪莉・崗德森布萊德獨自一人完成的豐功偉業——但

事實上絕非如此。受她啟發，世上所有人同心協力，挺身對抗意圖破壞六國和平的人，如今才有這樣的成果。

「——哼，挺有一套的嘛。可瑪莉。」

可瑪莉的魔力讓草原轉化成金色的大地。

在凍土之後，這次是黃金鄉。她到底是有多麼超乎常理呀。要坐擁多麼強大的心靈力量，才能到達那種境界。深不可測的實力讓納莉亞感到恐懼，同時又覺得她很值得依靠。

——可瑪莉！可瑪莉！可瑪莉！可瑪莉！

黃金鄉充斥著盛大的歡呼聲。

那位少女改寫了六國的歷史，人們不吝於給予稱讚。

納莉亞轉眼眺望站在身旁的金色吸血鬼。

她身上還在散發令人畏懼的魔力，周遭滿滿都是稱讚她的聲音。這讓納莉亞有點嫉妒，但不能怪她吧。

就在這時，可瑪莉輕輕拉了拉納莉亞的軍裝衣襬。

雖然那股龐大的魔力帶來不小的壓迫感，納莉亞還是回望她的臉。

「怎麼了？」

「下一個。」

「下一個……？」

她原本聽不懂。但很快就想通了。

意思是她還有事情要做。

她們要去找那個萬惡的根源，把他教訓一頓。

★

他藏身的地點被人發現了。

讓這個世界陷入混亂的元凶——馬特哈德已被民眾發現，人群全湧向舊皇宮。出現在首都上空的螢幕將核領域戰況播送出來。『各位請看，這裡屍橫遍野！由於黛拉可瑪莉・崗德森布萊德閣下大顯身手，蓋拉・阿爾卡的軍隊都被毀掉了！我們如今正親眼見證歷史改寫的那一刻！』——新聞記者們親自跑上戰場，將那些畫面都拍了下來。原本還很青翠的草原在金屬魔力作用下全都變成看了會傷眼的黃金，原先的景象已經連點影子都不剩了。

八英將全滅。馬特哈德祕藏的樂園部隊也被黃金劍吞噬，全都蒸發了。夢想樂園的祕密攤在陽光下，被關在那裡的人盡數逃跑。首都這邊還出現暴動，民眾都在抨擊總統——

看了不免讓人覺得這下馬特哈德已無計可施，再也沒辦法突破現狀。

「——勝負已定，總統。」

這聲輕喃出自一名金髮吸血鬼。

馬特哈德茫然地望著她的臉。對方並沒有因為獲勝而沾沾自喜。彷彿從一開始就已經料到事情會如此發展，神情顯得泰然自若。

「蓋拉．阿爾卡已經沒有未來可言，你趕快找個地方隱居吧。」

「太——太卑鄙了吧！」

只見馬特哈德手裡緊握成拳，當場站了起來。

「面對那樣的烈核解放，是要人怎麼對抗啊！連對策都沒辦法擬定啊！妳這娘們是不是從一開始就在嘲笑蓋拉．阿爾卡!?只要派出黛拉可瑪莉．崗德森布萊德，翦劉種根本不是對手——原先就有這樣的自信，才在那嘲弄我們!?」

「朕怎麼可能笑得出來。朕可是很擔心可瑪莉，擔心得不得了。那孩子對自己的力量毫無自覺，一個沒弄好可能會喪命的。」

「愛說笑……」

「吶，馬特哈德。」皇帝說完開始盯著金光閃耀的天空看，「朕的目標是征服世界。但不是像你這樣，靠武力征服。不是要讓某個人獨占世界，而是要打造出人們可以互相幫忙的理想世界，那才是姆爾納特帝國的目的。」

「真無聊。運用黛拉可瑪莉・崗德森布萊德的力量，你們三兩下就可以靠武力讓整個世界屈服不是嗎？如果是我就會那麼做。」

「可瑪莉的力量不是用來殺人的。那力量是要用來殺你這種人。」

「那到頭來還是要殺嘛！」

「也對，是朕弄錯了——應該是制裁你這種壞蛋，為世界帶來希望之光，引領人心走上正途，這才是那孩子的任務。」

「引領人心？妳這是在開玩笑吧？」

「眼下納莉亞・克寧格姆已經被可瑪莉拯救了。那個『月桃姬』再也不是你的奴隸。未來將會是人民大力支持的領導者吧。至於被納莉亞感化的人，他們會逐漸遺忘『靠力量征服他人』這種愚蠢想法。」

「…………」

「如果這樣的人越來越多，我國的理想將有機會達成。可能性很高。」

「絕對不可能。人是很自私的生物。所以我只會做對蓋拉・阿爾卡有利的事。弒君殺掉只會一味追求和平的國王，建立共和國，打造夢想樂園，網羅最強的八英將，要打造專屬於翦劉種的樂園——所有的行動都是出自這個理念。沒想到區區一個小丫頭居然把這些都……」

「看來不管跟你說什麼，你都聽不進去。也差不多該做個了結了。」

日後人們都說這是「天使降臨」。

光芒萬丈的金色魔力照亮原先被黑暗籠罩的蓋拉・阿爾卡共和國。金色的少女從天空中突如其來現身——她就是黛拉可瑪莉・崗德森布萊德。還有人緊緊抓住她的身體，這個人便是前阿爾卡王國的末裔納莉亞・克寧格姆。

人們的歡呼聲直奔天際。

兩名少女慢慢降落在舊皇宮的鐘塔上。

看起來的確就像即將要剿滅地界大壞蛋、從天而降的天使。

「怎、怎麼會有這種事……」

「就是有。你就死心吧，馬特哈德。」

「…………」

馬特哈德發出細小的嘆息，看來真的要被對方拿下了。

他腦中浮現如流星般一閃而逝的過往五年光陰。

他將一切都奉獻給阿爾卡。因國王一己之念，他們即將被那和平主義推向毀滅，馬特哈德覺得那樣不行，於是他才會主張要成立共和制，汲取人們的意見。阿爾卡有個傳統，就是「想要的東西要靠力量奪取」。他遵循這項傳統祭出政策。為了人民、為了國家，他才想靠武力獲得一切。

但人民若是不願如此，那就沒辦法了。

如果這是翦劉種人民的選擇，那身為總統的馬特哈德也沒什麼好說的了。

黛拉可瑪莉・崗德森布萊德和納莉亞・克寧格姆在人民的歡迎下慢慢降落，來到馬特哈德眼前。

被人民捨棄的為政者就該下臺。

只不過。

既然當壞蛋就要當到最後，這樣才好收場吧。

眼下馬特哈德高舉雙手，並高聲呼喊。

「——妳們總算來了，年輕的英雄啊！怎麼能讓妳們阻擋我實現野心。我只剩親自與妳們作戰這條路可走。但讓我發揮往年當將軍應有的力量出面抵抗，戰鬥的餘波會導致眾多犧牲者出現——有鑑於此，要不要跟我聯手？有妳們的魔力和我的政治手腕，我們將會稱霸全世界。」

這時黃金劍和桃色雙劍紛紛指向他。

兩人不約而同說了相同的話。

「我拒絕。」

「才不要。」

緊接著眩目的閃光迸射開來。

於是蓋拉・阿爾卡共和國那短暫的歷史便就此落幕。

※

六國新聞　七月二十七日　早報

『「六國大戰」終結　馬特哈德總統疑似人間蒸發』

【帝都——梅露可．堤亞】姆爾納特政府在二十六日對外發表消息，說他們已經讓蓋拉．阿爾卡共和國總統馬特哈德人間蒸發。因此二十五日由蓋拉．阿爾卡共和國挑起的侵略戰——「非娛樂性戰爭」統稱「六國大戰」宣告終結……（中略）……姆天同盟盟主黛拉可瑪莉．崗德森布萊德七紅天大將軍這次依然有勇猛又活躍的表現，用璀璨的金色光輝照亮全世界。再加上有納莉亞．克寧格姆八英將和天津．迦流羅五劍帝助陣，度假設施「夢想樂園」的人體實驗曝光在眾人面前，讓人們明白馬特哈德政權有多麼凶殘……（中略）……蓋拉．阿爾卡共和國的總統人間蒸發，預計將於九月舉辦總統大選。數名翦劉種都表態將會參選，但在六國大戰中打響名號的克寧格姆將軍勝選可能性最高。』

終章

蓋拉·阿爾卡共和國滅亡了。

但是王權體制並沒有復甦，因為人民都反對那樣。未來這個國家將會改名為「阿爾卡共和國」，以這種形式發展下去吧。

「……連這個地方都變了呢。」

站在被可瑪莉用魔力弄到一半都變成黃金的皇宮前，納莉亞靜靜地嘆了一口氣。首都那邊熱鬧到像辦慶典一樣。由於暴君從這個世界上消失，人們都狂熱到了極點，沒人管得動他們了。

道路上高掛好多旗子，都印著納莉亞和可瑪莉的畫像，這令人感到相當難為情——但另一方面也覺得很自豪。這份狂熱就是證據，證明納莉亞的廣大志向終於兌現了。

「——納莉亞大人，抱歉我來晚了。」

在黃金的樹籬旁，有個做女僕打扮的少女站在那。

之前那種潑辣的笑容已經不復存在。這位忠於納莉亞的僕人凱特蘿就像被責備的小狗，縮著身體朝這注視。

「妳好慢喔，明明是妳找我出來的。」

「對不起……我睡過頭了。」

「哼，就連這種時候都要笨啊。」

昨天晚上，凱特蘿透過通訊用礦石聯絡她。

——我有話想跟您說，請您明天中午來皇宮前。

話說現在已經是下午四點。其實納莉亞也睡過頭三小時左右，但那是祕密。

「很抱歉。對不起，納莉亞大人……我真的好傻。為了納莉亞大人著想，才去刺納莉亞大人的肚子。」

「刺肚子的事情就算了——妳就是來跟我道歉的？」

「是的，不管我再怎麼補償都補償不完。若是跟您道歉好幾萬次，您願意接受嗎？」

那讓納莉亞好傻眼，連話都說不出來了。

這名少女確實曾經聽命於馬特哈德和雷因史瓦斯，做了一些壞事。但納莉亞覺得現在還不到追究的時候。

凱特蘿眼裡流著淚水，接著說道。

「我覺得沒人可以打倒馬特哈德和哥哥。納莉亞大人將會繼續追尋無法實現的理想，一直痛苦下去——原本我都是這麼想的。」

「所以才想讓我放棄？」

「是的，其實我曾經跟哥哥說過好幾次了，建議他可以多聽聽納莉亞大人的說法。」

「跟他說那些也沒用吧，畢竟他就是那種人。」

「他根本聽不進去，那個人太我行我素了……所以我覺得再怎麼努力都無法獲得回報的納莉亞大人真的好可憐。想說乾脆讓您解脫好了……可是現實狀況卻跟我想得不一樣。」

「是啊，多虧可瑪莉。」

「嗚……看來我、是多餘的……」

這時納莉亞緩緩靠近凱特蘿。她可能以為自己要被打了，害怕得閉起眼睛。但納莉亞根本沒有要打她，在夢想樂園那邊揍過一次就夠了。她來到凱特蘿前方站定，然後伸出雙手溫柔環抱那具嬌小的身軀。因為她覺得自己應該這麼做。

「咦？咦？」

凱特蘿渾身僵硬，一臉不知所措的樣子。這個女僕確實很擔心她。只是擔心的方向有點錯誤，她完全沒有惡意。那她就應該寬宏大量接納對方，這才是身為君王應有的氣度吧。

「……今後阿爾卡會變得更好。可是只靠我一個人的力量不夠，還需要妳的幫助。」

「那個、可是……我曾經是……馬特哈德的手下。」

「這有什麼關係，過去的事情就算了吧。那些八英將有夠爛的，只知道對馬特哈德搖尾巴，但只要他們認同我的想法，我也願意任用他們。」

「連我那個笨蛋哥哥也可以嗎？」

「如果他願意服從我，讓他當僕人也行——凱特蘿，我需要妳的力量，願不願意再次追隨我？」

「納莉亞大人……」

凱特蘿哭了一會。讓她受到煎熬的，是那些龐大的罪惡感——那她就給凱特蘿工作做，讓她忙到沒空去注意這些，給她活下去的意義，讓她擁有幸福，這樣就可以了。納莉亞早就做好那樣的覺悟。

凱特蘿用納莉亞的衣服擦拭淚水，斷斷續續接話。

「……雖然我是弄傷主人肚子的糟糕女僕，但還是請您多多指教。」

「下次妳還敢背叛，我會把妳痛扁一頓。」

納莉亞說完就笑了。然而懷中的少女卻在發抖，看起來很歉疚的樣子。

「納莉亞大人，還有一件事情，我一直對您隱瞞。」

「是做了什麼不入流的事嗎？像那種的，我想我大多都能原諒啦。」

「不是的。」凱特蘿一說完這句話就從納莉亞身邊離開。她的目光轉向被染成金黃色的皇宮，那裡是從前納莉亞住在裡面生活過的皇族寢宮。納莉亞覺得心中頓時湧現一絲鄉愁，接著她懷疑自己是不是看錯了。

就在前庭的噴水池那，有個人站著。

她原本還認定那是亡靈。

但這哪會是亡靈。她不可能看錯——對方雙頰凹陷、身形瘦弱，服裝也不像王族會穿的的，樣式很樸素，可是那身溫和的氣息卻跟五年前一模一樣。

「爸爸……！」

納莉亞當下驚愕得睜大眼睛，向前踏出一步。這個男人——納莉亞的父親、前阿爾卡王國最後的國王踩著如亡靈般的腳步靠近。

「納莉亞……妳總算、總算走到這一步了。」

他們萬分感動得抱在一起——其實納莉亞沒能如此。因為她太困惑了。等到納莉亞回過神，她的父親已經來到身邊。納莉亞好想哭。五年前馬特哈德破壞和平，日後讓她想見卻見不到的家人如今就在這。

「……爸爸，原來你平安無事。沒能救助你，對不起。」

「不，妳已經很努力了。」父親臉上浮現安穩的微笑，用這句話安慰納莉亞。

「妳的活躍表現，凱特蘿都跟我說了。為了阻止馬特哈德，妳成為八英將，拚了命努力，最後終於解放夢想樂園。妳是比我更加優秀的翦劉。」

納莉亞渾身一震。在想這是不是夢。

想問的話、想說的話堆積如山，可是這些念想都鯁在喉頭，沒辦法好好說出口。父親認可她的努力了，光這件事就讓她心裡好滿足。接著納莉亞擦拭眼角，將臉轉向一旁。她這是在害羞。

「爸爸也很了不起，很優秀……」

「沒這回事。我之前都錯了，應該多多考慮馬特哈德的想法。不能去理解那傢伙的心情，這是我人生中最大的失誤。」

「哪是什麼失誤！這次事情全都要怪馬特哈德！」

「或許是吧——不管怎麼說，我都不希望納莉亞變得跟我一樣。當然妳也不能變得像馬特哈德那樣。希望妳能夠打造出嶄新的阿爾卡。」

納莉亞在那時睜大雙眼。

她已經對自己的使命有自覺了。既然要發動革命，那她就要負起責任。打造出人人為我我為人人的國度——能夠體現老師和可瑪莉理想的國家，她有義務打造出來。雖然不知道能不能贏得總統大選。

「……我會努力的，即便是要賭上性命。」

「很好，看來用不著我操心了。有很多人都是支持妳的。」

「嗯——如果是跟可瑪莉在一起，我就不會有問題。」

只見父親露出柔和的微笑。接著——當他再度開口時，神情突然變得很嚴肅。

「妳一定會成為下一任總統，有樣東西得先交給妳。」

「有東西要給我？」

父親從懷中取出一把短劍。外面包著黃金做的刀鞘，樣式格外豪華。納莉亞曾經看過好幾次，那好像是阿爾卡皇家代代相傳的祕寶，或是其他的，爸爸總是片刻不離帶在身上，小時候的她看了常常在想「這個東西金光閃閃品味真差」。

「馬特哈德直到最後都沒能探得母國的祕密。因為我沒有跟他說過。不管遭受多麼嚴厲的拷問，我都不能把這件事說出來。因為這是屬於所有翦劉種的寶物——之前滅國的時候，這樣東西被我藏在噴水池裡面。」

他邊說邊將短劍放到納莉亞的右手上，讓她握好。

望著這個在掌心中閃閃發亮的「翦劉寶藏」，納莉亞不經意問了這麼一句。

「這是什麼？」

「這是阿爾卡的魔核，妳要好好保管。」

她差點暈倒，旁邊的凱特蘿已經暈倒了。

阿爾卡的前任國王看到少女們如此慌亂，豪邁地呵呵大笑起來。

「無論何時，開創新時代的總是年輕人——納莉亞。要注意身體健康，別拚過頭了。」

☆

「可瑪莉大小姐，您有想吃的東西嗎？不管是蘋果橘子還是葡萄，只要您說出想吃的東西，我馬上就會買過來餵您吃。」

「不用了，我好累。」

「那去泡澡放鬆一下吧。我會花五個小時仔細幫可瑪莉大小姐清洗身體，請您別亂動。」

「那樣會水腫吧！不准那樣，別靠近我！」

七月二十九日。地點在醫院。病床上。

雖然我早就猜到一半了，等到我發現的時候，人似乎已經失去意識一段時間。到底發生什麼事了，正確情況不得而知，但唯獨這次，我很清楚記憶是在什麼時候中斷的。就是在夢想樂園地底，納莉亞讓我喝下血液的瞬間。之後我可能喝太多不能喝的血，才會暫時陷入休克狀態暈過去吧，只能這樣解釋了。

這些姑且不論——來看看蓋拉・阿爾卡共和國對上姆爾納特帝國的下場。

根據六國新聞的內容來看，據說馬特哈德投入的五千大軍都被我殲滅。這明顯是誤報。因為我喝下納莉亞的血液後，人一直都是昏迷的狀態。但不管我再怎麼主張「這都是假的」，薇兒也只會說「是就是那樣」，在那邊嘲笑我。

「可瑪莉大小姐，這次您沒辦法逃避了。」

薇兒一說完這句話就讓我看某張照片。

只見我身上散發金色的魔力（？），手裡拿著黃金劍（!?），站在金黃色的草原（!?!?）中央，以上就是相片裡的景象，而且周圍的屍體堆到跟山一樣高。

不，讓我看這種東西又怎樣。我只覺得那是捏造的。

「如果要弄合成照片，應該要做得更有真實感啊。這樣太科幻了吧。」

「是很科幻沒錯。但有句話說事實往往比小說更精采，好像有這樣的說法。這次是可瑪莉大小姐發動烈核解放【孤紅之恤】，才將蓋拉・阿爾卡的祕藏部隊一網打盡。」

「妳有看到我變成金閃閃作戰的過程？」

「不，我並沒有看見。實在是很可惜。」

「看吧——那都是妳的妄想。」

「但這些都是真的。」

「假如這是真的，要我每天跟妳一起洗澡也行。」

「這話可是您說的。」

這下我有點膽怯了，因為薇兒的表情有夠認真。

但話又說回來，這種事情怎麼可能是真的。假如我身上擁有能單槍匹馬幹掉五千大軍的力量，現在哪還會這麼辛苦。到時我就可以訴諸武力，盡情當家裡蹲了。

似乎看出我無論如何都不會動搖，薇兒嘆了一口氣說「看來勸您也沒用」。

「總而言之，沒能陪伴可瑪莉大小姐到最後，這是我一生中最大的失誤。上次七紅天爭霸戰也一樣，居然在緊要關頭昏厥，這樣根本沒資格當女僕。」

「我不是很懂……但妳一直都出很多力，怎麼會沒資格。」

「可是功勞都被納莉亞・克寧格姆搶走了。原本應該是我和可瑪莉大小姐一起去懲罰馬特哈德總統才對。」

這麼說來，蓋拉・阿爾卡共和國好像在我睡著的這段期間內滅亡了。首都那邊發生激烈的示威行動，馬特哈德總統人間蒸發，聽說是這樣。夢想樂園內的殘虐事蹟也被人揭露，曾經涉事的八英將都遭到處分，為了選出下一任領導人，據說還要舉辦選舉——也就是總統大選。

「……不知道納莉亞有沒有事。」

「沒什麼好擔心的吧。經過這次事件，阿爾卡的人民應該都對克寧格姆大人的思想有了深切的體悟。下一任總統大概會是那個月桃姬。」

「這樣啊。雖然我不清楚內情，但她如果真的當上總統，我們就辦派對替她慶祝吧。」

「那不行。那個女人是將可瑪莉大小姐當成獵物的危險人物。我們不要替她聲援，應該要跟她作對才對。」

「妳不是站在納莉亞這邊的喔。」

這時薇兒鼓起臉頰說「我是站在可瑪莉大小姐這邊的」。

那個桃色少女或許很危險。因為她的話對我很有殺傷力。「想工作再工作就好。」「會供應三餐還可以睡午覺。」「妳的工作就只有製作點心。」——被灌輸這麼多甜言蜜語，我開始覺得穿上女僕裝也不壞。

總而言之。

去想蓋拉・阿爾卡共和國的事情也沒什麼意義吧。或許她前半生過得很坎坷——如今卻不一樣了，再也不會遇上阻擋她前行的蠢蛋。雖然我幫不上什麼忙，但我可以暗中替她加油啊。總之，下次若有機會見到納莉亞，我打算跟她天南地北暢談（撇開血腥話題）。她原本是媽媽的學生，我們一定會聊得很開心——

「——先換個話題，天津・迦流羅大人送來禮物了。」

「禮物？」

「好像是綜合日式點心。還附了信件——上面寫『送妳日式點心，請妳絕對不要試圖侵略我國。』」

「……不對吧，為什麼要這樣？」

「她好像很害怕可瑪莉大人的烈核解放，連文字都抖到歪七扭八。」

「迦流羅不是比我還強一億倍嗎？」

「可能另有隱情吧。但不是所有人都害怕可瑪莉大小姐。有好幾封信件從世界各地送過來。」

「信件？唔哇，真的耶。有好多喔。感覺要回信會很辛苦。」

「那我來寫吧。」

「不要啦。話說妳打算寫什麼啊。」

「全部都寫『接受』就好了吧。」

「……啊？」

我有非常不好的預感，就來戰戰兢兢確認那堆信件。

『宣戰布告』『宣戰布告』『宣戰布告』『宣戰布告』『宣戰布告』『宣戰布告』『宣戰布告』『宣戰布告』『宣戰布告』『宣戰布告』『宣戰布告』『宣戰布告』『宣戰布告』『宣戰布告』——

看完差點暈倒。

「您要感到高興，可瑪莉大小姐。看來六國的野蠻人全都對可瑪莉大小姐很著迷。」

「我有什麼好高興的!?怎麼會有那麼多人跟我宣戰!?」

「這裡面有一半都是來自大猩猩的。」

「突然發這麼多布告過來未免太奇怪了吧!?」

「若是解開謎底，可瑪莉大小姐每天都要跟我一起洗澡。」

「這樣太莫名其妙了吧！」

就在那個時候，門突然被人「喀嚓」一聲打開。

我轉過頭看，銀白色的少女——佐久奈・梅墨瓦就站在那裡。自從我醒來，她每天都會過來探望我，送小點心或水果給我。

可是今天臉色有點怪怪的，看起來好像有點困惑。

「可瑪莉小姐，有人寄信到七紅府那邊。」

光只是聽到信件這個字眼，我就有不好的預感。佐久奈走到我的床鋪旁邊，嘴裡說著「今天帶這個來探望妳」，將一份綜合水果交給我。

「謝謝，可是每天都收根本吃不完。」

「對、對不起，我只是希望可瑪莉小姐能盡快康復……」

老實說我生龍活虎。之前昏倒後，全身的魔力都用乾了，住院只是為了做檢查。就跟七紅天爭霸戰結束後的那段時間一樣，我這是合法家裡蹲。

此時佐久奈開始自顧自剝起香蕉皮。這下我不能不吃了，於是就順著她的意思「啊——」地張嘴吃下。好甜喔，好好吃。

「……梅墨瓦大人，您來這邊有何貴幹。可瑪莉大小姐正在跟我互訴愛意，現在很忙。」

「一點都不忙啦。」

「啊，還有一件事情。我去看了第七部隊的信箱，發現裡面放了這樣東西。」

我原本想問佐久奈，看她為什麼得去確認第七部隊的信箱，可是她拿過來的信封害我嚇一大跳。那個信封跟之前招待我去參加「翦劉茶會」的一模一樣。換句話說，這個是——

「這應該是納莉亞・克寧格姆小姐寄過來的。」

「應、應該是喔，那內容是……」

「隔著信封都能看出來，上面大大的寫著『邀請函』。」

「邀請函？」

薇兒將那個信封「啪嘶啪嘶」地拆破。按照一般常理來看，擅自打開別人的信件實在是非常失禮的行為，但我就別跟她計較了吧。她將信件內容大致看過一遍。

「……原來如此。看來納莉亞・克寧格姆想要為這次的事情道歉，要招待可瑪莉大人去海邊玩。」

「咦？」

「是海邊喔，海邊。可瑪莉大小姐很喜歡的那個。」

「…………」

「要去嗎？」

「……………………………………………我去。」

☆

藍藍的天。白白的雲。加上海潮的味道，燦爛的陽光，亮晶晶的海水——是海邊。我心心念念的海。

在我的心中，我整個人正在手舞足蹈，但身為稀世賢者，我不能說出「太棒了——是海耶——！」讓情感爆發外加大肆嬉笑。

於是我來到更衣間換上泳裝，踩著穩當的步伐站上沙灘。

這次我已經不太會害羞了。有了上次的海水浴經驗，在某種程度上，我已經習慣了。

「薇兒，為了寫小說，綿密的採訪和實地調查都是不可或缺的。因此接下來要針對『在海邊遊玩』這檔事，用透徹的視角做些冷靜的分析。」
「好的，可瑪莉大小姐。話說我有準備超大的海豚浮筏，要不要坐坐看？」
「咦——!?這是什麼好可愛！我想坐！」
小說的事情早就被我拋到腦後了。
跟各位坦白——其實我一直很期待來海邊。因為可以跟好朋友一起玩。這三年來一直當家裡蹲，在那期間想都想像不到的世界如今正呈現在眼前。沒好好玩玩不是很虧嗎？但我覺得很難為情，所以沒把這類情感表現出來。
我跟薇兒抱著海豚浮筏進入海中。冰涼的水逐漸滋潤肌膚。啊啊好舒服。或許我的前世是海豚。來到這一世也想像海豚那樣自由自在游泳。不過先玩一下再來練習游泳好了。
「可瑪莉小姐，要不要一起坐？」
這時穿著泳裝的佐久奈興奮地靠近。她打扮成這樣依然是個超級美少女，就連我這個一億年難得一見的美少女都不由得「呼啊——」一聲發出感嘆的嘆息。話說佐久奈也是被納莉亞邀請過來的。那個月桃姬似乎對這位少女頗有好感。
「好啊，一起坐吧——對了薇兒，這可以兩個人一起搭嗎？」
「可以是可以，但可瑪莉大小姐還是跟我一起坐吧。梅墨瓦大人在旁邊等退潮抓抓小魚小蝦就好。」
「這種事要講先來後到，是我先說要跟可瑪莉小姐一起坐的。」
佐久奈說完就過來抱住我的手。啊，這景象似曾相識。
「太可笑了，梅墨瓦大人，是我把這個海豚拿過來的，因此我有權利先跟可瑪莉大小姐一起同樂。」
薇兒說完這話緊緊抱住我。喂別這樣，很丟臉耶。
「可是讓海豚膨脹起來的人是我……」
「我本來想用吹的吹到膨脹，妳卻說『我用魔法弄吧』把功勞搶走。但我還是會跟妳道謝，感謝妳在這方面的貢獻，不過這個海豚浮筏是我買的。」
「可是可是！剛才可瑪莉小姐有對我說『一起坐吧』！」
「喂，別吵架啦！既然妳們那麼想坐，那我之後再用吧！妳們兩個一起玩不就好了！」
「「那樣不行。」」
「為什麼!?」
這下把我都搞糊塗了，結果到頭來好像要用猜拳來解決。
佐久奈出布。薇兒出剪刀。
穿著泳裝的女僕得意洋洋地比了個「V」型手勢，嘴裡還志得意滿地說了句

「邪不勝正」。對此，佐久奈不滿地鼓起腮幫子。其實晚點再一起坐也可以呀——我沒有用這句話冷靜吐槽，倒是覺得能夠看到佐久奈露出那麼孩子氣的表情很新鮮。

「來吧可瑪莉大人，請坐。」

「嗯。」

雖然我差點連站都站不穩，最終還是在海豚背上坐好了。緊接著薇兒用輕巧的動作坐到我後方，雙手光速繞上我的肚子，還在揉我的側腹。

「呀啊啊啊!?妳在做什麼啦！」

「我就等同安全帶。為了避免可瑪莉大小姐掉下去，抱緊您就變成我的義務。還可以順便測量尺寸。原來呀原來，從上面量下來是——」

「別這樣啦，笨蛋！我不需要安全帶，別看我這樣，我平衡感很好！還可以單腳站立三十秒——等等妳拿的那個魔法石是什麼。」

不知道什麼時候拿的，薇兒手裡握住一個紫色的魔法石。還把那個放到海豚的尾巴上——也就是海豚背後，嘴邊還露出邪笑。

「只是漂來漂去太沒意思。」

「喂快住手，我叫妳住手啦。」

「我不會住手的——魔法石【衝擊波】。」

就在下一瞬間，我跟海豚一起化作一陣風飛了出去。

「啊啊！」

眼下那片海面正以嚇人的速度流過。迎面吹來的風有夠強烈的，我連眼睛都睜不開了，拚命抓住海豚的背鰭，薇兒也用力抓住我的肚子，我懷疑自己是不是快要跨越時空，結果聽見遠方傳來佐久奈的慘叫聲——「可瑪莉小姐～～！」緊接著下一刻。

唰砰——！

我被狂野的海豚拋了出去，用頭下腳上的姿勢落入海中。

還以為會沒命。我整個人陷入恐慌狀態，在那胡亂掙扎。明明用腳踩就可以踩到底，身體卻變得很不靈活。糟了，我會溺水——這念頭才剛閃過。

「妳還好嗎？可瑪莉小姐。」

在一聲「唰噗——！」後，我的手被某個人抓住，對方將我向上拉。

眼前出現一抹白。是那個白皙的少女。我這才回過神。剛剛好像是佐久奈趕過來救了我。她用相當擔憂的目光望著我。

「請問——妳有沒有受傷？要不要喝水？」

「我、我沒事。謝謝妳，佐久奈。」

「太好了……」

她將手放在胸前，嘴裡吐了一口氣。我也跟著鬆了一口氣，這點不用我多說了。剛才要是沒處理好，搞不好真的就死了。最後溺斃收場未免太遜。

這讓我憤慨地瞪著那個萬惡元凶。

「我說薇兒，妳還真敢啊——」

出口的話說到這就頓住了。

有個女僕在海面上「噗沙～」地浮了起來，而且臉還泡在水裡。

……咦？薇兒？不會吧？

「大、大事不好了，可瑪莉小姐！薇兒海絲小姐失去意識了！」

我跟佐久奈趕緊將她的身體搬運到沙灘這邊。薇兒絲毫沒有任何動靜。如果她就這樣死了，該怎麼辦——當我正為此感到絕望，她卻突然「咳咳咳」地咳了起來。我看著薇兒的臉大喊。

「啊啊啊啊啊啊啊啊!?」

「薇兒！妳振作一點！還好嗎!?」

「還，還好……才不是。」

「妳不好啊!?」

「是我誤判魔法石的輸出能量，很抱歉……」

「現在那些都不重要了啦！怎麼辦，佐久奈!?」

「交給我吧！我來用回復魔法——」

這時薇兒抓住佐久奈的手制止她。似乎不希望對方替她施魔法……這是為什麼？

「這沒辦法用魔法治癒，我需要的是人工呼吸。」

「咦？妳不需要？可是妳——」

「咳咳咳咳咳咳咳咳咳咳咳咳嘔嘔嘔嘔嘔嘔嘔嘔！」

「唔哇————！知道了啦！我、我現在就做……」

「先等一下，可瑪莉小姐，這個人呼吸還滿順暢的啊!?」

「可是薇兒說有需要！所以……我不能不做。」

我抓住薇兒的雙肩，一直盯著她的雙眼看。心臟跳得好快。不知道為什麼，臉還變熱了。但現在做這個是為了救人，我是逼不得已的。

「咦？可瑪莉大人……請問——您真的要做？」

「那、那是當然的啊！」

「不、不好意思，我還沒做好心理準備。請等我一下……」

「要我怎麼等啊！這攸關妳的性命耶！」

奇怪的是薇兒臉紅了。她把手放在胸口上，人變得渾身僵硬。好了啦，現在沒時間猶豫了！——我下定決心鎖定她的嘴脣。將臉慢慢靠過去，近到呼吸都會噴在對方身上。薇兒則是閉上雙眼。我是不是也該閉起眼睛。不行。沒辦法思考了。是說我怎麼會做這種事情——

「——妳們在做什麼蠢事啊。」

當下這話讓我大吃一驚，頭跟著轉了過去。

有個桃紅色的少女就站在那。她是阿爾卡的「月桃姬」納莉亞・克寧格姆。而且她身後居然還跟著女僕凱特蘿。當然這兩個人都穿著泳裝。

這時薇兒整個人突然活過來了。看起來就像什麼都沒發生過，一起身就直視我的雙眼說「已經治好了」。

「已、已經治好了!?那親親——不對，人工呼吸不用了？」

「是，我發現那對我來說還太早了。」

我搞不懂，總之她平安無事就好。反倒是——

「可瑪莉！妳總算來了。穿泳裝的樣子也很棒喔。」

「嗯、嗯嗯，多謝招待。」

「呵呵——反正時間多得是，來暢談一番吧？」

這話說完，納莉亞臉上浮現純真的微笑。我也有很多話想跟她說。自從在夢想樂園分開後，我們就沒有跟彼此聯繫過。

現在我待在陽傘底下，喝著薇兒買來的桃子汁。

佐久奈在我右邊，左邊是薇兒，對面坐著納莉亞，在她隔壁的凱特蘿拿著扇子「啪噠啪噠」搧風，替主人把風送過去。我們目前正在小憩。

「……克寧格姆大人，有件事想問您。」

「怎麼了？說說看，薇兒海絲。」

「為什麼那個女僕一副什麼都沒發生過的樣子，還出現在我們面前？」

這話讓凱特蘿渾身一震。薇兒說得有道理，印象中這個女僕還突然過來揍我。

只見納莉亞嘴裡說著「對不起喔」，模樣尷尬得閉起一隻眼睛。

「這女孩是雷因史瓦斯的妹妹，受到脅迫才會聽從哥哥的命令。我已經好好教訓過她了，她不會再攻擊妳們——來吧，跟她們道歉，凱特蘿。」

「好、好的……抱歉這次企圖殺害妳們。」

那個翦劉種女僕一說完就跟我們低頭鞠躬。佐久奈姑且不論，薇兒的警戒心依舊表露無遺。畢竟她差點被凱特蘿殺掉，不能怪她。但現在不用那麼擔心也沒關係吧，納莉亞都說沒事了，更重要的是凱特蘿身上完全沒有半點邪惡氣息。

「薇兒，妳不用防成這樣啦。」

「可是……」

「對方都道歉了，我想這件事情就算了吧。」

這下薇兒才心不甘情不願地退讓，只見納莉亞臉上滿滿都是笑容。

「謝謝，未來預計會繼續調教她，妳們不用擔心。」

「請、請您手下留情……」

「這就要看妳的表現了，凱特蘿——那接下來，可瑪莉。」納莉亞在這時與我對望，開口說了句，「我之所以會邀請妳過來，都是想跟妳進一步認識。而且妳幫助過我，我還想跟妳道謝。」

「用不著跟我道謝啦。」

「不，多虧有妳，我的遠大志向才能實現——謝謝妳，可瑪莉。」

那可是在世上名聲響叮噹的「月桃姬」，這次我改為凝視她的臉龐。薇兒有說過，馬特哈德的軍隊是被全球聯軍滅掉的。而實際上在主導這支聯軍的，恐怕就是眼前這位少女（世人都說是我殲滅敵人，其實那是誤報）。雖然她是喜歡女僕的變態，這也是事實，但這女孩是拯救世界的英雄。

「……不，沒必要跟我道謝啊，我什麼都沒做。」

「妳果然什麼都不知道呢——那事情是不是這樣就算了？」

「是，不管跟可瑪莉大小姐說什麼，她都聽不進去。」

「是嗎……有趣。妳光靠那顆心就改變世界了呢。」

我聽了一頭霧水。總之還是先喝喝桃子果汁，想辦法蒙混過去好了。

凱特蘿拿了西瓜給納莉亞，她邊吃邊加上這段話。

「馬特哈德是為了獨霸世界才作戰的。但很明顯的，那麼做是錯的。我必須接替那傢伙，為阿爾卡帶來變革——對了可瑪莉，妳覺得應該讓國家變成什麼樣子？」

我想了一下才開口。

「變成人們都保有良知的國家會更好吧。」

「說得對。所謂有良知的國家，全體國民都要懂得為他人著想，會是個善良的王國。這是妳母親希望看到的烏托邦。」

此時凱特蘿嘴裡說著「請用請用」，將切片的西瓜發給我們。我也要來吃吃看。西瓜的多汁香甜充斥整個口腔，晚點來玩破西瓜好像不錯。

「繼承老師遺志的人，就是妳跟我。那我們就必須聯手，立志征服世界——可瑪莉，妳願意協助我吧？」

對方將手輕輕伸過來，還用真摯到不行的眼神看我。

我很尊敬這位少女，她曾經有過常人無法承受的坎坷經歷吧。家族沒了，原本的身分也遭到剝奪，在孑然一身的情況下，力爭上游成為將軍——我覺得她真的很了不起，這樣的人一定能夠改變世界。

而我能做的事頂多就那樣，但無所謂，出面協助她又有什麼關係。

「……說得對，我們一起努力吧。」

我回握她的手，接著納莉亞笑咪咪地開口。

「呵呵，謝謝妳，可瑪莉——那為了慶祝同盟成立，我們乾杯吧。今天我們可以盡情享樂一番。到海裡游泳也好，在飯店跟我一起玩主僕角色扮演也不錯。晚上要不要辦個煙火大會或烤肉大會？」

「嗯、嗯嗯！難得有這個機會，妳的好意我就接受啦！」

都幾歲的人了，我還那麼興奮。納莉亞已經不是敵人了。不需要像上次那樣炸掉飯店，放煙霧彈逃走。今天可以玩個痛快！

「很好！那我們來玩沙灘排球吧。」

「好啊，那輸掉的人來當贏家的僕人如何？」

「僕、僕人!?妳……就那麼想差遣我啊？」

「那還用說。我一直都想讓妳穿女僕裝，還沒放棄呢。」

「快放棄啦！妳不是已經有凱特蘿這個優秀的女僕了嗎？」

「女僕不管來幾個人都不夠用——話說靠沙灘排球來收僕人只是在開玩笑，我更期待明天的戰爭。這次戰爭有個令人血脈僨張熱血沸騰的規矩，就是輸家要對贏家徹底服從。逼妳穿上女僕裝侍奉我的那天就快到了。」

……嗯？這傢伙在說什麼？

「我說薇兒，納莉亞是不是熱到腦袋怪怪的啊？」

「哎呀我忘了說，克寧格姆大人送過來的邀請函不只是邀請函，同時也是宣戰文書。」

「什麼？」

「『我邀請妳來度假，順便打一仗吧。』邀請函裡好像寫了類似的文句。似乎是有這條規矩，輸家要當贏家的僕人。」

「啊啊啊啊啊!?」我手裡還拿著西瓜，人當場站了起來，「那是什麼！都沒聽說啊!?」

「因為可瑪莉大小姐沒有看邀請函吧，只有讓我唸給妳聽。」

「確實是那樣沒錯，但妳可以告訴我啊！」

「我想說贏了就沒問題。」

「妳是憑什麼覺得我會贏！這個人可是殺掉五千人的殺人魔啊！」

「沒、沒問題的，可瑪莉小姐！反正戰爭還沒真的開打……」

「說、說得也是！喂納莉亞！我接下來好像有急事，都想起來了，要先回姆爾納特！抱歉還讓妳特地邀請我過來，但我要先失陪了。」

「沒用的，可瑪莉。這可不是個人之間的爭鬥，而是正式的國對國娛樂性戰爭。明天觀眾跟記者都會來。」

「……………」

「若是在這種時候逃跑會很丟臉喔？黛拉可瑪莉・崗德森布萊德是膽小鬼的事情可能會鬧到人盡皆知呢？就算被那些失望的部下以下犯上也沒關係嗎？」

「……………」

「放心吧，我會手下留情——來吧，為了和我一起征服世界，先來預演一下吧？」

「可、可是——」

「再說妳現在回去，就不能去海邊玩囉？很好玩很好玩的煙火和觀星都沒囉？我還要飯店那邊準備可瑪莉最喜歡的蛋包飯。不吃無所謂嗎？」

「………………那好吧。嗯。」

看來我無從反抗了。

從這裡再接回序章。

☆

隔天。我還真的來到戰場上。

納莉亞的目的是「跟姆爾納特作戰來提高名聲並讓她在總統大選中獲得更多的

票數」。也就是說我被人當成政治道具利用。糟透了。但我當然不能就此逃跑。這簡直糟糕到了極點。要是我輸了，事後還得當納莉亞的女僕叫她「主人」。這已經不是糟糕可以形容的，根本絕望。

如今納莉亞來到我眼前。

對方有桃色的頭髮，身穿女性化軍裝，雙手提著銳利的雙劍，上頭鮮血淋漓一片通紅——她就是刀劍王國的公主，不對，應該是刀劍王國的下一任總統「月桃姬」納莉亞・克寧格姆。

這個跟我年紀相仿的殺人魔露出天真無邪的笑容，那態度像是在迎接老朋友，可是嘴裡卻說著高壓的話。

「可瑪莉，來當我的僕人吧。」

「誰要當啊——！」

「呵呵呵，想抵抗就來呀。但妳註定要與我同行！我們同樣都是希望世界變得和平的同志。只要我們兩人齊心合力，無論遇到怎樣的敵人都不足為懼！」

就這樣，我得到一同維護世界和平的同志（？）。

明明希望和平，妳卻拿著刀劍來襲是怎樣。可是她跟馬特哈德和雷因史瓦斯那兩個笨蛋不一樣。

志。

那雙眼炯炯有神，有著熊熊燃燒的意志。她還繼承尤琳・崗德森布萊德的遺志。

不會只把自己的利益擺在第一位，希望打造出人人為我我為人人的世界。她不吝於展露如此壯大的野心，而這人將會是下一任總統。

我嘴裡吐出嘆息。

如果是跟她一起，也許真的有望拿下世界也說不定。

都到這個時候了，才在那邊感慨，我是個大笨蛋吧——呈現半放棄狀態的我，眼裡都是納莉亞那得意、彷彿在發亮的臉蛋。

（完）

蘿妮・科尼沃斯撞見世間罕見的一幕。

那個殘酷無情又大逆不道的「逆月」第二大強者正坐在長椅上，一臉垂頭喪氣的樣子。

蓋拉・阿爾卡共和國的首都有大量人潮來來往往，熱鬧非凡。由於馬特哈德被滅，那些興高采烈的翦劉種都在召開慶典，要把這個當成「革命紀念節」。於是科尼沃斯也混入人群，去攤販那邊買了鯛魚燒回來。

她再度觀察天津的樣子。或許明天會下雪，甚至是下鯛魚。

「發生什麼事了？要不要跟大姊姊說說看？現在說出來，大姊姊我什麼都願意聽喔。」

「妳最好別問。」

「難道說……行動失敗了？」

「…………」

看來好像被猜中了。科尼沃斯臉上堆滿笑容。

「依我看確實一敗塗地。這次的目的是要利用蓋拉・阿爾卡打探魔核情報，卻因為納莉亞・克寧格姆和黛拉可瑪莉的關係，導致馬特哈德人間蒸發。這樣還談什麼魔核……話說回來，你這樣垂頭喪氣究竟是為哪齣？」

「因為我被公主大人罵了。」

「噗！」科尼沃斯當下忍不住笑了出來。「噗呵呵——！喂天津你知道嗎！逆月對失敗者絲毫不留情面喔？會被砍頭啊砍頭！去死吧你！」

科尼沃斯說完還用拳頭戳他的肩膀，天津面無表情地看著她。

「不，這次的作戰計畫非常成功。」

「哪裡成功了，喂等等，不准搶我的鯛魚燒吃，只剩下一個耶。」

這下全都被吃光了。天津還說「什麼啊原來是豆沙餡」，隨即悵然地盤起雙手。

「豆沙餡有什麼不好。」

「從前堂妹一天到晚要我吃那個，說是在練習做點心。」

「這明明就很好吃……不對，你說『作戰計畫大成功』是什麼意思？」

「我們的目的是要毀滅蓋拉．阿爾卡共和國。」

「這我還是第一次聽說。」

「放任黛拉可瑪莉．崗德森布萊德破壞蓋拉．阿爾卡的分部，這都是為了刺激馬特哈德政權。而我們要把神具賣給他們，目的是提升阿爾卡政府的戰鬥意願。沒想到戰爭這麼快就開打，這麼快就結束了。」

「我聽不懂。意思是說原本的目的就是要挑起戰爭？」

「我們的目的是挑起戰爭，滅掉阿爾卡。因為馬特哈德太愚蠢又太有自信——

如果跟人戰爭，十之八九會輸掉。就算他沒有輸掉，夢想樂園的真面目也必定會曝光。這時蓋拉·阿爾卡將會滅亡。」

「……嗯？也就是說你們原本就想滅掉蓋拉·阿爾卡？」

「我一開始就這樣說了啊，笨蛋。」

「我才不是笨蛋。」

「簡單講，公主大人對馬特哈德政權忍無可忍。那幫人利用魔核的無限再生能力，做著慘絕人寰的人體實驗。運用魔核『不讓人死亡』的惡劣特性，一而再再而三做些惡劣的事情。」

「喔喔我懂了，怪不得公主大人會那麼生氣。」

將魔核帶來的再生能力視為理所當然，於是這世間悲劇四起——那就是人們不將人命當一回事。「死亡乃生者的本懷」——這是逆月的精神標語，他們最忌諱那種事。

蓋拉·阿爾卡幹那種勾當卻不當一回事，確實會被逆月當成敵人看待。

「……嗯？那公主大人幹麼還罵你。」

「她要我多多珍惜家人。」

「啊？」

這下科尼沃斯是真的有聽沒有懂了。然而天津卻用非常認真的表情繼續訴說。

「之前六國新聞在做實況轉播的時候，天津・迦流羅不是有出現嗎？她就是剛才說到的堂妹。因為我把她扔著不管，公主大人才會訓斥我。」

——你跟其他人不一樣，你有家人啊！如果繼續讓她傷心，小心到時候死得很難看！好了，我讓你放個假，你去見見她！

「——事情就是這樣。」

「去見就好了吧。」

「但我很困擾。」

「是不是年紀大了覺得回老家很難為情？要不要我陪你一起去？」

「那會造成另一種困擾。」

「總之你就好好努力吧。我會替你開餞行會，弄香菇排給你吃。」

「不用了，話說回來——嗯。」

將手盤於胸前的天津抬頭仰望天空。很少看到這傢伙有那種舉動——少見歸少見，他現在肯定在腦中細細做些殘忍極惡的規劃。

最後天津閉起眼睛，嘴裡道出邪惡的話語。

「這次目標鎖定天照樂土也不錯，可以利用那女孩的力量。」

「……你這人還真是壞。」

「看在大眾眼中，我們都是壞蛋吧。」

「就是啊。」──科尼沃斯回完這句話還笑了一下。

擾亂和平的總統被英雄打倒。

可是要讓爭鬥從這個世界上徹底消失，那天的到來似乎還很遙遠。

後記

承蒙各位關照，我是小林湖底。

在寫這本小說的時候，常常會被講「吸血鬼和獸人知道是什麼，但其他的種族都是怎樣的？」第一集的故事只有發生在吸血鬼王國內，其他國家和種族是什麼樣的存在，其實不是那麼要緊（這種講法有語病），來到第三集，故事和世界觀都變得更遼闊，想當然從這次開始，吸血鬼以外的種族都變得更加鮮活。話雖如此，說起這部小說中登場的吸血鬼，那跟其他科幻作品常常出現的老掉牙吸血鬼有點不一樣。可以大步在太陽底下行走，還能去海邊度假，看時間場合甚至能夠拿十字架來戰鬥，算是不怎麼吸血鬼的吸血鬼（主角甚至沒辦法飲用血液，也許她是超級不像吸血鬼的吸血鬼）。換句話說，他們並非多麼特異的存在。在作品中六個種族都被稱為「人」，不管是吸血種、翦劉種或蒼玉種，若是代換成地球，他們之間的差異頂多就是「住在別的國家的人」吧。因此他們並不是沒辦法互相溝通的外星人，如果願意的話，大家是能夠好好相處的——這次的故事主要是在說這個。雖然他們還是會彼此廝殺。

那接下來，在寫這個後記的時候，時間是八月，目前不能隨隨便便外出。眼下這個時期在現實世界中動不動就要關家裡，於是我就讓這次的可瑪莉跑出姆爾納特帝國，跟朋友去海邊玩、來到陌生的街道，讓她來些從前當家裡蹲絕對想像不到的大冒險。希望能讓各位跟隨可瑪莉的腳步，稍微增添一些旅遊氣息或度假氣息。

雖然晚了，還是要跟一些人致謝。

這次的りいちゅ老師依然用很棒的插圖為故事增添色彩。還有做出美妙設計、負責裝訂的柊椋大人。很有耐心，一直配合我協助處理改稿工作的責任編輯杉浦よてん大人。以及許多為本書發行貢獻心力的人們。手裡拿著這本書的諸位讀者。容我跟各位致上深深的謝意——感謝你們！

希望第四集能夠單刀直入寫出很有可瑪莉味的故事。

小林湖底

家裡蹲吸血姬的鬱悶 3
（原名：ひきこまり吸血姫の悶々3）

著　　者／小林湖底
繪　　者／りいちゅ
譯　　者／楊佳慧
執 行 長／陳君平
美術總監／沙雲佩
企劃宣傳／陳品萱
榮譽發行人／黃鎮隆
美術編輯／陳聖義
文字校對／施亞蒨
協　　理／洪琇菁
執行編輯／呂尚燁
內文排版／謝青秀
總 編 輯／呂尚燁
國際版權／黃令歡、梁名儀

出　　版／城邦文化事業股份有限公司 尖端出版
台北市中山區民生東路二段一四一號十樓
電話：（〇二）二五〇〇－七六〇〇
傳真：（〇二）二五〇〇－二六八三
E-mail: 7novels@mail2.spp.com.tw

發　　行／英屬蓋曼群島商家庭傳媒股份有限公司城邦分公司　尖端出版
台北市中山區民生東路二段一四一號十樓
電話：（〇二）二五〇〇－七六〇〇（代表號）
傳真：（〇二）二五〇〇－一九七九

中彰投以北經銷／楨彥有限公司（含宜花東）
電話：（〇二）八九一九－三三六九
傳真：（〇二）八九一四－五五二四

雲嘉經銷／智豐圖書有限公司　嘉義公司
（嘉義公司）　電話：（〇五）二三三－三八五二
傳真：（〇五）二三三－三八六三
（高雄公司）　電話：（〇七）三七三－〇〇七九
傳真：（〇七）三七三－〇〇八七

南部經銷／智豐圖書有限公司　高雄公司
電話：（〇七）三七三－〇〇七九
傳真：（〇七）三七三－〇〇八七

香港經銷／一代匯集
香港九龍旺角塘尾道六十四號龍駒企業大廈十樓 B＆D 室
電話：（八五二）二七八三－八一〇二
傳真：（八五二）二五八二－一五二九

新馬經銷／城邦（馬新）出版集團 Cite（M）Sdn. Bhd.
E-mail: cite@cite.com.my

法律顧問／王子文律師　元禾法律事務所
台北市羅斯福路三段三十七號十五樓

二〇二二年七月一版一刷
二〇二三年五月一版二刷

■中文版■

郵購注意事項：
1.填妥劃撥單資料：帳號：50003021戶名：英屬蓋曼群島商家庭傳媒(股)公司城邦分公司。2.通信欄內註明訂購書名與冊數。3.劃撥金額低於500元，請加附掛號郵資50元。如劃撥日起 10～14日，仍未收到書時，請洽劃撥組。劃撥專線TEL：(03)312-4212 ・ FAX：(03)322-4621。E-mail：marketing@spp.com.tw

國家圖書館出版品預行編目資料

家裡蹲吸血姬的鬱悶 / 小林湖底作 ; 楊佳慧翻譯 . -- 1 版 . -- 臺北市 : 城邦文化事業股份有限公司尖端出版 : 英屬蓋曼群島商家庭傳媒股份有限公司城邦分公司發行 , 2022.07-
冊 ; 公分
譯自 : **ひきこまり吸血姫の悶々**
ISBN 978-626-338-066-0 (第 3 冊 : 平裝)

861.57 110020494